ニライカナイ
ウロボロスの宝玉
八神静竜
Seiryu Yagami

目次

ブックデザイン　パンローリング装丁室

ニライカナイ

——ウロボロスの宝玉

～序章～

御嶽《うたき》

島の突端に佇《たたず》む白い灯台が、両翼を真一文字に広げた水平線の中央へ、ゆっくりと揺らめきながら沈んでいく太陽に赤く染められていた。

この島で漁師を営む嘉神泰造《かがみたいぞう》は、海の男らしい筋骨で、長身の上に彫りの深い精悍《せいかん》な顔つきをしていた。

今日も無事に港湾での仕事を終え、いつものように出迎えに来た妻と幼い二人の娘に顔を綻ばせた。

潮風に晒《さら》される島育ちの割には、色白で目鼻立ちの整った美佐世《みさよ》は、真っすぐに背中まで伸びた黒髪がよく似合っていた。

毎日、手を繋《つな》いで娘たちの歌を聞きながら海岸通りを歩いて帰るのが、この家族の日課だった。

三歳になったばかりの妹の方は、泰造の足下に絡みつくように甘えては抱っこをせがみ、それを笑いながら抱き上げる横で、六歳の姉は美佐世の白く優しい手をしっかりと握り、微笑んでいた。

美佐世は、黒く艶やかに伸びた黒髪を初夏の緩やかな潮風に踊らせながら、泰造と娘たちを見つめ、この上ない幸せを感じていた。

だが……そんな平凡で穏やかな島の生活も今日で終わりを迎えようとしていた。

その夜、海面を漂っていた風が徐々に強くなり、ランプの明かりで弱々しく照らす小部屋の窓を不規則に叩《たた》きだした。

泰造の部屋にあるラジオからは、沖縄諸島に激しい雷雨と暴風を携えた大型台風が迫っている事を繰り返し伝えていた。

深夜、美佐世はおもむろにユタである証の白衣装を身に纏《まと》い、神具・神扇を揃《そろ》えて、愛らしい顔で眠る娘たちの枕元に静かに座った。

じっと我が娘を見つめる美佐世の黒く澄んだ瞳の奥から、一筋の涙がこぼれ落ちた。

美佐世は二人の娘の瞼《まぶた》に交互に手を当て、囁《ささや》くように呟《つぶや》いた。

「ごめんね……」

最後にもう一度、娘たちの頬を優しく撫《な》でると部屋を後にした。

「終わったか……」

低く呟くような小さな声で泰造は美佐世に声を掛けた。

「……ええ……」

頷《うなず》きながら泰造の前に正座した美佐世は、愁いを帯びた母の顔から一転して、島唯一の霊能者であるユタの顔になっていた。

「いよいよ……。竜宮の時が満ちようとしています……。私に出来る事は命を賭してこのカミヌシマを守る事。そしてニライに伝わるクガニヌタマを守る事。これだけです。死神の飛来を回避する事は出来ても、阻止する力は私にはありません。それが出来るのは……」

そこまで話すと、今まで凛《りん》とした瞳が俄《にわ》かに潤み言葉を詰まらせた。

黙したままそれを聞いていた泰造は、そっと美佐世の手を取ると、深く溜《た》め息をつくように大きく頷いた。

「う……御嶽《うたき》へ……」

美佐世がそう言うと、泰造は用意していた懐中電灯を握り締め玄関へと急いだ。

街灯も無く、静まり返った島の夜空は、台風の先陣を切って押し寄せる分厚い黒雲に覆われ、月明かりさえ失ってしまっていた。

時を急くかのように暗闇に身を投じる泰造と美佐世。全てを遮断された漆黒の闇の中で、泰造が照らす懐中電灯の明かりだけが、ユラユラと行き場を彷徨《さまよ》う魂のように美佐世の足下で揺れていた。


――御嶽――

それは琉球《りゅうきゅう》の島々の人たちにとって神々が存在し、来訪する場所であり、その神々に選ばれた霊媒師であるユタが、祖先神を祭る神聖な場所である。

御嶽の多くは森の空間や泉や川などだが、中には島そのものであることもある。

御嶽によっては様々な形態をとっているが、その殆《ほとん》どは、中心にイビ石という石碑を配置し、神が降臨するご神体としている場所が多い。中には、過去に実在したユタの墓を御嶽とし、そのユタを地域の守護神として祭っているところもある。

御嶽においてユタが祈祷《きとう》する方角も、太陽の昇る東方を、祖霊神が生まれる聖なる場所ニライカナイのある方角と考え、水を司る「竜宮神」島を守護する「子方母天太」などの神々が祭られている。

島の中腹に位置する御嶽に到着した泰造と美佐世は、眼前に広がる暗く魔物が蠢《うごめ》くようなうねりを上げる夜の海を睨《にら》みつけた。

「私は……。私のできるすべてをします……。貴方も……貴方のできる事を…どうかお願いします……」

美しき島のユタは、すべてを受け入れ優しく包み込む夫の胸に瞳を閉じて寄り添った。

翌早朝、大粒の雨が激しく地面を叩き付ける中、雨合羽を着た泰造は二人の娘を連れて島の漁師長である比嘉《ひが》の家に向かった。

何としても、一刻も早くこの島から島民を避難させなければならない。

泰造の気持ちは焦っていた。

「頼む比嘉さん！　船を出してくれ」

だが、年間二十を超える程の台風が来る沖縄の島民にとって、今回もそれ程酷いものだとは理解してもらえなかった。

「ヌーッ！　泰造、ムチャを言うな！　こんなぁ荒れた海んかいに島の皆を乗せて船を出すなんて、自殺行為やっさぁ！　逆にその方が危ねぇらんぞ」

避難勧告を伝える泰造の言葉に比嘉は、目を剝いて反対した。

「比嘉さん、今回はいつもの台風とは訳が違うんだ」

泰造は懇願するように比嘉に言った。

「いくら違うと言っても台風は台風。船は港にしっかりと係留させて、家屋の補強に努めるのが一番やっさ」

比嘉は台風に対する備えを変えようとはしなかった。

業を煮やした泰造は、咄嗟《とっさ》に比嘉の両襟首を締め上げて力ずくで迫った。

「恐れているのは台風じゃない！　本当の恐怖はその後だ！　死神の鎌は台風のすぐ後ろから襲ってくる！　頼む、美佐世の言葉を信じてくれ！」

普段は温厚な泰造が鬼気迫る形相で訴えて来た上に、突然美佐世の言葉だと聞かされた比嘉は表情を急激に強張らせた。

「み、美佐世さんの……？」

比嘉のみならず、全ての島民にとってユタである美佐世は特別な存在であった。

琉球の民にとって、ユタは、霊界の姿や動きを見通すことのできる特別な霊能力者であると同時に、宗教的意味合いも担っている特別な人とされている。

死者に対する儀礼と供養に密着し、その性格や機能などを把握した上で、村落や島民などの個々の家や、家族に関する運勢、吉凶の判断、除災、病気の平癒祈願など呪術信仰的領域にも深く関与している。

そんなユタである美佐世は、この島で唯一の存在である。

信心深い比嘉にとって、軽く聞き流す事は流石に出来なかった。

「美佐世さんが、島の皆を連れて海んかいに出ろとや？」

比嘉はもう一度泰造に確かめた。

「はい、そうです。お願いします」

「だが、今有る漁船、全部出しても全ての島民は乗せ切らんぞ。それでもか？」

比嘉は更に確認を重ねた。

「それでもです。出来る限り……一人でも多くの人を……」

比嘉は、泰造の一点を射貫くかのような鋭い眼光に、深く大きく頷くしかなかった。

行動を起こすと決まれば、漁師長を務める比嘉の動きは速かった。

即座に港の若い衆を集め、島民への避難準備と有りっ丈の漁船を用意させた。

当然、若い漁師たちも台風の最中船を出すなんて有り得ないと反対の声は多かったが、比嘉の一喝ですぐに沈静した。

結束の強さも島の漁師らしい一面である。

泰造は、比嘉に二人の娘を皆と一緒に乗船させてほしいと頼んだ。

「泰造、やー《お前》はどうするね」

比嘉の言葉に、薄い笑みを浮かべた泰造は首を小さく振った。

「自分には……まだ……美佐世と共に為すべき事が残っています。……すみません……娘たちを……よろしくお願いします」

比嘉に頭を下げた後、笑って娘たち二人の頬を撫でた泰造は、豪雨の中を美佐世が待つ御嶽に向かって走り出した。

暴風雨の轟音《ごうおん》が島中に荒れ狂う中、それでも泰造の背中には、娘たちが泣きながら必死に自分と美佐世を呼ぶ声が届いていた。

「頑張れ！　生きろ！」

泰造は泥水を跳ね上げて走りながら、娘たちの声に応えていた。


漁師たちの漁船団は、限られた島民数十人を乗せ港を後にした。泰造と美佐世の娘たちも比嘉の船に乗船していた。

比嘉は全船に、暴風に煽《あお》られて押し寄せる高波の中央を真正面から切るように沖に向かって走るよう指示を出した。

バランスを失った木《こ》っ端《ぱ》切れが激しい水流に弄ばれるかのように、大きく上下運動を繰り返しながら進んで行く。

その揺れる船尾で娘たちが目にしたのは、海を望む御嶽に鎮座し、純白の衣装を身に纏い、しっかりと自分たちを見つめる美佐世の姿だった。

喉から鮮血が吹き出る程に母を呼ぶ声も、フル回転で唸《うな》る船外機の音と風雨に掻《か》き消され、無情の泡となって波間に飛び散っていた。

ずぶ濡《ぬ》れになりながらも、御嶽に到着した泰造は、美佐世に娘たちが無事に比嘉の船で島を出たことを知らせた。

美佐世は、沖へ進む漁船団を見つめながら大きく頷いた。

「だが……すまん。島民全員とまではいかなかった……」

全ての島民が救えなかった事を悔やむ泰造に、美佐世は娘たちのいる遠くの海を見つめながら小さく首を左右に振った。

「大丈夫……。きっとあの娘たちが守ってくれます……。この島の人たちの魂は、この島の中でずっと生き続けられるように…」

御嶽から鈍色の空を仰いだ二人は、互いの意思を確認したかのように見つめ合い、頷いた後に、泰造が美佐世の背後から包み込むように重なり合う形でゆっくりと海に向かって座り直した。

「時が……満ちた…」

美佐世が呟いた。

小刻みに震える白い美佐世の左手に背後から泰造の力強く大きな右手が絡み合い、互いの指で固く印を結んだ。

一心同体となり荒れ狂う海に向かって祈祷する二人は、まるで赤く沈む陽光と、青みを帯びた月光が自然と溶け合い、闇に包まれる前の妖艶な光を放っていた。

遠くで青白い閃光《せんこう》が海面を何度も叩いた。

それに合わせるかのように、ゴーンと鈍い音が繰り返されたかと思うと、突然さっきまで荒れ狂っていた風と雨がピタリと止んだ。

目前に迫っていた巨大台風が、その進路を大きく鋭角に折り曲げ、島の横を掠《かす》めて行くのを感じた。

しかし、それは死神の鎌の切っ先が島に向かって伸びた合図でもあった。

「来る！」

美佐世は咄嗟に叫んだ。

同時に地中で何かが爆発したかのような、重く鈍い音に突き上げられると共に、島全体が前後左右に大きく揺れた。

――地震――。泰造が思ったその刹那、島の岸壁を叩いていた海面が、急激に沖へと引いていくのが目に飛び込んできた。

限りなく限界まで引き上げられた海水は、横幅数百メートルにも及ぶ白波を真一文字に伸ばして、まるで獲物に襲いかからんとする大蛇の如く、巨大な鎌首を押し上げながら、猛スピードで島へと迫ってくる。

泰造は美佐世の背中を自分の胸元に強く抱き寄せた。

崩れ落ちるかのように、島の岸壁が悲鳴を上げて大波に呑《の》み込まれていく。

泰造と美佐世は微笑を浮かべて最後の言葉を囁いた。

――ナミ――

――ナギ――…。


島を離れ、沖縄本島へと避難の船首を向けていた漁船団の中で、泰造が預けた娘たちが乗船している比嘉の船は、台風と津波の余波を受け、木の葉のように揺れながら波間を突き進んでいた。

強風で不規則にうねる波に、大きく船体を左舷に傾けたその一瞬、二人娘の姉の方が甲板を乗り越えてきた横波に攫《さら》われ、白濁した気泡が渦巻く海中へと投げ出されてしまった。

娘の叫び声とともに甲板に飛び出した比嘉の横を、すり抜けるように一人の若い男が頭から海へと飛び込んでいった。

海面の隙間から僅かに見えた水中でもがく娘の白い手を掴《つか》んだ男は、沈みかけた娘の体を渾《こん》身《しん》の力で引き上げた。

身につけていたライフジャケットの浮力で辛うじて海面には顔を出せてはいるものの、多くの水を飲んだために、ぐったりしている娘を抱き抱えたままで戻るには、潮の流れが速すぎて、いくら泳いでも比嘉たちの船から逆方向へとどんどん引き離されていった。

船上では、比嘉が海上に見え隠れする男と娘の姿を必死に目で追っていた。

しかし、激しくぶつかり合う風と波が、執拗《しつよう》にうねる高波となり、やがて激しい潮流に阻まれた比嘉の船はどうする事も出来ないまま、遠ざかる二人を見失ってしまった。


――一九八八年九月九日――


東南東の風、最大瞬間風速七十メートルを携えた巨大暴風雨が、沖永良部島《おきのえらぶじま》を直撃した。

九百七ヘクトパスカル、総降雨量百七十九ミリの死神は、次々と奄美群島《あまみぐんとう》を舐《な》め尽くし、死傷者百三十名以上、被害総額一千二百億円余りの壊滅的な爪痕を残した。

その悪魔の名は九月九日の台風九号。

あれから二十五年を迎えようとしている。

第一章

神居古潭《かむいこたん》

——早朝——まだ明けやらぬ薄明かりの獣道を抜け、石狩川の急流沿いを息を切らせながら一人の男が古里へ向かって走っていた。

観光客が立ち入る施設から西南に位置するその落村は、一般人の立ち入りを阻むように密集した森林と複雑な地形に守られていた。

遙《はる》か昔、古代より伝わるアイヌ民族の旧家をそのままに残した庵《いおり》に、白い長髭を蓄えた長老が静かに鎮座し、男の帰村を待っていた。

初夏の太陽が村の真上に達する頃、男は長老の待つ庵に到着した。

「長旅、苦労だった」

両膝をつき頭を垂れる男に、長老は座ったまま眼光鋭く労をねぎらった。

男は、全身から吹き出る汗と乱れた呼吸を整えつつ、ゆっくりと声を発した。

「とり急ぎ、賜りました件、先に派遣されました者よりの伝言と併せてご報告申し上げます」

長老は男の言葉に引き寄せられるように、強く頷き、上半身を男に傾けた。

「孤島深海の宝玉が分断され、時の流れと共にその結界が薄れようとしています。このままでは双龍の片翼のみが動き出し、オトシゴの島は足下から没する危機にあります」

男の報告に、荒々しく立ち上がった長老は唸りながら天を仰いだ。

青く広がる頭上の空に、灰黒色の積乱雲が覆い被さりながら突き出して来るのを睨みつけ、長老は力強く男に答えた。

「大地精霊の力も、留めるに限界か……」

男は答えに戸惑っていた。

「……いかに致しましょう……」

ここで今、迷い画策しても結果は得られないと判断した長老は、男に再度現地に飛び、大いなるうねりの一端を陰になり是正し、補助するよう指示した。

「承知しました」

踵《きびす》を接する間も置かず、男は一言返事で村を後にした。

駆け去る男の背を見守りながら、長老は低く、腹に響くように呟いた。

「ニチェネカムイ……。なんとしても阻止せねば……」

いつしか村を覆った厚い雲は、不気味な程に白く猛る稲光と共に、大粒の雨を庵の屋根に降打させていた。

滋賀　琵琶湖《びわこ》

1

面積約６７０平方キロメートル、貯水量２７５億立方メートル。滋賀県の総面積の六分の一を有する日本最大の湖で、まだ朝靄《あさもや》が立ち込める薄明かりの早朝、奇怪な遺体がボート釣りをしていた数人の若者に発見された。

通報を受けた滋賀県警は、直ちにその遺体を回収し、検死へ回すと同時に身元確認を急いだ。

遺体発見から三日後、検死を担当した医学博士の淀川孝太郎《よどがわこうたろう》は、大学の後輩で、警視庁に勤務する簑島洋一《みのしまよういち》刑事に連絡を取った。

「ちょっと来てくれないか……」

東京と滋賀では、隣町に行くような簡単な距離では無いものの、重苦しくただならない先輩の言葉に、簑島は多くを聞かぬまま新幹線に飛び乗った。

昼過ぎに東京を出て、淀川の待つＪＲ大津駅に到着したのは、陽も傾いた夕刻になっていた。

駅の改札前で、淀川がＹシャツに白衣姿で立っていた。今年で還暦を迎える淀川は、白髪まじりの無精髭《ぶしょうひげ》を伸ばし、銀縁眼鏡を鼻先まで下げて「よう」と簑島に右手を軽く上げた。

大学の後輩と言っても簑島は淀川より一回り以上も年下の四十代前半である。

長身で髪は短く、今でこそ精悍な刑事顔をしているが、学生時代は特別に勉強ができる訳でも無く、警察官になる為の県警の試験には二回失敗。これで最後と臨んだ警視庁の採用試験で漸く合格した不器用な男だ。

ただ、刑事特有ともいえる「勘」の鋭さと、体力には自信があり、警察内で催される柔道、剣道などの大会試合には常に上位に顔を出す猛者ではあった。

今から二十年程前に、まだ駆け出しの巡査だった簑島は、ある事件の捜査で検死を担当していた淀川と知り合うに至った。

その時に自分の出身大学の話になり、学部専攻は違ってはいたものの、偶然にも淀川が同じ大学の先輩であった事が二人を近づけるきっかけとなった。

淀川はそれ以降、何かと後輩だからと言って簑島の面倒を見てくれるようになった。

実は警視庁本部の刑事課に配属された時、陰で後押しをしてくれたのも淀川であった。

世渡りが不器用な簑島にとって、淀川は大学の先輩以上に恩義のある存在であった。

「お久しぶりです」

軽く淀川に会釈した簑島は、長年会っていなかった挨拶もそこそこに駅を後にした。

道中、淀川はメモを読みながら簑島に詳細を伝えた。

「被害者……、まだそう呼んで良いかは判らないが、氏名は飯田健吾《いいだけんご》、二五歳、独身、今年の四月に沖縄の那覇基地に配属された自衛官だ。住所は同所基地内の宿舎。家族は両親共に東京都内に在住。特別、何の問題もない普通の家庭だ」

対象者の説明を受けながら署内のセキュリティーを通過した簑島は、淀川に急かされるまま遺体安置室へと案内された。

重たい空気が立ち込める部屋のドアを開け入ると、急に気温が下がったかのような寒いものを背中に感じた。

淀川は、危険な細菌に汚染されている可能性も考えられると簑島に話し、注意喚起した上でバイオシーツに入った遺体の顔だけをまずは開いて見せた。

「この遺体が何か……？」

今まで幾多の事件で数多くの死体と対面している簑島は、特別変わったものは感じられなかった。

「問題は顔じゃない。こいつだよ」

そう言うと淀川は一気に全身を捲《めく》って見せた。

「うっ！」

簑島は、声にならない表情で顔を歪《ゆが》めた。

「百戦錬磨の刑事さんも、こいつには驚いたろう」

淀川の眼光は、医学研究者としての鋭さで簑島を刺していた。

遺体は胸から下の腹部が大きく開口したまま、内容物が全て取り出され、首から下の皮膚は、全身が硬い魚鱗《ぎょりん》のようなものに覆われていた。

「こ……これは……何だ？」

思わず目を背けたくなる気持ちを抑えつつ、簑島は思わず呟いた。

「長年、いろんな検死をしてきたが、こんな仏さんは初めてだよ。不思議な事が多すぎる」

遺体を元のシーツに戻した淀川は、会談の場所を同じ館内の喫茶室に変えようと簑島を連れ出した。

室外に出た簑島は、安置室を覆うどす黒い空気に耐えきれず、廊下の窓から上半身を乗り出して大きく深呼吸をした。

いつしか外は、比叡山《ひえいざん》から吹き下ろす軟らかい風とともに夜の帳《とばり》が広がっていた。

2

「まったく……解らん事だらけだよ」

注文したコーヒーに口をつけた淀川は、困惑と興味が入り交じった複雑な表情で薄笑いを浮かべながら語りかけた。

簑島は、しわくちゃになったソフトケースのタバコを取り出すと、不機嫌そうに火を点けた。

「勤務中でなければ、コーヒーより酒でも呑みたい心境ですよ」

「まぁ、そう言うな。とにかくこれを見てくれ」

まだ眉間の皺《しわ》が取れきれない簑島を前に、淀川は幾つかのポラロイド写真と、ビニール袋に入った、遺体から摂取されたサンプルをテーブルの上に置いた。写真には、まだ解剖される前の全身と、首、腕、腹部、背中など、その半魚人のような遺体の細部が写されていた。小分けにされたビニール袋には、体内から取り出されたサンプルと、表皮の鱗《うろこ》と思われる一部が入っており、もう一つの袋には、紅紫色をした花冠が入っていた。

「これは……？」

簑島は、その花に着目した。

「仏さんの胃から、大量に出てきた物でなぁ、こいつを調べるのに苦労したんだよ」

淀川は、一日かかって多方面に問い合わせて、ようやくその花がどんな物であるかわかったと説明しだした。

和名ケサヤバナ（毛鞘花）。形態の特徴は、高さ三十～五十センチの多年草。葉は卵円形から菱《ひし》形状卵形で、長さ四～六センチ、両面に白い短毛を密生させ、多数の花をつける。花冠は紅紫色、下部は筒状、上部は二唇に分かれ、下唇は三裂する。開花時期は十月～四月頃で、分布域は、台湾、フィリピン、マレーシア、国内では沖縄県の与那国島の海岸の岩場に生えるものの、自生地はごく限られており、個体数は極めて少ない為、日本では学術的価値から『危急種』に指定されていた。

「そんな花が何故？」

ありきたりな質問をする簑島の視線を無視するかのように、淀川は話を続けた。

「不思議な事はまだある。仏さんの体から生えていた、この鱗だが……」

現在の漁業の対象となる殆どの魚の鱗は、櫛鱗《しつりん》あるいは円鱗《えんりん》と呼ばれるタイプに分類され、サメの仲間はそれと異なる性質を持った楯鱗《じゅんりん》と呼ばれる鱗を持っている。魚類以外でも爬《は》虫類、両生類にも独自の鱗が確認されてはいるが、今回の遺体から発見された鱗は、それらのどの部類にも類似しないものであると淀川は言い切った。

「確かに、人が罹《かか》る病気に魚の鱗のようなカサカサがつく、尋常性魚鱗癬《じんじょうせいぎょりんせん》と伴性遺伝性魚鱗癬《はんせいいでんせいぎょりんせん》という症状がある。いずれも遺伝性があり、尋常性魚鱗癬は優性遺伝、一方の伴性遺伝性魚鱗癬は染色体により伝えられるものだ。普通皮膚の表面は角質層という表皮細胞が死んでつくられる層で覆われているが、この角質層は垢《あか》になって自然に剥げ落ちては作られる一定のサイクルがあるんだ。

ところが、魚鱗癬においては、その機能がおかしくなって角質層がうまく落ちてくれないために異常な皮膚、すなわち鱗屑《りんせつ》がみられるようになる。だがな、伴性遺伝性魚鱗癬では生後まもなくからだし、尋常性魚鱗癬でも多くは乳幼児期から、どちらも冬の乾燥する時期に症状が目立ち、夏には軽くなるものなんだ…。今は初夏だぞ。全てにおいてありえない上に、極め付けはこの鱗を光に透かしてみろ。もっとありえないものが見られる」

医学的な説明を懇々と受けた簑島は、淀川に胸元まで突きつけられた『その物』を渋々蛍光灯に透かして目を凝らした。

「……こ……これは」

刑事である職務上、それが何かは説明を受けるまでもなかった。今まで様々ではあるが見飽きるほどに検分して来た、人間の指紋と同じ紋様がハッキリとわかった。

「魚の鱗とは違うのが、それで説明がつくだろう。で、どう思う?」

簑島は淀川の言葉に戸惑いを覚えた。

「ど……どうって言われても……」

「おいおい、しっかりしてくれ、ベテラン刑事さんよ。いいか、俺は検死の立場からハッキリ言う。この仏さんは、自殺でも他殺でもない。何らかの人体実験か、突然変異の前兆か、何れにしても普通の死に方ではない。原因を調べる必要があるだろ」

低く胸底から絞り上げるような低音ボイスで、脅迫にも似た淀川の言葉は、この問題を抱え込んでしまった簑島を、じわりと追い詰めていた。

「そ……捜査の領域を……超えています……よね……」

「断れないぞ。既に君の上司には報告済みだ。それを受けて上は報道規制もかけている。君は秘密裏に動くしかないんだ」

「で……でも何で俺なんですか？」

簑島の質問に、おもむろに椅子から立ち上がった淀川は、窓の外に広がる夜景を眺めながら背中を向けたまま答えた。

「後輩……だからだ」

多くの含みをもつその言葉に、簑島は直感的に頭の中であらゆる想定と仮説を組み立てた。捜査本部は設けられない、単独、若しくは極少数の人員でこの謎解きにも似た事件に取り組まなければならない。更に、もしかすると捜査の裏にはとてつもない真実が隠されている可能性すら考えられた。

持ち前の刑事の「勘」が必死に危険だと抵抗する。しかし、それを陵駕《りょうが》する程に、重く覆い被さって来る見えない力が、得体の知れない黒い大渦の中へと引きずり込もうとする感覚に囚われていた。

東京――沖縄

1

初夏の到来が如実にわかるような大粒の雨が、営業先から本社に戻る山下隆《たかし》の頭上を襲った。契約書類や企画用パンフレットなどが入った営業鞄《かばん》を傘代わりに、急いで本社のフロアに駆け込んだものの結局は無意味な程、頭から足下までずぶ濡れになってしまっていた。

「あぁ、また作り直しかぁ……」

先月に買い換えたばかりの営業鞄は、遙か上空から降下してきた水滴から山下のセットした髪の毛を守る事すらできず、中身の書類まで台無しにしてしまっていた。

溜め息交じりに空を睨みつけた後、山下はポケットから取り出した濡れ絞ったハンカチでスーツを拭きながら、営業部に向かうエレベーターのスイッチを押した。

大学を卒業してゼネコン大手の角田建設に入社して七年目。若手社員にしては異例の抜擢《ばってき》で営業部主任にまで昇格していた。

理由は単純明快である。たまたま運良く他の社員より営業成績が良かった事、更には先輩上司から評判が良かった事。ただそれだけだ……と、山下は思っていた。

だが、過当競争の厳しい社会で、たまたまと言う理由だけで出世した人はなかなかいないだろう。そんなに甘い会社は無い。

山下の場合も、自分が気付いていないだけで、正当な評価の上での昇級であった。

営業マンに求められるのは、売上げはさることながら、その場に応じた判断で展開する交渉能力と、クレームなどの問題に迅速に対応する処理能力である。

他の同僚よりもその点が抜群に秀でていた山下は、気が付いたら営業成績、顧客保有数などで常に上位に顔を出していた。

生まれ育った環境なのか、それとも天性のものなのか、いずれにしても特別に努力して得た才能ではなかったのだが、当の本人はと言えば、よくよく自分自身を分析した事もないので、全く気にもしていなかった。

山下が自分のデスクに座るとほぼ同時に内線電話が鳴った。

「はい。あ、お疲れ様です」

電話の主は本部長の稲垣昭夫《いながきあきお》だった。

今すぐプレゼンテーションルームに来いとの連絡だった。

呼び出しの内容も何も聞かされないまま、山下は営業部のドアを開け十五階にある部屋へと向かった。

彼には一つの癖とも欠点とも言えるスタイルがあった。それは、新しい仕事に集中する為、前回に処理の終わった仕事は、着手から完了に至るまでの内容を次の仕事に移る時に一切頭の中から消去してしまうのである。考え方としては、毎回同じ仕事を機械のようにこなしても、新しい発想や完遂した喜びは涌《わ》き上がって来ないからだと思っていた。

しかし、理想と現実の狭間を貫くように、アフターケアの対応を一気に別枠担当に引き継ぐ為、もたついたトラブルの対応に苛立つ事もしばしばだった。

どうせ今回の稲垣の呼び出しも、おおよそそんな事だろうと思っていた。

エレベーターを降り、フロアの一番奥にあるドアをノックして中に入ると、正面のテーブルで稲垣と向かい合うように二人の男女が座っていた。

女性の方は営業一課の香月碧《かづきあおい》、男性が大阪支社測地課の川本伸也《しんや》だった。

山下にとって二人ともよく知っている関係にあった。

香月は山下と担当エリアは違えども、同じ営業部の先輩であり、キャリアウーマンを絵に描いた通りの切れ者で、社内でもかなり評判の美人女係長だった。

女性では長身の方で、真っすぐに肩まで伸びた黒髪に、鼻筋の通ったシャープな輪郭。決して派手にならないよう心がけているのか、ナチュラルメイクで整えてはいるものの、黒目の多い切れ長の瞳は軟派な男を寄せ付けない威圧感すら感じる鋭さを漂わせていた。

その横に座っている川本は、山下とは同期の入社で、元々は同じ営業部に所属していた数少ない友人の一人だが、本社内での暗澹《あんたん》たる出世競争に嫌気が差し、万年平社員を望んで自分の地元である大阪支社の測地課に転属願いを出した変わり者であった。

いつも何も考えていないような表情で、大阪人特有の冗談ばかり言っている男だが、何故か人を観察する能力には長けていて、山下にとっては良き相談相手でもあった。

「これで全員揃ったな」

山下が席に着くと同時に、稲垣は三人に向かっておもむろに話し出した。

「今回、君たちを呼び出したのは来年度における新規開発事業の……」

ゆっくりと……と表現してよいのか、話し方としてはわかり易く説明しているつもりなのだろうが、現場でキャリアを積んでいる香月や山下にとって稲垣の話は、要約できていない内容のものをダラダラと続けているようにしか聞こえていなかった。

つまりは、稲垣の話を簡略すると、来年度における新規開発事業の皮切りとして、近年過疎化が著しい沖縄のとある離島が、観光客を呼び込む為の新しいリゾート候補地として計画に上がった。

いきなり多くの施工業者が入り込み、降って湧いたような騒ぎと大工事に、島の人たちが戸惑う事の無いよう、その先陣として現地島民の理解と協力を求める交渉人としての役割を山下に、計画地の測量及び地質の調査を川本に、そして沖縄支社からの応援人員を加えたこのプロジェクトチームの統括責任者として香月が担当してもらう旨の業務命令を伝えるものであった。

——つまりはまた地上げ交渉か……。

山下が微かに顔を曇らせた時、香月が初めて口を開いた。

「すみません。工事交渉と測地調査なら、通常の業務人員を派遣すればいいのではないでしょうか？　本社営業部の私たちがチーム編成する意図がよく理解できないのですが」

香月はエリート意識の強い持ち主である。

まだ計画段階でしかない案件のため、南国の僻地《へき》、ましてや離島なんぞに、自分が行く必要性が何処にあるんだと不満と疑問を凝縮したような言葉であった。

「香月君の事だから、私の頼りない説明では納得がいかないのは当然の事だろう」

にこやかに微笑みながら稲垣は答えた。

「いえ……、別にそんな意味では……」

香月は言葉を弱らせてはみたものの、その眼光は鋭く稲垣を刺していた。

「今回の仕事が今までと若干違う所は、閉鎖された古いしきたりが根強く息づいている島であるという事。それと、島民の個々の仕事の殆どが島を中心とした自然と深く密着し、信仰優先の生活をしている事にある。つまりは近代設備から掛け離れた島民が、自然破壊ともなりかねない巨大工事を簡単に受け入れられるとは思えない。だから我が社で選りすぐりの優秀な人員を惜しみなく派遣するのは当然の礼儀とも言える。香月君、君たちの出番なんだよ」

流石の香月も、稲垣の熱い説得に黙して首を縦に振るしかなかった。

——何だよ、急に饒舌《じようぜつ》になりやがって……。

山下は心の中で舌打ちをしていた。

「わかりました。それで、出発はいつにすればいいのでしょう」

渋々に答えた香月に、稲垣は満面の笑みを浮かべて、スーツの内ポケットから航空券を取り出し、三人の前に置いた。

チケットを見た香月は、思わず立ち上がって声を荒げてしまった。

「もう三日後じゃないですか。今やっている仕事の引継ぎもありますし、準備だって何も出来てないですよ。これでは……」

香月の言葉を遮るように稲垣は説明を続けた。

「大丈夫。既に現状の仕事は各担当に引き継いである。それに君たちは当面の着替えだけで十分だ。那覇の空港で、沖縄支社の三人が合流する事になっている。仕事に必要な一式は彼らが用意しているし、地元の人間も何かと必要だろうからな。だから気にせずに出立してくれ」

あまりの準備の良さに香月は思わず呆《あき》れ顔になってしまった。

一連の指示を受けた三人は、部屋を出てから半ば諦めるように溜め息をついた。

エレベーターに乗り、初めて香月が山下に愚痴るように話した。

「何か胡散《うさん》臭いのよねぇ。あまりにも準備が整いすぎてるわ。これは覚悟した方がいいのかもね」

香月の言葉に山下も同調していた。今までは、どんな仕事でも準備段階から話を進めていたが、今回の突発的な命令は入社して以来、例をみないパターンであった。

「まぁ、仕方ないわね。今更どうこう言っても変わる余地も無さそうだし、二人ともよろしく頼むわ」

香月は先にエレベーターを降りると、吐き捨てるように言葉を残して先に部署へ帰って行った。

今夜は近くのホテルに泊まって、明日には大阪へ帰るという川本と、夕食の約束をしてデスクに戻った山下に、後輩の芝原浩二《しばはらこうじ》が声を掛けてきた。

「先輩、聞きましたよ。沖縄ですって。いいなぁ、楽しそうだな」

あまりの情報の早さに、面食らった表情の山下は声を殺して芝原に答えた。

「馬鹿野郎、遊びじゃないんだからな。仕事だ、仕事」

山下の言葉を聞いて、キョトンと目を丸くして芝原は首を傾げた。

「え、そうなんですか。なぁんだ、違ったのかぁ。騙《だま》されたっすよ」

そう言いながら、芝原は営業に出て行ってしまった。

調子のいい後輩だと口元で笑った山下は、ズブ濡れになったままの鞄を見て、また溜め息をついた。

2

いつも仕事帰りに立ち寄る駅近くの居酒屋に入ると、既に川本がカウンターに座ってビールを飲んでいた。

「おう」

簡単に声を掛け合うと、隣に座って同じようにビールを注文した。

「どう思いまっか」

いきなり川本が口を開いた。

「どうって?」

川本の質問の意味はわかっていたが、山下はそれを敢えて聞き返してみた。

香月や自分が本社からの指示で沖縄の僻地に飛ばされるのは理解できる。しかし何故、何の肩書きも持たない別支社の平社員である川本に白羽の矢が立ったのか。

別に自分は本社営業部の主任だという見下した考えからでは無い。

単純に考えて、本社の意向が見えなかっただけであった。それは、山下が感じる以上に川本自身が感じていたから、出た言葉だったのであろう。元同僚だからこそいい加減には答えたくはなかった。

そんな山下の気持ちを察したのか、川本は笑いながら言葉を付け加えた。

「そうやんなぁ。わかる訳ないわな。大体、測地調査とかなら本社にもゴッソリとできる奴はおるし、何もわざわざ大阪から俺が出張らんでもええ話やのに…。俺にわからんのに山下はんにわかるわけないわなぁ」

「まぁ、決まった事だ、今更どうのって詮索しても仕方ないしな」

山下はビールを飲みながら、そう答えるしかなかった。

「ところで、だいぶ前に小耳に挟んだんだが、彼女ができたらしいな。どんな娘なんだよ、可愛いらしいじゃないか」

元来、山下は呑みの席で仕事の話をする事が好きではなかった。酔っぱらって愚痴めいた上司との会席に散々つき合わされて嫌な思いを何回もしてきた。せめて同僚とは楽しく呑みたいのも本音のところであった。

「えっ、知らんのでっか」

吃驚《びっくり》した顔で、大げさに上体を引いてみせた川本が答えた。

「何が?」

山下は反対に真顔で答えた。

「もぅ、ほんま仕事バカってやつでんなぁ。あ、もうすぐここに来まっせ。呼びつけといたから」

どうやら、その相手は自分のよく知っている女性らしい事が、川本の口調で何となく理解できた。山下は、新人時代に戻ったかのように、川本に相手は誰なのか詰め寄ったものの、関西人特有のボケ言葉で、のらりくらりとかわされてしまっていた。

「あっ、来た来た。おっ、ここや」

軽く川本が手を上げた視線の先を振り返ると、そこには山下と同じ本社の総務課に勤務する後輩の加納良子《かのうよしこ》が、ニコニコしながら歩み寄って来た。

「えっ。えぇ…。そうなの？　え、そうなんだ」

山下が驚くのも無理はなかった。まだ、川本が本社勤務の頃、山下と二人で可愛い娘が入社してきたと、にやけながら争奪戦を展開した相手だったからである。

「なんでやねん」

山下は、わざと下手な関西弁で川本に戯《おど》けながらふて腐れてみせた。

「肩書きは負けたけど、男としては勝ちましたでぇ」

ふざけて返す川本に、山下は心から笑って頷いた。

加納の登場で、仕事の事も忘れて三人は遅くまで昔話に花を咲かせた。

店を出て川本たちと別れた山下は、微酔い気分も相俟《あいま》って、自宅までの公園通りを歩いて帰った。

都会でも初夏の香りがする夜風に頬を撫でさせながら、ふと自分の日々を思い起こしていた。

毎日、自宅と会社との往復ばかりで、休日といえば部屋で寝てるかＤＶＤを観てるかの繰り返し。特に楽しい事もなければ、今日みたいに笑って話す相手もいない。かといって出世街道をひた走る程、仕事に傾倒しているつもりもない。よくよく考えてみると自分の人生が、何処へ行こうとしているのか、まるで大海原を漂う帆船のように、会社という風と潮任せに流されているだけなのかと思えてならなかった。

途中で何となく公園のベンチに腰掛けて、火をつけたタバコをくわえたまま、ネオンライトに照らされた大都会の夜空を見上げながら、今日の稲垣が言った言葉を思い返していた。

「自然破壊……か……」

確かに、自然以外に何もない所に活性化という創造物を建設していくには、破壊しなくてはならない部分もある。しかし、それは人間が住みやすく、生活基盤が安定する必要最低限の生業であって、仕方のない事だと判断している。感謝はされても恨まれるような仕事をしているつもりは無いのだ。人が人の利益と権利を主張する為の円滑な交渉と環境造りをしているにすぎない。そう思って過ごしてきた。しかし、今日は酒のせいなのか、川本たちの幸せそうな笑顔のせいなのかわからないまま、何故か胸の中で吸い込んだタバコの煙が吐き出せないような灰色の部分が漂っていた。

3

平日だというのに、早朝の空港は全国各地に旅行する人で混雑していた。

この空港を中心に、数時間程度で南の端から北の端まで日本各地へ移動できるのだから便利な世の中だと思わざるを得ない。ほんの数百年前の移動は人の『足』でしか無かった筈《はず》である。いわばこの場所は関所みたいなものかと山下は思った。

——これも環境破壊だと感ずる人もいるのだろうか——

空港の建設についても、多分に賛否が飛び交っている。しかし、いざ完成してしまえば当然のように反対していた人たちも平気で利用する。本当に人間なんて勝手な生き物である。

今から自分もそんな身勝手な一人になってリゾート建設の交渉に行くのである。稲垣の言葉通り、一筋縄では行かない状況にはなるであろう。だが、それが完遂され実際に活気溢《あふ》れる場所になった時、またその人たちは笑って利用するに決まっている。そう思うと、無知な幼児に算数を教える学校の先生の気持ちが何となくわかる気がした。

山下は、予定の集合場所に三十分も早く到着したため、まだ誰も来ていなかった。

「仕方ないか……」

腕時計を確認しながら、スタンドコーヒーにでも行こうかと歩き出した時、後ろから自分を呼び止める聞き慣れた声がした。

「もう、何回も呼んでるのに」

振り返ると、そこには妹の多美子が紙袋を抱くように持って膨れっ面で立っていた。

「何だ、お前」

今朝、自分が家を出る時はまだ寝ていた筈の妹が殆ど同時刻にこの場所にいる事に驚いてしまった。

「お兄ちゃんが出てすぐに着替え入れた袋をテーブルの上に忘れてるって、お母さんに起こされたんだよ」

「あ……」

頭の中が仕事モードに入ると､他の事がまったく見えなくなる癖が､既に起きた時から始まってしまっていたようだ。申し訳ないと思いながらも、それは身内に対しての態度である。どうしても無愛想になってしまうのが常であった。

「悪かったな……」

妹の手からもぎ取るように紙袋を受け取った。

「もう、完全に遅刻なんだから。あたしだって仕事あるんだからねぇ。ほんとに忘れっぽいんだから」

自分の為に、仕事を遅刻してでも届けてくれた事には感謝するものの、このままだとまたいつもの愚痴が長々と始まってしまうと思った山下は、多美子にコーヒーでも付き合えとごまかした。

「お腹もすいたから、朝ご飯もおごってねぇ。あ、ついでに電車代も」

「あぁ、わかったわかった」

高くついた忘れ物だと、溜め息をついた。

喫茶店で多美子に今回の行き先や仕事の事を話していると、川本から携帯に電話が入った。時計を見ると、集合時間を過ぎている事に気がついて、あわてて店を飛び出した。

「山下はん。遅刻でっせぇ」

川本の横で、香月は腕を組んだまま目を吊《つ》り上げて立っていた。

「いや……あの、俺は……」

もっと早く来ていた事を主張したかったが、また香月と面倒な言い合いになるのも疲れるだけと思い、不本意ながら謝って済ませる事にした。

「おっ、山下はん。彼女の見送りでっかぁ。なかなかやりまんなぁ」

にやけながら川本は山下の肩を小突いた。

「違うって。妹だっての」

多美子は、山下の言葉を聞いて川本と香月にペコリと頭を下げた。

今まで不機嫌な顔をしていた筈の香月は、多美子の前では満面の笑みで挨拶をした。

山下は、女の交渉術の巧さはここにあると感心してしまったのである。

多美子に見送られ、三人が出発ゲートをくぐった時、搭乗前の飛行機を見ながら川本は香月の横でポツリと呟いた。

「さぁ、戦争の始まりでんなぁ」

測地課の川本にとって、交渉営業の現場は初めての事である。

経験のない者が難易度の高い仕事場に会社の代表として行くのであれば、戦地に赴く気持ちになるのも無理もない事だろうと香月は思った。

4

照りつける日差しで熱くなった那覇空港の滑走路に三人を乗せた飛行機の車輪が接地したのは午後一時を少し回った時間だった。

到着ゲートをくぐると同時に、川本はスーツの上着を脱ぎ、ネクタイを胸元まで緩めた。

「暑つぅ。なんじゃこりゃ」

山下の予想通りのリアクションだった。

「夏だ。沖縄だし、当たり前だろ」

クールに答える山下に、川本は両手を肩まで上げて首を傾げた。

二人のやりとりを横目に、香月は迷うことなく出迎えの三人を見つけて近寄って行った。

「本社の香月です。お疲れ様です」

多くの人で混雑する到着ロビーで、何の迷いもなく出迎えを見つける香月の洞察力に、山下は面食らっていた。

「お疲れ様です。今回、同行させて頂く田島雅樹《まさき》と申します」

年齢的には山下と同じくらいの若者で、銀縁の眼鏡に短髪、いかにも頭の良さそうな礼儀正しい男であった。

「こちらは設計課の西村彰《あきら》と企画課の鈴木義孝《よしたか》です」

田島は同僚と思われる二人を続けて紹介した。

背の高い西村は長髪で目鼻立ちの通った顔立ちが印象的で、それとは対象的なのが鈴木の方だった。

茶髪の長い髪に、一人だけノーネクタイ、ポケットに両手を入れたまま無愛想な挨拶で、わずかに腰を曲げただけの所作だった。

それには当然ながら香月が黙認する筈もなく、人通りの多い前で、いきなりの一喝が入った。

「今回は沖縄へ遊びや観光気分では来てないの。仕事で来たからには、今後は私の指示の元に動いてもらうので了解しといて」

田島は、香月の鋭い眼光に焦った表情で西村と鈴木に再度頭を丁寧に下げさせた。

移動日の初日は、那覇市内のホテルに泊まり翌日朝一番の船で、目的地である神居島《かむい》へ向かう手筈になっていた。

山下は市内に向かう車の中で、小声で香月に問いかけた。

「あの……。さっき何で顔も知らない彼らがうちの社員だとすぐにわかったんですか」

山下の質問に、香月は一瞬溜め息をついたかと思うと、すぐに答えを返した。

「あなたはそれでよく営業主任やってるわね。常識で判断しなさいよ」

冷たく横目で山下を見ながら話す香月に、山下は頭を掻きながら頷いた。

「本社から仕事で来る者を迎える場合、当然ながらスーツで来る筈。ということは、フラワーホールには社員バッヂが付いているでしょ。これよこれ」

そう話しながら香月は山下のバッヂを指で弾いた。

「あ……」

山下は再度、香月の洞察力と集中力に頭が下がってしまった。

車は那覇市内の国際通りに面したビジネスホテルの前で停車した。

「今日はここが宿泊場所となっています。明日の朝は早いので、自分たちはこれで失礼します。打合せと詳細は明日、移動の船の中でいたしましょう」

田島は、そう言い残すと鈴木と西村を乗せて、車を反転させた。

「なんや、接待は無しかいな。沖縄料理を楽しみにしとったのに」

川本は尖《とが》るように愚痴った。

「仕事よ、仕事」

香月は川本の肩をポンと叩いて自分のルームキーを受け取りにフロントに向かった。

山下も、小さく笑って川本に顎で答えた。

明日から始まる長い戦いに、英気を養う必要を強いられた開発チームは、沖縄の青く澄んだ海や空とは無関係な、静かな夜を必要としていた。

事故

1

透き通る海面を舞い踊る初夏の日差しを含んだ風が、沖に停泊中のクルーザーで撮影をしていた嘉神ナミの頬を掠めて行った。

女優になってこれで何度目の映画の主役だろう……。セッティング待ちの間、メイク直しをしてもらいながら、ふと新人の頃を思い出していた。

十年前、初めてドラマの主役に抜擢されたナミは、慣れない現場の雰囲気と、極度の緊張でNGを連発していた。ミスをしてはいけないと焦る気持ちと重圧で疲れが極限にまで達して、何度覚えても同じ台詞を間違えるナミに、監督の篠村太一《しのむらたいち》は怒鳴りつける事もなく、むしろ励ますように優しく接していた。

「ちょっと表情に力が入り過ぎてるね。長い台詞だから、息の入りが難しいだろうけど頑張って」

　篠村はニコニコしながら軽くポンとナミの肩を叩いた。初日の撮影から、篠村はいつも笑って演技の指導をしてくれていた。

　その笑顔にどれだけ救われただろう……。

「参ったなぁ……」

ナミの口から溜め息交じりの言葉がボソッと漏れてしまった。

それと言うのも、今日はまるであの頃と同じ状態に陥ってしまっていた。

自分の意識に台詞が付いて来ない。

と、なると当然、容赦ないＮＧの量産が発生してしまう。

しかも、今回の監督はよりによって、当時世話になった篠村である。

何故そうなったのか……。

ナミにとって理由は単純明快だった。

問題はこの「場所」なのである。

大海原に浮かぶクルーザーのデッキでの撮影が、ＮＧ連発の要因だった。

ナミは子供の頃から船が苦手だった。

海面に踊らされて、上下左右に不規則に揺れる船にシンクロするように、ナミの神経も不安定に揺れてしまう。船酔いとは違う気持ち悪さが胸元を襲ってくる感じがして、生温い汗が首筋に流れる。

何故そうなるのか理由はわからなかった。

しかし、そんな事を理由に仕事を断るなんて我が儘《まま》な事は、どうしても自分のプライドが許さなかった。

ナミは、自分は船が苦手であり、そのせいでぎこちない芝居に拍車をかけているんだと言うことを撮影スタッフの誰にも打ち明けないまま必死に隠して頑張ってはみたものの、ダメの連続だった。

「はい……。すみません……」

何度やっても、納得のいかない自分の演技に俯《うつむ》いて落ち込むナミに、篠村は顔の前で手を振ってみせた。

「気にしないでいいから、ちょっと休憩しよう。その間に別のカットの準備するから、キャビンで休んでてよ」

篠村は、スタッフに海中で行う撮影をする準備に切り替える事を告げると、ダイバーのカメラマンと船尾に向かって行った。

キャビンに座り込んだナミは、もう一度台詞を覚えなおそうと、台本を手にとった。

縦に丸められた台本がナミにはズシリと重く冷たく感じられた。読み返すうちに自分の不甲《ふが》斐《い》無さと無能さが涙と共に溢れて、台本の活字を濡らしていた。

「ナミさん。そんなに落ち込んで泣いてるとメイクやり直ししなきゃですよ」

声を殺して泣いていたナミの背中を擦りながら話しかけてきたのは、スタッフの一人でメイク担当の野口絵理子《のぐちえりこ》だった。

「私ね、初めてナミさんをグラビアで見た時、すっごい綺麗《きれい》な人だなぁって思って、それからずっとナミさんの載ってる雑誌を集めてたんです。艶やかな白い肌、胸まで伸びた黒髪、長いまつげ、通った鼻筋、潤んだ瞳、全部が完璧に見えて、いつかは私が直接メイクをさせてもらえないかなぁって、憧れてたんです。そしたら実際にこんな夢のようなチャンスが来て、毎日が緊張のしっぱなし。ただでさえ綺麗なのに、私のせいで個性まで台無しにしてしまったら……。なんて考えてばかりいて、スタイリストの西口さんも、ヘアーの伊良部《いらぶ》さんもみんな同じ事思って頑張ってるんですよ。だから今のナミさんの気持ちも痛いくらいよくわかるんだ。元気出して。みんなで緊張を分け合えば、きっといい作品になると信じてますから…、ね」

絵理子の話を聞いて、初めてスタッフ全員の気持ちが理解できたように感じた。

自分も作品の中の歯車でしかない。各自が与えられた仕事を頑張って進める事で完成するものである。そのあまりにも単純な事を、映画の主役という肩書きに惑わされて、見失ってしまっていたのかもしれないとナミは思った。

「ありがとう。なんか元気が出たよ。頑張らなくちゃだね」

今日の撮影が始まって初めて白い歯がナミの口元からこぼれ出た。

「です。あぁ、まったくメイクがボロボロじゃないですか。こりゃ最初からやり直しねぇ。髪の毛もバサバサだし、ついでに伊良部さんも呼んできますね」

絵理子は満面の笑みで元気よくヘアーメイクの伊良部を呼びに甲板へ出て行った。

ナミより三つ年下で、二十八歳の絵理子はいつもジーパンにTシャツ姿で走り回り、連日行われる炎天下のロケで日に焼けて少年のように見えていた。しかし、そんな自分の事よりもナミに気遣い、紫外線から肌を守るため、あれやこれやとアドバイスしてくれる。

今までナミには、心を許して話が出来る親友がいなかった。

沖縄で産まれ、幼少の頃に両親を亡くし、高校を卒業するまでは養護施設や孤児院を転々としていた。十八歳になって琉球舞踊の観光会社でアルバイトをしていた時に、今のプロダクションの社長にスカウトされて業界に入った。最初は、コマーシャルやグラビア雑誌のモデルで何とか人気を集めていたのだが、三年も過ぎる頃にはいつしか端役ながらもテレビドラマの仕事もこなすまでに成長していた。

事務所の期待も大きく、自分の時間も極端に減り、毎日がプレッシャーとの戦いだった。

そんな状態の中での絵理子との出会いは、自分にとって特別のように思えていた。

ナミに友達ができない理由は他にもあった。それは、自分ではどうしようもない理由だった。心から信頼し合うには、どうしても超えなければならない壁でもあったが、いくら特別とはいえ、ナミには絵理子にそれを話す勇気がまだ無かった。

「さぁ、はじめましょう」

絵理子が伊良部を連れて帰ってくると、手際よくメイクにとりかかった。髪を整え、メイクが終了するまでナミは微動だにできない。しかし、この時間が好きだった。

子供の頃、一人でよく人形遊びをしていた自分が、今度はその人形になったように、人の手で美しく飾られていく。いくら勉強しても、その道のプロには敵わない。

まったく違った自分が鏡に映し出されていくのが楽しかったのだ。

「はい、オッケー。これでもうバッチリですよ」

絵理子は少しおどけながら笑ってみせた。

「あ、さっき監督がメイク終わったら撮り直しするから来てって言ってました。今度は大丈夫だから。きっと」

絵理子に言われるがまま、ナミは元気に立ち上がってデッキに向かった。

気合いを入れ直したキャビンの出口で、もう一度振り返り、笑顔で見送る二人の応援に、小さくガッツポーズを送って自分の仕事に戻っていった。

2

昔から仲間などが大勢集まり、わいわい騒ぐ宴会のような場はどうも苦手で、撮影スタッフの夕食会もそこそこに抜け出したナミは、一人で夜の海岸へ出かけた。

都会の騒々しい車も街灯も無い、静かな砂浜を暫らく歩くと、一際大きく見える青白色の月明りに照らし出された岩場を見つけた。

まるで自然が作り上げた小さなステージのような場所に腰を掛け、足元の岩に打ち返す波の音を聞きながら、子供の頃によく歌った歌を口ずさんだ。

緩やかに流れる潮風に乗って、透き通るナミの歌声は、煌《きら》びやかな星空に時折涙のように流れる幾つもの星を癒すかのように、優しく溶け込んでいった。

「へぇ～、ナミちゃん、結構歌うまいんだねぇ」

突然後ろからパチパチと手を叩きながら話しかけて来たのは、この映画の恋人役を演じている飯塚正也《いいづかまさや》だった。

「飯塚さん……」

ナミは、驚いた表情で振り返った。

「俺さぁ、夕方にこっちに着いたんだけど、眠くてさぁ、さっきまで部屋で寝てたんだ。で、起きてみたら皆もう食事も終わってて俺の事そっちのけで宴会してんだもんなぁ、ムカついてさぁ、で、気晴らしに散歩してたらナミちゃんを見つけたってわけ」

馴《な》れ馴《な》れしく話しながら正也が、横に座り込んできた。

「はぁ……。そうなんですか……」

なるべく視線を合わせまいと、伏目がちに答えた。

実のところナミは、あまり正也の事が好きではなかった。初めて恋人役として紹介された時から、いくら仕事の先輩とはいえ、事あるごとに色目使いで食事や飲みに誘われ、それを断る度に、自分のマネージャーやスタッフに当り散らす横暴さと、自己中心的な性格が嫌でならなかったのである。

確かに人気俳優と言うだけあって、正也は他の一般的な男性に比べると、顔立ちも美形で身長も高く、体型は元モデルをやっていたと言う肩書き通り、引締った筋肉質で、非の打ち所が無いほどの男性なのだが、外見よりも内面を重視するナミの目には、毒と棘《とげ》を持ち合わせた花のようにしか映らなかった。

「そうだ、せっかくナミちゃんの素晴らしい歌声も聞かせてもらったし、お礼に俺の部屋でワインでも飲まないか。こっちに来る時にマネージャーに言って、高級ワインを持ってこさせたんだ。ね、いいだろ」

わざとらしく目を見開いて笑いながら言う正也に、毎度の事と困惑した。

ただでさえ一人の好きな時間を邪魔されて憤慨しているのに、下心丸出しの正也の部屋でにこやかにワインなど飲める筈もなかった。

「あの……、でもまだ明日の撮りの台詞も覚えないといけないし……、それに夜も遅いですから……」

ナミは必死に話しながら、断る理由を探し出そうとしていた。

「え〜っ、いいじゃん。別にそんな事。それに、こんなとこで歌ってたくらいなんだから、もう台詞だって覚えてんじゃないの」

正也は、ナミの焦る表情を見透かすかのように、顔を覗《のぞ》き込ませ強引に誘って来た。

どうしようもなく、次の言葉が出てこない自分に苛立ちすら感じ、仕掛けられた蟻《あり》地獄のような罠《わな》に引き込まれそうになってしまっていた時、後ろから聞きなれた声がした。

「なぁんか、お邪魔していいですかぁ」

絶体絶命の窮地を救ってくれた声の主は、缶ビールを片手に歩み寄ってきた。

「絵理子さん。伊良部さんも」

振り返ったナミに思わず安堵《あんど》の表情がこぼれ落ちた。

「よくここがわかりましたね。もう宴会は終わったんですか」

自分でも信じられないくらいに、明るい声で、ナミは伊良部に話し掛けた。

「あぁ、まだ何人かは飲んでるみたいだけど、野口君が岩場の方へ歩いていくナミちゃんを見たって言うもんだから、昼間の事もあったし、ちょっと気になってね」

普段は無口で、仕事以外の事は、あまり口にしない伊良部大地《だいち》は、ヘアーデザイナーの専門学校を卒業後、この世界に入った。

北海道の出身で、現在三十八歳。容姿は正也にも負けないくらいに男らしく、一流デザイナーも認める程の腕の持ち主なのだが、プライベートの事は、一切話したがらない変わり者でもあった。

「ごめんなさい。心配かけちゃって」

ナミは、ペコリと頭を下げて悪戯《いたずら》っぽく謝った。

「気にしないで下さい。私たちが勝手にそう思っただけだし、何でもないならそれで安心なんですから」

絵理子は笑いながらそう言うと、持ってきた缶ビールを差し出した。

「冷えた高級ワインよりかは味が落ちるかも知れないけど、ね」

ナミは両手でそれを受け取ると、小さく首を振って答えた。

「どっから盗み聞きしてたんだよ」

不機嫌に座り込んで海を睨みつけながら、怒鳴りつけるように、正也は口を開いた。

「だいたい女優がスタッフの奴らにペコペコしてどうすんだよ。使えねぇな。なぁんかシラケタ。明日は、潜りのシーン撮りだし、俺は部屋帰って体力温存の為に寝ることにするよ。じゃあな」

嫌味とも馬鹿にしてるとも取れるような言い方で、正也は立ち上がって帰りだした。

「あの……。ごめんなさい……」

咄嗟にナミが謝ると、正也は振り返らずに、背中を向けたまま右手を上げて、その場から離れていった。

「あらら。機嫌を最高潮に悪くしたわねぇ」

絵理子は舌を出しながらおどけて話した。

「でも、助かったぁ。二人が来てくれなかったら、どうしようかと……」

ナミは、肩を竦《すく》めて絵理子に笑って返した。

「あぁ、気にしない気にしない、あの人ってスタッフの間でも評判良くないし、競演した女優はすぐに口説くし、性格悪いし。いいのは見てくれだけって感じ。実は、本当の事言うと、伊良部さんは最初からナミさんがここに来るまでずっと後ろで見てたの。で、彼が現れてヤバそうな雰囲気になってきたから、私を携帯で呼んだんです。自分が出て行って、ケンカにでもなったらマズイからって。ね」

知らんふりをする伊良部の脇腹を小突きながら、絵理子が話すと、

「そうだったんですか……。すみません」

ナミは照れ臭そうに夜空を見上げる伊良部を見つめていた。

「そう言えばナミさん、この辺の出身だったんですよね。伊良部さんたちが聞いたナミさんの歌、そこで歌われてたものなのかなぁ。ね、もしよかったら私にも聞かせてもらえます？　い

いでしょ、友達なんですからぁ」

猫なで声で駄々をこねる子供のように、絵理子はせがんで見せた。

しかし、ナミは絵理子の言った『友達』と言う言葉に戸惑っていた。

「友達……、ですか。ほ、本当にそう思ってくれてます。本当に……」

ナミは弱々しく、自信なさげに尋ねた。

そのあまりにも意味ありげな口調のナミに、一瞬戸惑った絵理子だが、

「な、なに言ってるの、当たり前じゃないですか。私は、どんなことがあってもナミさんの親友でありたいと思ってます」

胸を張って言う絵理子に、

「私……。子供の頃から友達ができなかったの。それは……、私が普通じゃないから……」

「普通じゃない……って、何が」

黙りこんで、話しにくそうに俯くナミを見て、大きく深呼吸した絵理子は、

「私には、ナミさんを悩ませているのが何かまだわからないけど、親友ならどんな事でも吹き飛ばすくらいのパワーが必要だと思うの。だから勇気を出して話して。私、必ず受け止めるから」

力強い目で見つめる絵理子に、ナミの気持ちは大きく揺れ動いた。

「わかった……。話せる時が来たら、必ず話すよ。その時は……、受け止めてください」

笑って大きく頷いた絵理子は、

「わかりました。伊良部さんも大丈夫よね」

「全然問題なし。安心していいよ。それより、さっきの歌、もう一度聞かせてくれないかな。今度は邪魔者もいないし」

微笑を浮かべたナミは、その場にふわりと座り、優しく囁くように歌いだした。

今は、自分を覆う壁もない、潤んだ瞳で海を見つめて歌っている。一人でもない。後ろで自分の歌に耳を傾け、暖かく見守ってくれる親友がいる。それだけで充分幸せだった。

静かに時は流れ、星空と海に染み渡るようなナミの歌声に、暫く聞き入っていた伊良部が、僅かな風と波の変化に違和感を感じた。

ナミも伊良部と同様のものを感じ、歌を止め、じっと海面を見つめた。

さっきまで穏やかだった海面が、俄かに白波をざわめかせ、東の空から広がってきた雲が、足元を照らしていた月を覆っていった。

「まずい、ひと雨来るぞ」

伊良部はナミと絵理子に、すぐに戻るよう声を掛けた。

宿舎に帰ろうと、二人の後ろを小走りに急ごうとしたナミの背後で一瞬何かがよぎった気がした。得体の知れない悪寒を感じて暗がりの中、立ち止まって恐る恐る視線を岩礁と海の間に投じてみた。

その時、海面をゆっくりと黒く大きなものが蠢いたかのように見えた。

「お〜い。何やってんの。早く帰るよ」

絵理子の呼ぶ声に振り返ったナミは、そのまま海岸を後にした。

部屋に戻った後も、あれが波だったのか、それとも別の何かだったのか……。

ずっと幼い頃、全く同じものを何処かで見た事があるような気がした。

その時も、自分の側に誰かがいたような……。必死に思いだそうとすればするほど、記憶の最深部にかかった靄《もや》が、重苦しい空気になって胸元を締め付ける。

本来ならば、部屋の小窓から聞こえる波音が心地よく感じて眠れる筈のものが、逆に言い知れない不安となって、ナミを寝付けない夜へと誘うものになっていた。

3

睡眠不足は女優にとって最悪の結果を如実に残してくれる。

朝、ホテルのロビーで会った絵理子に、顔を見るなり開口一番で叱責を受けてしまった。

女優としての自覚の欠如だ、自己管理の怠慢だと、さすがに絵理子の立場上、そこまでの罵《ば》詈《り》雑言《ぞうごん》を浴びせられた訳ではないが、翌日に撮影を控えた者が、一睡もしないで目の下に隈《くま》をつくって出てきたら、メイクを担当する側にとって怒るのは当然の事である。

——今日も最低な撮影になるかも……。

ナミは溜め息交じりに呟きながら、苦手なクルーザーへと乗り込んだ。

今日も絶不調のナミとは裏腹に、撮影スタッフの声は雲ひとつ無い青空と、眩《まぶ》しく照り返す日差しの中で、軽快に飛び交いながら、二日目の撮影を順調に進めていた。

クルーザーの船上で、ナミとのシーンを撮り終えた正也は、昨夜の事は何も無かったかのように、機嫌よく監督と次の撮影の打ち合わせに入っていた。

「じゃあ、この後、海中のシーンに入るけど、どうも下の方は潮の流れが速いらしいから、その辺だけ気をつけて」

篠村は、昨日下調べで潜ったダイバーから聞いた注意事項を告げていた。

「大丈夫っすよ。これでも潜りにはかなりの自信がありますから」

くわえ煙草で聞いていた正也は、自分だけさっさとダイバースーツに着替えて、余裕の表情で構えていた。

二人のカメラマンと海中撮影のスタッフが準備を整えると、自分について来いと言わんばかりに、青く澄んだ海の中へ、一番に体を沈めて行った。

ナミは、そんな正也の撮影風景などに興味がないかのように、反対側のデッキで頬杖《ほおづえ》をついて、ぼんやりと空を眺めていた。

「まぁた無防備で日にあたってる。日焼けするからせめて帽子くらいかぶりなさいってば。メイクするの大変なんですから」

絵理子が笑いながらナミの頭に帽子をかぶせた。

「ねぇ、結局、昨日あれから雨は降らなかったよね」

ナミは頬杖をついたまま独り言のように呟いた。

「そうですね。なんか焦って戻って損した気分。最後までナミさんの歌聞きたかったのになぁ」

「あれって、いったい何だったんだろうね」

何か思いつめて考え事をしているような、ナミの横顔を見て絵理子は、

「伊良部さんが言ってたけど、この辺の天気は変わりやすいんですって。それに季節だってま

だ初夏でしょ。私に似て気まぐれなんですよ、きっと。そんなに深く考える事じゃないんじゃないですか」

「そうかなぁ……。そうだといいんだけど」

ナミは小さく、ため息をついて、何気なく海面に目をやった時、自分たちを乗せたクルーザーの側を、何尾もの巨大な魚の群れが通り過ぎるのが見えた。全長二メートル位で、銀色に輝く魚体に、炎を従えたような真赤な背びれが揺れていた。

今までに見たことの無い魚だった。

ナミが思わず声を上げそうになった時、反対側のデッキが騒がしくなっていた。

海中で撮影していたカメラマンやスタッフが次々ともがくように上がってきて、何やら叫んでいたのである。

篠村たちが慌てて一人ずつデッキの上に引き上げると、その中のカメラマンに事情を聞いた。

「どうした。海中で何があった」

荒々しく尋ねる篠村にカメラマンは、乱れる息を抑えながら、

「海底近くで撮影していたら、突然、大きな魚の群れにぶつかったんです。そしたら急激に海流が変わって……。まるで渦潮の中に飛び込んだような状態で……」

そこまで聞いた時、篠村は慌てて立ち上がった。

「飯塚は。正也はどうした」

大声で怒鳴るかのように、スタッフ全員に問い掛けた。

一人一人が互いに顔を見合わせるが、正也の姿は何処にも無かった。

スタッフの沈黙の中、見る見る篠村の顔は強張っていった。

「ま、まだ……、まだ海中か～っ」

叫び声を上げると同時に、今にも飛び込まんとして、クルーザーから身を乗り出した篠村を、スタッフたちは必死に抑えた。

「だ、駄目です。まだ海底は潮が荒れ狂ってる状態です」

必死に止めるカメラマンたちの声も掻き消されるかのように、篠村は海に向かって正也の名前を叫び続けた。

ナミはその光景を、ただ呆然《ぼうぜん》と見ていた。

カメラマンの言った魚群とは、さっき自分の目に飛び込んで来た、巨大な魚に違いないと思った。しかし、獰猛《どうもう》なシャチやサメなら理解もできるが、魚が人を襲ったりするのだろうか。それに、いくら魚群とぶつかったとは言え、海流を急激に変える程の事が起こるだろうか。いずれにしても、常識ではありえない事で、何もかもが悪夢のように感じられた。

薄黒の空と海が、昇る太陽に追われるように青紫へと染まり出す頃、漁場から数隻の漁船が島の波止場に戻ってきた。

島の東南に位置する御嶽から、静かな佇まいでそれを見守る嘉神ナギがいた。

朝の太陽に照らされ、眩しいまでの純白の衣を身に纏ったナギは、胸まで真っすぐに伸びた長い黒髪を、柔らかく舞う島風に漂わせながら、澄青の海から無事に戻ってくる漁船を確認すると、微笑を浮かべ静かに胸元で両手を合わせた。

漁船を接岸した港では、漁師たちが今日捕れた魚の水揚げ作業に追われていた。

「やぁ、今日は久々の大漁だ。活きの良い内に持って行けよ」

潮焼けした黒い肌に口髭を蓄え、ガッチリ太った体を躍らせながら、宮里克広《みやさとかつひろ》は上機嫌で港に来た客に吼《ほ》えていた。

「まったく、疲れを知らんなぁ。宮ちゃん」

力一杯に機敏に動く宮里とは反対に、疲労困憊《こんぱい》した表情で、だらりと両腕を垂れながら屋宜《やぎ》栄太《えいた》が声を掛けた。

宮里と同様に太った腹ともみあげから伸びた髭面で、いかにも屈強な海の男と言った風体ではあったが、丸い体を転がすように船から降りるとすぐに波止の上で大の字に寝転がった。

「だらしないねぇ、宮ちゃんの方が年上なのに。これじゃあまた最初から鍛え直すかねぇ」

そんな屋宜を見て、笑いながら声を掛けたのが漁師連中の頭である比嘉一策《いっさく》だった。

小さな港町の漁師長らしく優しい笑顔に、人の良い気性で、荒くれの漁師たちからも慕われていた。

「栄太。今夜は大漁祝いをワシの家でやるか。ワッタの好きな酒でも飲んでさ」

比嘉の言葉を聞いて屋宜は、俄然《がぜん》やる気を出して飛び起きた。

「まったく、酒の話になると張り切るんだから、単純やっさ」

宮里は呆れ顔と大漁の喜びの混じった顔で笑った。

「こんな良い日は最近はめったに無かったからね。かまわんかまわん」

比嘉も腕を前に組んで笑っていた。

「それもこれも、ナギのおかげやっさ。昨夜の出航からずっとあの御嶽から歌ってくれてたさ。ワシの耳にはずっとナギの歌声が聞こえてた」

港から高台の御嶽を見上げながら宮里は嬉《うれ》しそうに話した。

「そうか。ワンには全然聞こえんかったがねぇ」

比嘉は宮里を茶化すように、冗談めいて笑ってみせた。

「頭はナギと一緒に毎日おるから、それがあたりまえになって聞こえんのやっさ」

宮里は比嘉の冗談に膨れっ面で答えた。

そんな単純さは、中身が違っても屋宜と似ていると、比嘉は宮里の背中を見ながら微笑んだ。

朝の港の賑《にぎ》わいとは別世界のような、小刻みに打ち寄せる波音が、心地よいリズムで夜の島内を包んでいた。

夕方から始まった比嘉の家での宴会は、漁師仲間とそれぞれの友人が集まって催されていた。

比嘉の家で生活するナギは、まだ幼少の頃に島を襲った大型台風の事故で両親を喪った。唯一の姉妹である三歳年上の姉がいたが、その時の事故で船から海に転落し、行方不明になったと聞かされていた。

自分が生まれ、両親が愛したこの神居島がナギにとっては掛け替えのない地であった。

二十歳の誕生日を迎えた頃から、ナギには不思議な力がある事に気が付いた。

天気の変動、漁の善し悪しから商売の吉凶までことごとく言い当てた。

島民たちは、口々に亡くなったナギの母である美佐世の魂が宿っていると噂《うわさ》していた。

島民にとってユタは信仰的意味合いを持つ絶対的存在である。

台風の事故で死んだとされるナギの母も、この島のユタであったが、島民は誰一人事故だとは思っていなかった。

――美佐世さんは島を守って死んだ――

その思いは人々の心の中に揺るぎないものとして深く刻まれていた。

ナギは母親譲りの美しい顔立ちで、艶のある長い黒髪がよく似合っていた。

不思議な事に、沖縄の潮風と強い日差しの中でも、染みひとつ無い白い肌を輝かせ、それが尚更ユタの霊力を引き立たせる要因であるかの如く、島民の目には映って見えた。

「ナギぃ、ほんといい女になったねぇ。どうよ、うちの公平《こうへい》の嫁にならんね」

屋宜は、酔った勢いでナギに話しかけた。

「ナギはこの島で最後のユタだぞ。みんなのナギを公平みたいなひょろっこい奴に任せられんさね。まったく、海んちゅの男が弱っこい体でぇ。男はガッチリしとらなイカン。どうよこの腹。ガッチリとな」

宮里は屋宜の耳を引っ張り、耳元で大声で鍛えた体と膨れた腹を出しながら、ナギに笑ってみせた。

「屋宜オジも宮里オジも優しいから、好きよ。でも、ちょっとお酒飲み過ぎね」

ナギは料理を運びながら笑って答えた。

「ナギは特別やっさ。ワンらもそんなことぐらいわかっとん。なぁ比呂志《ひろし》」

屋宜の息子である公平が、友達の照屋《てるや》比呂志と並んで酒を呑みながら宮里たちに聞こえるように言った。

コップ酒を口に運んだまま、比呂志も黙ったまま頷いた。

「この島では、若いもんが少ない。とは言っても島の男は海んちゅ連中みたいに強くないといかん。まだまだ当分、ナギにはワンの面倒を見てもらわないとねぇ。公平も比呂志も、そりゃ、ないないない」

比嘉は笑って若い二人に声を掛けた。

「もぅ、みんな勝手に盛り上がって。私はまだまだそんな事考えてもないさ」

少し口を尖らせたナギを見て、笑う漁師連中の小さな宴会は、夜の心地よい風と和やかな時間を包み込みながら、晴れわたった満天の星空へと流れていった。

2

翌朝早くから、昨日の大漁と無事故の報告の為に、比嘉とナギは美佐世の墓参りに来ていた。

御嶽のすぐ側にある美佐世の墓は、島民たちが家族の事や仕事の事など、祈願行事がある度に、心の拠り所として参りにくるため、いつも綺麗に掃除され美しい花が絶える事が無かった。

どこまでも青く広がる澄んだ海を見下ろす墓の前で、比嘉とナギは静かに手を合わせていた。

海を渡る風が、本島から来る定期連絡船の汽笛を運んで来た時、一瞬ナギの表情が曇った。

「風が……。風が変わった……」

ゆらりとその場を立ち上がって、御嶽から港を見つめるナギに、比嘉は微少にざわめく胸騒ぎを覚えた。

港では、昨夜からの二日酔いを引き摺《ず》ったままの宮里と屋宜が小言を言い合いながら、漁船の甲板洗いの準備をしていた。

「あぁ、頭痛てぇ」

まだ酒臭い息を吐き散らしている二人の横を、画家の平野《ひらの》鈍引《にびき》が通りかかった。

「おっ、鈍引さん。今日は何処で描いてたんかね」

屋宜の問いかけに鈍引は、苦虫を噛《か》み潰した顔で、不機嫌そうに立ち止まった。

「青と白が切れた……。もう無くなった」

どうも、油絵の具の材料が切れた事に気分が悪いようであった。

鈍引は、十数年前にこの島へフラリとやって来て、島のあちこちで描画作成に没頭していた。

人付き合いが良いわけでも無く、無愛想で、時には意味もなく癇癪《かんしゃく》を起こし、海に向かって大声で怒っているかと思えば、ニコニコ笑いながらカンバスを片手に歩いていたりと、変わった人間ではあったが、何故か島民からは親しまれていた。

「またぁ、本島行く奴に頼めばいいさぁ。あ、材料費のバイトで甲板洗いをしてくかね」

宮里が鈍引に笑って話した。いつも、鈍引は材料の資金が無くなると、漁師の手伝いをしながら、僅かばかりの絵の具代を稼いでいた。漁師にしてみれば、素人の鈍引が働くほどの忙しさは無かったのだが、人の良い漁師たちは、そんな鈍引を温かく受け入れていた。

「今日は……、やらん」

口をへの字にしたまま、鈍引はくるりと反転して、スタスタと自分の自宅兼アトリエにしている小さな小屋に帰っていった。

「ご機嫌斜めやねぇ」

ニコニコ笑いながら宮里は鈍引の背中を見送ると、また昨夜の泡盛が腹の中から込み上げるような気分の悪さに腰を屈めた。

「また飲み過ぎってやつかねぇ」

笑いながら声を掛けてきたのが、近くで民宿兼食堂『にらい荘』を経営している下地《しもち》由康《よしやす》と娘の百合子《ゆりこ》だった。

「何さぁ、今日は魚無いよ」

宮里は、下地に酒の抜けやらぬ表情で答えた。

「いやいや、今日東京から六人ほどお客さんが来るんで、迎えに来たさぁ」

娘の百合子が明るく答えた。

島ではナギに次いで若い百合子は、日焼けした素顔に白い歯が印象的な看板娘で、沖縄美人特有の目鼻立ちをしていた。

「へぇ、珍しいねぇ。観光なんてする所ないのに、物好きやっさ。で、どれだけ居るのよ」

屋宜の質問に、下地は軽く顔の前で手を振りながら、その場に座り込んだ。

「それが、何か仕事の事らしくて、かなり長期らしいさ。まぁどうせ暇だし、何日居てもワンの所は逆に助かるってものなんだけどねぇ」

甲板洗いを始めていた宮里は、思わず手を止めた。

「仕事……」

何かを思い出すかのように、宮里は額から零れる汗を、首にかけたタオルで拭きながら呟いた。

程なくして、公平と比呂志が洗船の手伝いに駆けつけた時、本島からの連絡船が接岸してきた。

下地が紙に書いた宿泊者の指名を頭上に掲げていると、中からサングラスを掛け、パリッとしたスーツを着た男女六人が、都会という刀で潮風を斬るように颯爽《さっそう》と現れた。

「東京から参りました、角田建設の香月碧です。お世話になります」

下地の前に立った香月が、長い髪を風に靡《なび》かせ歯切れのいい口調で軽く会釈をした。

初夏の日差しが照り返す甲板の上で、東京から来たと言う連中を見ていた宮里たちは、何か得体の知れないものが足下から這《は》い上がって来るような不吉な空気を感じていた。

進展

1

映画の撮影中に起きた事故の捜索は、ヘリコプターや漁船までも駆り出して、朝から晩まで大掛かりに連日行われていた。

しかし、正也の遺体はおろか、遺留品の欠片ひとつ見つからない状態が既に一ヶ月以上続いていた。

事件当初、撮影スタッフや、正也と一緒に潜っていたカメラマンたちも警察の取り調べを受けていたのだが、後の調べで、当日撮影をしていた付近一帯で、大きめの海底地震があった事がわかり、その影響による海流の変化で潮流に飲み込まれたのであろうという見解が強まり、最終的に事故と判断された。

しかし、遺体が発見されない限り解決とはならないため、正也の捜索は今も続行されていた。

事故当初、マスコミ各社はこぞって人気俳優の行方不明事件を当然ながら書きたて、篠村やナミの事務所にまで連日取材人が押し寄せていたのだが、数日経って別の大物タレントの結婚や、政治事件などのビッグニュースが明るみに出ると、いつしか取材の波も落ち着きを取り戻していた。

せっかく主役に抜擢された映画も、この事件のせいで中止になりそうな状態の中、気を使った事務所側の計らいで、ナミは暫くの間スケジュールを白紙にして東京の自宅で過ごしていた。

生まれて初めて経験する大きな事件で仕事が中断されたのは残念だったが、それ以上に毎日頭の中で靄のようにモヤモヤして、はっきり解決せずに残っている事があった。

あの夜の浜辺で一瞬悪寒を感じたものの正体と、クルーザーから見た巨大な魚は関係しているのだろうか。それはいったい何だったのだろうか……。

考えれば考えるほど謎は増幅していって、じっとしていられなかった。

インターネットで調べるにも何をどう調べていいかわからず、人目を避けて近所の図書館や水族館にまで足を運んだが、何の手掛かりも得られなかった。

このままだと気持ちが滅入ってきてノイローゼになりそうだったので、ナミは所属事務所に出掛ける事にした。

もしかしたら、あれから何らかの情報が入っているかもしれない。少なくとも自宅で燻《くす》ぶっているよりはマシだろうと、玄関を飛び出すとタクシーに飛び乗った。

あらかじめ電話を入れておいたので、事務所の入口には担当マネージャーの門脇慎吾《かどわきしんご》が迎えに出てくれていた。

「おはようございます。どうです。少しは元気になりましたか」

事務所のドアを開けながら、門脇はにこやかにナミに挨拶をした。

「私はいつでも元気です。もう二ヶ月近くも家に閉じこもってたら頭がおかしくなりそう」

気を使って言ってくれた門脇の言葉に、ナミは開口一番、嫌味で応戦した。

「ま、ま、そう言わずに。ゆっくりしていってください」

門脇は、事務所のソファーに案内すると、事務員にアイスコーヒーを持ってこさせた。

「今日、社長ゴルフでいないんですよ。まぁ、接待なんですけどね」

ハンカチで額の汗を拭きながら、申し訳なさそうに言う門脇に、ナミは出されたアイスコーヒーを飲んで一息つくと、少し上目遣いに話した。

「今日は別に、社長に文句を言いに来たんじゃないの。実は、あれから何の情報も入って来ないから、どうなったかなと思って」

いきなり本題に入られた門脇は、焦りと戸惑いの入り混じった表情で視線をナミから外した。

「そ、そうですよね。何も言ってないですもんね……」

門脇の弱々しく言った言葉に、ナミは瞬時に反応した。

「何も。何もって事は、何かあったのね。隠してないで、言ってよ」

テーブルに乗り出すように、突き刺す視線で問い詰められた門脇は、

「いや、あの……、隠してるわけじゃあ……」

ぼそぼそと、小学生が先生に叱られている時のような門脇の口調に、ナミのイライラは急速に頂点に達していった。

「だから、何なのよ」

殴るようなナミの声に門脇は、

「は、はい。ですから、あの……、映画の件は流れてしまいました。やっぱ、あの……死人出したら……、まずいっすもんねぇ……」

がっくり肩を落として、門脇は俯いてしまった。

それを聞いたナミは、力が抜けたようにソファーにドッと背中から座り直し、大きくため息をつくと、天井を見つめて呟いた。

「あぁ、何だそんな事かぁ」

ナミの言葉に不思議そうな顔で、門脇は聞き返した。

「そ、そんな事って、他に何か……」

天井を見ていたナミは、視線を門脇に戻すと、今日、事務所に来た理由を淡々と話し出した。

「確かに、映画が中止になった事も知らなかったけど、私が知りたいのはそんなんじゃなくて、何であんな不思議な事が起こったかって事だったの。確かに、後からあれは海底地震の影響だって事は聞いたわよ。でも、それだけじゃ、何か釈然としないのよね。かと言って、それが何故かって事は説明できないけど……」

「嘉神さんの言われてる事は、何となく解らないでもないですけど、そう言われても特別あれから変わった事なんて……」

顎に手をやって、考えていた門脇は、思い出したかのように突然、ポンと膝を叩いた。

「そう言えば、あの撮影していたカメラマンの人、何てったっけ、名前忘れちゃったんですけど、その人あれから頭おかしくなっちゃったみたいで、どっかの精神科の病院に入院しちゃったそうですよ」

それを聞いたナミは、驚いたように目を見開いた。

「え、何それ、何処。何処の病院よ」

「さぁ……、そこまでは聞いてなかったですからねぇ……」

ナミの追求に門脇も、とりあえず調べてみるとしか答えられなかった。

結局、夕方まで門脇や他の社員と雑談をして、大した成果も得られず、気持ちはモヤモヤしたまま事務所を出て来てしまった。

2

朝の日差しが次第に外気の温度を上げ始める頃、枕元に置いてあった携帯の呼び出し音が、ベッドに沈み込んでいるナミを揺り起こした。

「……はい……」

安眠を妨げた電話の主からの内容は、寝起き特有の低音ボイスで電話に出たナミの頭を急速に覚醒させるのに充分な内容だった。

まるで会社に遅刻するかのようなスピードで着替えを済ませ、来客の準備を整え終わると、息つく暇も無く玄関のチャイムが鳴った。

ドアを開けたその先には、門脇と絵理子の姿と、その後ろにスーツを着た二人の男女が立っていた。

ナミは、小さく会釈をすると全員を室内へと招き入れた。

一人暮らしの割にはリビングに置かれたソファーセットは、五人が座るに十分すぎる広さを有していた。

「お休みの所を突然押しかけて申し訳ありません」

ソファーに腰掛ける前に、礼儀正しく名刺を差し出しながら二人の男女は一礼した。

「警視庁の簑島と申します」

「同じく佐伯《さえき》です」

ナミは名刺を受け取ると、二人に座ってもらうように促した。

おおよそ刑事ドラマで見るわざとらしくも野暮ったい風体とは違い、現実の刑事は整髪もスーツもキッチリ決めて、清々しさを感じさせる気持ちよさがあった。

特に佐伯美奈子と名乗る女性刑事は、黒の細身のパンツスーツに長い黒髪を後ろで纏め、派手さを控えた薄化粧の割には女優のような整った美貌が一際印象深く思えた。

「早速ですが、署の方へ任意で出向いて頂き、お話を伺うのが本来のスタイルなのですが、嘉神さんは女優でもあり、あらぬ疑いや噂をマスコミに騒がれるのもご迷惑と思い、ご自宅まで来させて頂きました」

簑島は、大まかな概略を話し、本題に入る前に犯罪の容疑者やその関係の調査で来たのではないことを説明した。

「とりあえずご覧になって頂きたいものがあります」

簑島の説明が終わると同時に、佐伯が提出した幾つかの写真は、ナミの脳裏にある過去の記憶中枢を混乱させるのに十分な風景と花が写っていた。

「これは……」

「見覚え、ありますか？」

佐伯の言葉にナミは口ごもった。青く美しい海にポツンと浮かぶ島が、海上からと上空から撮られていた。幾つかの花も、海岸に乱咲するものとクローズアップしたものがあった。

「……あるような……ないような……」

確かに記憶の何処かで引っ掛かっているものはあった。しかし、それは波打ち際の一砂ほど小さく、深い意識の中で微流していた。

「沖縄の本島から更に南へ数十キロ先にある神居島という名前の島です。嘉神さんは、この島の出身ですよね」

簑島は今まで調べた僅かな手掛かりを、少しずつ切り出していった。

「はい、そう聞かされています」

ナミの回答に佐伯が問い直した。

「聞かされてるって？　嘉神さんはそこにいた記憶がないのですか？」

「はい。実は私……、子供の頃の記憶が全くと言っていいほど無いんです。あるのは那覇本島の孤児院の頃からしか……」

必死に記憶を追いかけようとしているナミの様子を窺《うかが》い知れたのか、簑島は別の話題に切り替えた。

「焦らなくて結構です。実はある事件の捜査をしていて、調べが進む内にこの島に辿《たど》り着いたという訳です。ただ、あまりにも隔離された島で内部の事を深くまで知る人もおらず直接、我々が行く前に都内にそこの出身者の方がいれば何か伺えるかと思いましてね」

真意の外側を舐めるような簑島の話しぶりに、ナミはどう答えていいか戸惑った。

「ごめんなさい……。私、本当に何も……」

俯くナミに気を使うように、佐伯が言葉を掛けた。

「いいんです。嘉神さん。私たちもあなたの事をよく調べもせず、ただそこの出身だというだけで押しかけて来てしまったのですから。こちらこそすみませんでした」

簑島と佐伯が同席していた門脇と絵理子に軽く会釈をして立ち上がろうとした時、咄嗟にナミが制止した。

「ちょっと待って下さい」

ナミは簑島たちを留め置くと、小さく深呼吸をして、気持ちを落ち着かせた。

「せっかく来て頂いたのに何のお力にもなれなくて申し訳ありません。なのに私からこんな事を質問するのはおかしいかもしれませんが……、今回の沖縄で撮影中に起きた事故の事と、私の出身地である神居島とが、何か関係しているのですか？　それに飯塚さんはまだ見つからないのでしょうか？」

ナミの突然の質問に、佐伯は簑島と一瞬互いに顔を見合わせたが、わずかに首を傾げて答えた。

「さぁ、何の事でしょう？　今回は全く別の事件の捜査で動いていたものですから。飯塚さんと言われましても、私たちにはさっぱり……」

思い切って問いかけてはみたものの、やはり駄目かとナミが溜め息交じりに肩を落とした時、簑島の携帯電話が内ポケットで鳴った。

「失礼」

簑島は、リビングの窓際まで移動しながら携帯電話の通話ボタンを押した。

「はい。はぁ、え！」

暫く話していた簑島の表情が、見る見る凍りついていった。

「そんな……馬鹿な……」

電話を掛けてきた主は、自分が捜査している事件の検死を担当した淀川であった。

その内容は、今しがたナミから聞いたばかりの、飯塚正也なる人物が、琵琶湖で全身が鱗に覆われた状態の遺体となって発見されたとの報告が告げられたのである。

釣られた男

1

神居島の沖合、暗く冷たい深海の奥深くから細長い炎を棚引かせたような鬣《たてがみ》を持つ銀色の個体が、幾多の気泡を纏いながら静かに近づいていた。

明けの明星が、昇る太陽の薄明かりで消えつつある早朝に、ナギは幼い頃体験した断片的な記憶の夢に魘《うな》されて飛び起きた。

全身が豪雨に打たれたかのように滴る汗を流すためシャワーを浴びた後、近くの海岸に出てぼんやりと頭上を飛ぶ海鳥を見ていた。

いつもと変わらない波音、いつもと変わらない木々、体を通り過ぎる微風さえ、何の変わりもない筈であった。

しかし、はっきりナギにわかっている変わったものがあった。

それは、毎夜見る夢と何処か苛立つくらいに感じる胸中のざわめきだった。

この感情はいつからなのか……。それもわかっていた。だが、わかっていても今自分にどうこうできるものでもなかった。

できる事は、ただ見守る事。得体の知れない黒雲の渦から島と島民を守れるよう祈る事。それだけだった。

いつしか気が付くと目の前に広がる海は、金色に照らされ、鏤《ちりば》められた銀粉のような波が足下に漂っていた。

2

――角田建設の開発チームが島に入って、既に三ヶ月の時間が過ぎようとしていた――

まだ朝の八時にもならない時間だというのに、ジリジリと突き刺すような日差しが青く澄んだ海の上で乱舞していた。

「今日もろくな物が釣れねぇな」

山下はボソッと独り言を呟きながら吸いかけの煙草を自分の灰皿ケースに押し込んだ。

宿舎である『にらい荘』から歩いてすぐの海岸に日課のように釣り竿《ざお》を持って通って来れる事は、日々のストレスを解消するのに最高のロケーションだったのだが、いつしかそれも最近では退屈の域に入り込みつつあった。島全体を活性化するというリゾート開発に島民の理解を得るため住み込んだものの、未だ一部の反対派が強固な姿勢を崩さず思うように事が進まない。その苛立ちから、せめてもの気晴らしにと毎日、ここに来てはダラリと釣り糸を垂れていた。

「はぁ〜」

投げ入れた釣り針が、小さな岩礁と波間にできた気泡に呑み込まれていくのを見ながら、社命とは言え、流されるようにこの島に来て、無意味な毎日を送っている感じがして体に力が入らなかった。

「どうでっか〜。釣れてまっか〜」

おおよそ釣りをするでもなく、ただ海を眺めているだけだった山下の背中越しに、妙に明るいだけが取柄のような関西弁が無造作に飛び込んできた。

山下は、その声の主が誰かを確認するまでもなく、まったくといった表現で手首を顔の横で黙って振ってみせた。

「あきまへんか〜。今日は日曜やから魚も休みなんかもしれんなぁ〜」

山下の横にドッカと座り込みながら、宿舎から持ってきた缶ビールを突き出す様に手渡した。

「お前のその寒くて古臭いギャグと関西弁は、完璧にこの島には必要ないもんだよな。でもって更に朝っぱらからビールかよ。このクソ暑い炎天下で余計暑くなんだろ。もっと気の利いた物ないのかよ」

「あらっ、これでも目一杯に気を利かせたつもりなんやけどなぁ」

真顔で戯けてみせる川本に山下は、仕方ないといった表情で微笑んだ。

「しかし……、もう三ヶ月近く経つのに敵も然る者でんなぁ。一進一退というより、膠着《こうちゃく》状態って感じやもんなぁ」

川本の言葉に山下は、半ば怒り口調で反応した。

「あんまりそんな事を口に出すな。それに反対島民の人たちを敵なんて表現は失言極まりないぞ」

「わかってるわ。せやけど毎日反対派の家を回ってペコペコ頭下げたり、オベンチャラ言うたりして。そりゃ確かに最初の頃に比べたら反対派の人らも今では俺らと口きいてくれる様にはなったけど、基本的には中身は全然変わってないやん。山下はんかって、いつもの敏腕交渉術が不発で、かなり苛ついてるやろうに。本部長は、選り抜きの精鋭チームとか言って俺らを送り込んだけど、これやったらまるで島流しと同じ感じがしてきてしゃあないねん。どうよ」

弾かれたように詰め寄る川本に、山下は口ごもってしまった。

確かに、この島に来てからというもの、いつもの力の半分も発揮できていない。

そんな自分が的を射た川本の意見に反論できる筈もなく、「あぁ……」の一言に集約するかのように、釣り針の餌を付け替えながら応えるしかなかった。

「どうよ。今日は釣れないだろ」

愚痴の応酬をしている二人に近寄ってきたのが屋宜と宮里だった。

「あ、宮里さん屋宜さん、おはようございます」

山下は、釣り竿を放り出すように立ち上がって頭を垂れた。さっきまで毒を吐いていた川本も同様に挨拶したのは、この二人が自分たちにとって、最大の壁である強力な反対派の主格であったからだ。

宮里は、嫌みいっぱいの笑みを浮かべながら岸壁を覗き込んで二人に答えた。

「東京じゃ、こんな時間がおはようございますかね。もう早くないさねぇ。わしらにとっちゃ昼過ぎに感じるがね。今日は漁もサッパリやからね。素人のあんたらにバンバン釣られたら仕事失ってしまうね」

完全に否定的に聞こえる宮里の言葉に、すぐ反応しようとする川本を塞ぐように山下は引きつるような笑みで答えた。

「な、何でですかね。今日はピクリとも来ないんですよ」

「魚も歓迎してないからだろうさ」

屋宜は二人にまともには答えなかった。

山下は、いつもこんな調子で会話にならない会話を強いられていた。

交渉術を発揮するにも、『開発』の二文字を聞いただけで、着火したネズミ花火のように漁師たちは一気に騒いで爆発してしまい、細かい説明などを聞く耳は皆無であった。

それだけ漁師たちにとって山下らは招かれざる客であり、海に広がる赤潮の如く、不快で迷惑な存在であった。

山下は、いたたまれない思いで思わず宮里たちから視線を逸らすと、その遙か対岸の先で、岩礁に腰を掛けて海を見つめるナギの姿が飛び込んできた。

「ナギ……ちゃん……」

思わず吐き出した山下の僅かばかりの言葉に、宮里は敏感に反応した。

「ナギは今日、御嶽には行かなかったみたいさね。どうりで駄目な筈さ……」

宮里の言葉に、疑問をもった山下は、少しでもこの島のしきたりや、風習がわかればと質問したのだが、それすらも宮里は拒否をするように答えた。

「な、何で……すかね……。魚が釣れないのとナギちゃんが浜辺にいる事と何か関係があるんですか」

「そんな事、お前らが知って何になる。知ったところで、またそれを交渉の材料にするだけだろうが。もっと海を見ろ。もっと空を見ろ。何にも見えてない奴らにこの島の何一つ触れさせん。当然、ナギもな」

「……ですが……」

山下は反対派漁師頭の比嘉には賛否に関わらず、いつも釣った魚の料理の仕方や、島民との対応の仕方など、事細かく世話になっていた。宮里に思わずその事を口にしようとしたのを、今一歩の所で留めた。ここで反論しても余計に拗《こじ》らせるだけだと思ったからである。もし、この仕事でなければ、もっと親しく接する事も出来るだろうにと心中で拳を握った。

鋭い眼光と刺すような言葉を残して、宮里と屋宜は去っていった。

「でも、何で……」

川本は、山下の俯く横顔を見て、やり場のない怒りが込み上げていた。

そんな川本に気遣いをするように、大きく深呼吸をして山下は頭上に広がる沖縄の空を見つめた。

「それはわからん。わからんけどそうなんだよ」

何の回答にもならない言葉だったが、今の山下の精一杯の言葉だった。

いつしか頬に当たる風が柔らかく感じ、打ち寄せる波音も小さくなったと思った時、山下の足元に置いていた釣竿が、転がるように引き摺られていった。

「うわっ。山下はん引いてまっせ。竿が持っていかれるで」

慌てて竿を持ち上げた山下の腕に、ピンと張った釣り糸の重みが海面を突き抜けて伝わって来た。

「な、なんや。地球釣ったんでっか」

海を見ながら川本は目を凝らした。

「いや、違う。完全に引いてるよこれ。うわっ、凄い」

のんびり流れていた岸壁の時間が、一変して急速に早送りしたビデオのように、大騒ぎしだした。

「引け」

「巻け」

「いや、糸切れるって、出せ出せ」

「竿立てろって」

「いや、目一杯だって、重たいよ」

笑い声にも似た大声を出しながら海中を縦横無尽に動く獲物と格闘していると、突然引き上げていた糸先が緩んだ。

「逃げられた？」

川本が釣り糸を手繰りながら海面を凝視する格好で覗き込むと、海底からゆっくりと浮かび上がって来るものを瞳孔の奥で捕えた。

「ゲッ。何やあれ」

川本の叫び声で、それは更に現実となって現れた。

「し……死体か」

川本は首を激しく縦に振りながら呟いた。

「いや、生きてるよ、動いてるもんな」

山下が冷静に言うと、突然、針を銜《くわ》えた獲物が叫びながら上がってきた。

「いでででででっ」

釣り上げた獲物の叫び声を聞いた山下と川本は、真後ろにひっくり返って腰を抜かしてしまった。

それはまさに人間と思しき物体を釣り上げた一瞬の光景であった。

3

岸壁で『釣られた男』の噂は、瞬く間に島内全域に広がっていた。

山下と川本は、とりあえずその『釣られた男』を宿舎に連れて行った。

プロジェクトチーム全員の手当てを受けた『釣られた男』は、何故か叱られた子供のように視線を逸らして、正座をしたまま傷口を手で押さえていた。

休日を珍客に襲われた同僚たちが、口々にその相手に質問を浴びせるものの、『釣られた男』は一向にその口を開こうとはしなかった。

そんな時、朝のドタバタを聞きつけた香月が不機嫌そうに入ってきた。

「まったく、折角の休みなのに何なんですか。安眠を妨害されるのもプライベートの侵害と同じなんですけど」

香月は、仕事以外でも口調がきついのは変わらなかった。

「いや、だから山下さんと川本さんが釣りをしていて、どうも知らない人を怪我させちゃったみたいなんですよ」

西村が事の顛末《てんまつ》を簡略して説明しようとしたのだが、そこに川本が、またいつもの調子で瞬時に否定した。

「ちゃうって、釣りしてたら掛かって来たんやて」

「とりあえず俺は本社に治療費とか掛け合ってみるよ」

西村は、川本の説明を半ば聞かずに奥の部屋へ電話をしに入っていった。

更に西村の補足をするように、田島が口を挟んだ。

「だから泳いでたこの人を引っ掛けてしまったんですよね……」

また川本が反発して声を荒げた。

「あそこは遊泳禁止やっちゅうねん」

その二人の間に入って制止しながら説明を続けたのが、鈴木だった。

「だから、つまりは山下さんの釣り針に、たまたまこの人が引っ掛かって、怪我をさせちゃったから、手当てしてたって事……だよね」

今度は鈴木に向かって川本は噛みついた。

「ちゃうっての。引っ掛かったんやないって。しっかり餌を喰《く》ったがな。モロに口にガッチリ釣り針が刺さってんねんで。狙って喰ってんがな、バクっといってんがな、ほんまに」

大阪弁で次第にエスカレートしていく川本に、何がなんだか解らなくなった香月は目尻を吊り上げた。

「あ~もう、うっさい。黙れ、朝から、まったく。なに言ってるんだか。イライラするわね」

香月は、一喝で瞬時に黙らせた男たちに睨みをきかせながら『釣られた男』の前まで歩み寄ると、ドッカと座った。

「要はこの被害者さんに聴けばわかる事でしょ。まったく纏まりのない。ねぇ」

香月はニコリと笑って、その当事者に会釈をした。

「ところで、おたくは誰《だ》ぁれ」

「……」

相変わらず、男は黙したままだった。

間髪入れずに川本は香月に、説明を過剰させた。

「だから、この人しゃべられへんみたいなんですわ」

詰め寄る川本を香月は、鬱陶しそうに睨んだ。

「うっさいって言ってるでしょ。おい、誰かこいつ眠らせろ」

「はい」

その言葉に反応早く全員が川本を組み伏せた。香月は、聞き漏らしたかのように、男に再度、名前を聞き返した。

「騒がしくしてごめんなさい、今あなたの事で、みんな動揺してしまっているの。もう一度お名前教えて頂けますか」

ニコニコとしながら懇切丁寧に話す香月に、『釣られた男』はじっと瞳を動かす事なく、見つめ返すだけだった。

無言の空間に徐々に暑くなっていく浜風と、騒がしく鳴く蝉《せみ》の声だけが、開け放たれた窓から侵入している中、暫く相手の回答を黙って待った香月が、呼吸の切れた水中から飛び出すように勢いよく大声をあげた。

「駄目！　無理よ！　この人、頭でも打ったんじゃないの」

「まあまあまあまあ」

田島が宥《なだ》めに入ったものの、それは香月がキレるには十分すぎる時間を過ぎての事であって、今更どうにも補正できなかった。

「なぁに、朝から元気やねぇ」

その言葉に振り返るとさっき釣り場で一緒だった宮里と、宿舎の下地がいた。

「いや〜、この人ね、ナイチャーに釣られた人って。よく見たらいいワカムンやないね」

山下は、咄嗟に島中に話を広げたのは、この宮里だと直感した。

「宮里さん、困りますよ、あんまりこのような事を広められては」

開発の理解を深めるために、チームにとって人を怪我させたなどと噂を立てられては、今までの努力が水の泡となってしまう。

何とか穏便に終わらせたい彼らにとって、反対派の宮里にあちこち口外されては堪らないのである。

「いやぁ、長年漁師やっとるけど、今まで人を釣った経験はないからねぇ。みんなも驚いてるのよ」

口調は軟らかいが、明らかに宮里の眼光は鋭く、これが人身事故と判明すれば、やっかいな都会者を追い出せると言わんばかりの振る舞いであった。

山下たちによそ者の立場と言う壁が実感として立ちはだかっている以上、宮里にはこれ以上強く強制することも出来ない。かと言って不可抗力であれ、男に怪我を負わせたのも事実である。山下の心の中には、また一つの難題が覆い被さってきてしまった。

「駄目だ。本社に掛け合っても全然相手にしてくれないし、冗談としか取られてない。そんな事より、ちゃんと仕事してんのかって怒鳴られたよ」

頭を振って西村が奥から帰ってきた。

「いずれにせよ、この人が一寸した事故で大した事ありませんって言ってくれたら問題ないこと……だよね」

山下たちの本音を言葉にしてしまったのは、鈴木だった。宮里を前にして咄嗟にみんなが凍り付くような事を、考えもなしに言う癖が鈴木にはあった。

「お前なぁ〜」

川本は鈴木の首を掴むように奥へ引き込みながら大きな声で叱った。

「本音とは言え、言ってええ事と悪い事があるやろが！　空気っちゅうもんを読めよ」

その場の全員が更に冷や汗ものだった。

「お前が読め！」

口を吐いた全員の言葉は同じだった。

「多分、どこかの磯《いそ》で頭でも打ったか、釣られたショックによる記憶喪失ってやつじゃないかね」

下地が全員の緊迫した雰囲気に息を入れた。

「それ……は、なぜですか」

田島は不思議そうに下地に聞いた。

「体を見る限り、何処も大きな怪我も無さそうだし、これだけ聞いても話せないならそれしか考えられんやっさ」

頭を打った……記憶喪失……。

もしそうなら通常の怪我よりもやっかいな事になりかねない。田島は咄嗟にあらゆる対処法を考えたが、頭の中は纏まるどころか混乱する一方だった。

「え、じゃあどうすれば……。病院も無いですし……。マズイじゃないですかそれ」

田島だけではなく全員が困惑の表情を隠せなかった。

「いや、そうとばかりは言えんよ。きっと比嘉さんとこのナギちゃんなら何とかしてくれるかもしれんがね。でも……ね」

暗い雰囲気は、一瞬点いて消えた電灯のように明暗が交差した。

宮里のほくそ笑む中、誰もが肩を落とした時、無愛想に屋宜が宿舎に入ってきた。

「おう、忘れもんだ」

男が釣れたドタバタで、釣り場に忘れていた竿と餌箱をドカッと置いた。

「あっ、すみません。何せ動揺してたもので、全然気がつかなくて……」

山下は、屋宜に頭を下げて謝った。

「都会もんが、こうやって海を汚していくもんさ。なぁんも考えてない」

確かに山下は、このドタバタであまり気にも止めていなかった。

反対する漁師たちは、こんな僅かなミスをも狙っているのである。

片時も気を抜けない事は、わかっていた筈なのにと自分を責めた。

「いや、あんなのが釣れたら誰でも慌てるさ。ま、気にすんな。しかし、朝から大騒ぎで腹減ったさ」

山下の考えとは裏腹に、屋宜の言葉は意外にも優しいものだった。

屋宜の言葉に下地がニコニコ笑いながら、

「それなら、うちで食べればいいさ」

屋宜と宮里は思わず視線を合わせて、口元を引きつらせた。

「いや……、まぁ……なんだ……な」

「あぁ、そうだみんなで食べましょう。こんなバタバタしてないで、うちのソーキ食べて、元気だしたらいいさぁ」

今度は全員にも下地は場を和ませる為に笑って勧めた。

「しかし……あの、こんな大勢だとご迷惑ですし、それに怪我人もいますので……」

西村が、正に奥歯に物の挟まったような言い方で丁重に断ろうとした。

「あっ、そうさ、君たちは朝食はまだじゃないの。下さんの飯食いながら相談したらいいさ。俺たちはまだする事があるしね」

宮里は屋宜と目で合図をするように、その場から離れようとした。

「何でさぁ、みんなで食べればいいって。ゴーヤチャンプルーもサービスするって」

半ば強引に自分の店での食事に誘う下地と宮里たちのやりとりの最中、その間を縫うように、『釣られた男』は屋宜が持ってきた餌箱に近づき、おもむろに手を伸ばしていた。

下地の店は島でも評判なくらいに不味い定食屋で、全員は失礼の無いよう断るのに躍起になっていた。

そんな時、川本がふと『釣られた男』を見ると、男は上手そうに釣り餌のイソメを食べていた。

「おぃ！　お前なに喰ってんねん」

川本の大声に、全員の視線が『釣られた男』に集まった。

「いやぁ～！」

甲高い悲鳴と共に、その光景を見た香月はその場で気を失って倒れてしまった。

4

手を伸ばせば届きそうな月が、瞬く星々の中央から、波打ち際で静かに佇むナギの足下を照らしていた。

ナギは決まって満月の夜になると、浜辺に出て、優しく流れる風、大地の温もり、さざ波の音に乗せて思いのままを歌にしていた。

特別誰かに教わったわけでも無く、自然の調べに身を任せたような透き通る歌声は、島民の心を和ませ、生活をも助けていた。

長期に渡り雨が降らず、農作物が干害に遭う寸前に、気象庁の観測など関係なく雨を降らせ、島民の病を治し、時には大漁をも提供した。

ナギの母、美佐世をよく知る島民たちは、優れたユタの血を引く存在に、感慨の言葉を口にしていた。

しかし、当のナギは自分の持つ特別な力の意味も存在さえも知らなかった。

その日の自分の気持ちのままに海岸で歌っていたのである。

いつしか島民たちは、ナギの歌声の微妙な変化で日々の行動を判断し、大事に見守っていた。

膝を抱え夜の浜辺で歌うナギに、優しく比嘉は声を掛けた。

「今夜は凪も静かだな。そろそろ家に帰らないか。風邪引くよ」

比嘉はナギの横に腰掛けながら、そっと頭を撫でた。

比嘉を見てニコリと微笑むナギの顔は、まだ自分が若かった頃の妹の顔にそっくりで、思わず抱きしめたくなる程だった。

「今日、あの波止で変わった人が開発の連中に釣られたそうだ。何を問うても全然言葉を発さないらしいが、そのせいでか島中で賑やかな噂話になってる。どうしたものだかなぁ……」

ナギは比嘉の横顔を見ながら、知ってると言う表情で頷いてみせた。

「そうか、ナギも知ってるか。どうも釣ったのはあの背の高い山下君らしいのだが、宮里らがわざと大騒ぎして人を怪我させたとか言って、いよいよ彼らを追い出そうとしている。ワンはまだ黙って見てろと言ったんだがなぁ。開発の奴らと言っても、地上げのヤクザどもとは違い、彼らは純粋に島の事やこれからの時代を思い、この島に来ているのはわかるんだが……、特にあの山下君は間が悪いと言うか、ついてないと言うか、事あるごとに宮里らのカンに触れるみたいだなぁ」

ナギは比嘉の笑いながらも困惑した微妙な表情を感じ取っていた。

「宮里おじさんも、きっと必死なんだよ。私も、この自然が壊れるのは身を削られるみたいに痛いよ。ただ……。ただ、山下さんたちは破壊に来たんじゃない。少しでも島の人たちの生活が良くなればって話し合いに来たって言ってた。その目は嘘《うそ》はついてなかったよ」

夜空を見上げながら眉尻を下げるナギを見て、比嘉は大げさに笑ってみせた。

「なぁに、ヤーが特別に心配する事でもないよ。ワンにはワンの考えがある。宮里みたいに、闇雲に反対しても駄目だ。かと言って賛成している訳でもない。ただ人としてちゃんと接して話し合う必要に時間をかけているだけだ。ナギを産んでくれた母さんや父さんが大事にしていた島だ。ネーネのナミだって帰ってくる場所が無ければ可哀想だろ。だから絶対にこの島は守る。ナギの大事なものを荒らすような事だけはさせないさ」

比嘉の家族や島を思う言葉に、安心したかのような笑みを浮かべナギは小さく頷いた。

しかし、言葉とは裏腹に比嘉の心は揺らいでいた。確かにこのままでは何の解決もないまま時間だけが過ぎていく。島の開発を進めれば、その恩恵を受ける商売の者もいるだろう。それとは逆に、自然を相手とする漁師や農家にとっては大打撃は免れない。島全体の事を考えれば、この究極とも言える二つの選択に大きく割れた島民たちの心を一つにする良案がまったく見つからない。

次第に胸の奥で、ただ意味の無いざわめきだけが蓄積していくのを感じていた。


時を同じくして、ナギの居る反対側の海岸近くでは若い者たちの小競り合いが行われていた。

「もういいかげんにハッキリしたら」

我慢の限界が爆発したかのように下地百合子が詰め寄った。

「……」

ただ黙って夜の海を見つめたまま照屋比呂志は百合子の言葉を横耳で聞いていた。

「ねぇ、聞いてるの。返事くらいしたらどうさ。さっきから黙ってばっかりで」

「聞いてるさ」

比呂志は百合子の言葉に微動だにせず海を見つめたまま答えた。

百合子の一方的な責め口調に割って入るように、今まで黙って二人の後ろで岩場に腰掛けていた屋宜公平が言葉を掛けた。

「なぁ、比呂志。もういいかげん考えるのに時間掛けすぎじゃないか。親父らも島に残ったワンら若い連中の意見も聞きたがってるさ。でも完全に真っ二つ。みんな親の仕事の都合で自分の意見なんて持ってない」

その言葉が癇《かん》に障ったのか、振り向きざまに百合子は本音を公平にもぶつけた。

「そうよ、それが悪いの？　私のソバ屋だって、来るお客さんなんて一日二、三人がいいとこだし、民宿にしてるけど泊まる観光客さえいない。それにここがリゾート開発されれば絶対にお客は増えるし、生活だって楽になるもん。私だってアルバイトして、好きな洋服だって買える。賛成するに決まってるでしょ」

畳みかけるように、百合子は自分の意見を公平に言い放った。

「おいおい、待ってくれよ。ワンだって賛成派なんだ。確かに親父は漁師だし、開発には反対してるけど、ワンは違う。今の時代こんな田舎町で仕事なんて無いのは当たり前だし、いつまでもこんな所で大事な時間を過ごしたくないさ。ワンは東京に出て、あの開発チームの人たちみたいに格好いい仕事がしたい。ヤーらも見ただろ、あの人たちが初めて船から下りてきた時さ。スーツをバリッと着て、サングラス掛けてさ。手には真っ黒なアタッシュケースを持って、自分の荷物なんて後で送ってきてんだぜ。まるで映画の世界から飛び出して来たみたいに格好良かったさ。ワンも絶対にああなりたい。親父なんて毎日、長靴履いて魚臭くて髭ボウボウで。やっぱり男はスーツだと思ったさ」

ひとり熱く語る公平を横目に、比呂志がその重い口を開いた。

「ヤーらやっぱり自分の事だけしか考えてないんだな」

溜め息交じりの比呂志の言葉に百合子は素早く反応した。

「そうよ。それのどこが悪いの。みんなそうじゃない。賛成してるのは自分の生活を良くしたいから、反対してるのは自分の生活を維持したいから。どっちも結果的には同じ自分勝手なんじゃない」

百合子の言う事は客観的に見れば大筋で間違ってはいなかった。それは誰しもが口にする事をしないだけで、個々に思っているには完全に的を射ていた。しかし、そうでない者がこの騒動の中立の立場で頭を悩ませているのも確かな存在ではあった。

「ヤーら、海をゆっくり見たことあるか」

比呂志の言葉に何を言い出すのかわからないと言った表情で二人はポカンとした。

「ワンさ、学校卒業してすぐに暫く横浜の爺《じい》ちゃんの所で世話になったの知ってるだろ。あの頃は田舎者って馬鹿にされてたのもあるけど、意味もなく荒れてて、そこら辺の奴らとケンカしたりサーファー仲間と馬鹿騒ぎしたり。でも、いつもこう何かポッカリ何処かに穴が開いてるみたいに寂しくてさ」

「そりゃあ都会に行って馴染みの友達がいなかったからだろ。ワン言わせれば都会経験のあるヤーの贅沢《ぜいたく》ってもんだろ」

公平の言う事を被せるように、比呂志は声を一瞬荒立てた。

「違う！」

比呂志の大きな声に、公平も百合子も次に出す言葉を呑み込んでしまった。

「違うんだ。そうじゃないんだ。田舎者上等、独りぼっち上等。そんな事はもとから一人っ子だったワンにはどうって事ないんだ。横浜の湘南《しょうなん》の海でさ、サーフィンやってて、でも海の色が全然死んでるんだ。

青くないんだよ。優しい感じがしないんだよ。灰色で、暗くて冷たくて、まるで鉄の海にいるみたいだった。それでこの島が懐かしくて帰りたくて、我慢できなくなって戻ってきたんだ。なのに……。ワンが見てたこの島の記憶にある海はこんなんじゃなかったさ。ここも少しずつ死にかけてんだ。ヤーらそれがわからないのかよ。なぁ、この島の珊瑚《さんご》ってあんなに白かったか。なぁ、あそこの磯って昼間はもっと海の上に出てなかったか。海岸だって、こんなにペットボトルや何だかわからないタイヤとかマネキン人形とかビニールとか……、そんなのあったか。

ワンらが子供の時に一緒に遊んだ海だぞ。なぁ、忘れたのかよ。そりぁ確かにヤーの親父さんの店だって客が来るようになれば店が繁盛するし、生活だって凄く楽になるだろさ。百合子の言う事だって痛いくらいに凄くよくわかる。でもさ……、でもそれが出来てしまうと間違いなくこの海は死ぬぞ。それでもいいのかよ。それでも犠牲は必要だって思うのかよ。もっともっともっと考えようさ。どうしたらお互いにとって一番良いのか考えたいんだ」

比呂志の切実な板挟みの悩みは、友達や世話になっている人たちの気持ちを考えると、迂闊《うかつ》に自分の意見なんて言えない立場であるんだと初めて二人は実感した。比呂志の目を見ると、百合子も公平も次に出す言葉を完全に失ってしまっていた。

島民にとっての問題は、何も個々の商売や生活形態に留まっている訳ではなかった。島内に一件しかない郵便取扱、診療所、薬局など、日々の暮らしに最低限必要な物資や健康管理など、不足しているものは多分にあった。特に若年層の激減に伴う過疎化と学校教育の衰退は、年を追う毎に悪化しているのが現実だった。

「はい……。わかっています。はい……。時期を見て必ず……」

職員室で、外線電話を受けた仲伊《なかい》洸作《こうさく》は、受話器を震える手で置くと、体中の酸素を吐き出す程の大きな溜め息をついた。

帰り支度を済ませ、校庭を横切り廃校目前の小学校を見上げながら歩くと、肩で呟くように再度溜め息をついていた。

この学校に赴任して十五年、幾多の卒業生を笑顔で見送ってきた。しかし、いよいよ来年でその卒業生も僅か三人だけとなり、在校生も十人を下回ってしまう。このままでは間違いなく廃校は免れない現実に直面していた。

俗に言う熱血教師とまではいかないが、多くの生徒の進路に真剣に取り組み、優しい先生として親しまれてきたのも、あとどれくらいの時間が残されているのか。まるで余命を知らされない癌《がん》の告知を受けたような気持ちで毎日を過ごしてきていた。

学校業務の終わった仲伊の行動は、雨天の時と、よほどの事が無い限り毎日決まっていた。

島のほぼ中央に位置する学校から、小高い丘陵を越え、海岸を一望できる灯台下のベンチに腰掛けて、沈む夕日を見ながらタバコを吸うのが日課のようになっていた。

辛い時や悩んだ時、逆に楽しい事や嬉しい事があった時、見つめる先で静かに沈む夕日は、何も言わず日々の感情を全て受け入れ、明日への活力を与えてくれる大事な相談役のように思えていた。

いつものように仲伊が灯台下のベンチに行くと、近くで海に向かいカンバスに油絵を描き込む平野鈍引の姿があった。

「こんにちは」

仲伊は小さく会釈をして、別にそれとなく挨拶程度の声を鈍引にかけた。

麦藁《むぎわら》帽子を深々とかぶった鈍引は、じっと眼前に広がる島と海を見つめたまま、振り返る事もせずに、それが誰か判別できた。

「先生。今日はどうしたぁ」

平野の言葉に一瞬、仲伊は返答に躊躇《ちゅうちょ》してしまった。

「いゃぁ、ずっとこの島の風景ばかり見ていると、自然とそれに関わる人たちの表情も、まぁ何となくだが喜怒哀楽が感じられるようになった。あ、まぁ何となくだからな。気にするな」

荒っぽい言葉の中に、時間の流れを穏やかにさせるような不思議な雰囲気を持った男だった。

「いえ、とんでもない。確かに、言われた通り今日は少し落ち込んでるのかもしれません」

仲伊は視線を鈍引から、沈み行く夕日に向けて答えた。

「そうか……。でもきっと明日には元気になれる。先生は素直な奴だからな……」

仲伊はふと首を傾げた。鈍引の言葉に何の含みがあるのか素直に入って来なかったのである。

「素直……ですか」

仲伊の疑問を含まえた目を見てニコリと笑った鈍引は答えた。

「ああ、素直だ。先生は、この島の自然と同じだ。悩みや迷いが隠せない」

仲伊は、ふと鈍引の描くカンバスに目をやって僅かな違和感を感じた。それを見た鈍引は、腰掛けていた折りたたみのイスから、ゆるりと立って仲伊にまだ制作途中の絵を見せた。

「……わかるか」

「はぁ……。あの、ちょっと違いますよ……ね。あれ、でも何処が違うんだろう」

仲伊は鈍引の描くこの場所からの風景が、何処か違う感じがして、考えるよりも先に口に出てしまっていた。

「そうだ。違う。わしが三年前に見た此所《ここ》からの風景が、今描いている姿だった。今、この目で見ているあの夕日や波の色、島影や空の色、そんなものみんな変わってしまった。この絵が本物だ。みんな嘘の自然を見ている……。悲しい風ばかり運んで来る島だ。今日は、あんたを運んで来た」

鈍引は、赤く揺らめく夕日を遠くに見つめながら、寂しそうな表情で穏やかに仲伊に話した。それを聞いた仲伊の胸の中で、何か言いようのないざわめきと、込み上げる不安が見え隠れしていた。

自分の悩んでいる事はいったい何なのか、それ以上に何のために悩んでいるのか、鈍引と別れて考えながらフラフラと自宅へと歩いていた。

いつしか夜の帳が降りようとしていた時、鈍引の背後に跪《ひざまず》く一つの影があった。

「ワッカか……」

鈍引は低く落ち着いた声で話した。

「はっ。只今《ただ》到着致しました」

男は歯切れ良く答えた。

「で……、長は何と」

「随時、自己の判断に委任。何としても死守せよとの由に……」

「……承知した」

先程までの鈍引とは、全く別人の顔がそこにあった。ギラリとした目で男を睨むと、今まで静かだった周囲の草木が風の音と共にざわめくように揺らぎだした。

「ワッカ……。今朝、海の者が別動で来ている筈だ。探れ」

鈍引は男に指示すると、腕を真一文字に振り、小屋へと帰って行った。

鈍引が立ち去ると同時に、男の姿も忽然《こつぜん》と消え、辺りは平穏を取り戻したかのような虫の鳴き声と、遠くから聞こえる波音だけが残っていた。

謀略

1

額から吹き出る汗を、幾度もハンカチで拭いながら、稲垣は東京都内にある高層ビルのエレベーターに乗っていた。

シースルーになったエレベーターからは、眼下に鉛色の東京湾と複雑に入り組んだ街並みが広がっていた。

最上階にある一室に指定された時間通り到着した稲垣は、既に待ち受けていた人物の前で一礼した。

「あれから何の報告も無いが、どうなっているんですか？　稲垣君」

高級ソファーに座したまま、ブランドスーツを身に纏った人物の名は、武仲光喜《たけなかみつよし》。

角田建設の筆頭株主であり、政財界にも顔が利く大物である。沖縄出身で浅黒く、大柄でガッチリした筋肉質の体型で、彫りの深い顔に鋭い眼光は、常に威圧感を感じさせる迫力があった。

「す……すみません。まだ……と、取り立てて、ご、ご報告致します程の成果が上がっておりませんでして……」

稲垣は緊張から言葉が震えて落ち着かなかった。

「何かと周りが騒がしくなってきました。このまま時間を掛けてゆっくりなんて考えて無いですよねぇ」

バサリとテーブルの上に新聞紙を投げ出して武仲は顎で示唆した。

稲垣が手に取った数社の新聞は、琵琶湖と沖縄で起きた事件記事を取り上げていた。

「し、しかし……マスコミ規制をかけた筈では……」

「そんな規制かけても、隙間を縫って書き込む輩はワンサといる。ある情報では、既に特命で刑事も捜査に動き出したらしい」

「え！　で、では、ど、どうなるのでしょうか……」

稲垣は、動揺するばかりで武仲に擦り寄った。

「心配はいりませんよ」

既に武仲は、政界を利用し各界に圧力を掛けた事を稲垣に話した。

「お金がかかりました。兵隊がグズグズすると、君の首も保証できませんよ。選りすぐりの精鋭たちでは無かったのですか？」

「も、申し訳ありません！　早急に事を急がせますので」

「君もいつまでも取締役本部長なんて肩書きでいたくはないでしょう。わかってますよね」

武仲の太い声と切っ先の鋭い槍《やり》のような視線が、稲垣の胸元を貫くように刺さった。

「は、はい。必ず！」

稲垣は、深々と頭を下げると、小刻みに震えながら部屋を逃げるように飛び出した。

2

簑島と佐伯はナミの部屋を後にすると、その足で東京駅から新幹線に飛び乗り、淀川の待つ大津《おおつ》市に急いでいた。

移動中、ナミから聴取した飯塚の事故状況を頭の中で想像していた。

飯塚と飯田。この二人の共通点は……。

飯塚は沖縄で事故、飯田は沖縄で勤務中に失踪、共に滋賀県の琵琶湖で遺体となって発見されたが、その体は異形のものであった。

「沖縄、琵琶湖、神居島、花、鱗、死体……。何なんだ……いったい……」

考えが全く纏まらない。想像の域にさえも到達しない無能さを簑島は感じていた。

大津駅から早足で事務局に向かった二人は、到着と同時に電話口で何やら大声で言い争っているいる淀川を見つけた。

憤慨して受話器を叩きつけるように電話を切った淀川は、ズカズカと簑島の前に歩み寄ると、外に出ようと言い出した。

「え？　しかし、まだ遺体の検分が……」

簑島の言葉に淀川は、

「前回と同じだ！　表も中もな！　ここじゃ話にならん。呑みに行くぞ！」

淀川の勢いに押されて、簑島と佐伯は頷くだけで後につづいた。

淀川が馴染みにしている居酒屋に入ると、誰にも接さない個室に案内された。

座敷に座るやすぐに淀川は、ビールと日本酒を適当に注文した。

「まったく！　呑まずにおれんよ」

淀川の怒りは収まる様子が無かった。

「あの、何があったんですか？」

簑島は、いきなり日本酒を煽る淀川に話を聞こうと、肩を揺すった。

「何もクソもない！　今回の仏さんもな、全身鱗で腹からはまた同じ花が出たんだ。こりゃもう普通じゃないのは明らかだ。なのに上の連中ときたら、自分の保身ばっかり考えやがって！」

酒を呑んだ淀川は、少し落ち着いたのか、事の顛末を淡々と話し出した。

遺体の状況、事件性などを報告しようとしていたら、突然上層部から調査中止の命令が下りて、全ては病原菌感染の恐れとして、遺族に引き渡す前に焼却処理をしろとの事だった。

「つまりは、全て事故扱いでお宮入りみたいなもんだ」

簑島と佐伯は愕然《がくぜん》とした。

「お前ら、本当にこれでいいと思うか？」

淀川は、上目使いに二人を睨み付けながら迫った。

確かに、最初は不気味な事件の臭いから、危険性を感じて、捜査から引き下がりたかった簑島だったが、いつしかこの不可思議な事件に引き込まれる刑事の貪欲さが走り出し、今更全部忘れて通常勤務に戻れる筈も無かった。

「俺は、このまま捜査を続けます。それに、事件の鍵を握ってるかもしれない人とも約束しましたから」

「鍵を…？　ほう。それはどんな人だ」

淀川の興味は止《とど》まる事を知らなかった。

簑島は、まだ捜査段階の掛かりに過ぎないから、今の所はまだ報告に至らないと判断してほしいと、言葉を濁した。

淀川は、簑島らが捜査を続行する事を約束してくれるのなら、今は我慢しようと追及をしない事に快諾した。

「と、すると……。行くしかないな」

淀川のその言葉は何処を指しているか二人にはすぐに理解できた。

「はい。神居島に」

その夜は、淀川から遺体の詳細な特徴と、共通点、そして秘密裏に捜査する綿密な計画が深夜まで会議された。

暗躍

1

香月たちが島に入ってから毎日ミーティングを繰り返し、各担当の仕事内容も、いよいよ佳境に差しかかって来ていた。

今まで香月の指示の元、業務報告をしていた川本が、今夜は珍しく全員を部屋に集めて手詰まりの現状報告を相談していた。

川本が担当していたのは、島全体の地質調査と測量であった。西村と鈴木にサポートをさせながら、毎日周辺の海岸線を隈無く測量して回っていたのだが、どうしても調査出来ない場所が数カ所あった。

いつも冗談ばかり言っている川本も、こればかりは真剣に香月たちに話し、対処してもらうしかなかった。

「ここと、ここ。それにここの三カ所が私有地になっていて、許可を貰《もら》うのも大変やったのに、更に難儀な問題が出てきてしもたんですわ」

川本は、島の全体地図を広げ、問題箇所を指で示した。

「更に……問題って……」

香月は怪訝《けげん》そうな表情で質問した。

「それが……。こんなこと初めてなんやけど、この三カ所は毎回測量値がズレるんや。測地も何回もやっとるけど基準点、水準点共に毎度ズレるんや。もう、何がなんやか訳わからん」

測地測量とは基準点や水準点をもとめる測量であり、基準点とは、位置、高さなどがわかっている点で、あらゆる測量をするときに必要不可欠な点である。

川本が言っている事は、常識的には有り得ない事であり、建築に携わっている者なら、それがいかに不可解な事であるかは、説明するに至らない報告であった。

「そんな馬鹿な話……。あんたたち、ちゃんと仕事してるの？　手を抜いてるんじゃないの？」

香月は、川本を睨みつけた。

「手を抜いてるなら、何回も測りに行ったりせんわ。ただでさえ嫌み言われたり冷たい視線の中で仕事してんのに、一回で済ませたいに決まってるやろ」

川本は、香月の一言で一気に爆発し、今にも噛みつかんばかりに牙を剥いた。

「落ち着けって。つまりは、どういう事なんだよ」

山下は、香月と川本の間に割って入り、冷静に説明するよう促した。

「つまりは……。地形が動いている……。若しくは微妙に変化している……って事ですよね」

田島が冷静に川本の代弁をした。

「有り得んし、考えたく無いがな。そうしか説明がつかんわ」

半分ふて腐れたように川本が答えると、西村が、口を挟んだ。

「あの……。明日もう一度、田島と鈴木の三名で現地へ行ってきます。確かに川本さんの測量技術は素晴らしいものです。でも、何か島民の人は知っているのかも知れませんから……」

「それなら俺も行くよ。島民との折衝は俺の担当だし」

山下がそう言って動こうとするのを、田島は、やんわりと制止した。

「いや、山下さんたちは休んで下さい。ここのところずっと色々な問題で頭を痛めているのはわかっていますから。それに、先日の怪我をした人の処置も終わっていませんしね。ここは我々に任せてみて下さい」

田島の言う通り、『釣られた男』は自由にさせてはいるものの、依然として身元は不明だし、反対派との折衝も行き詰まってはいる。山下たちは、ひとまず大人しく田島に任せる事に同意して、今夜の打合せは解散した。

いつになく落ち着かない気持ちをごまかすように、フラリと一人で防波堤まで散歩に来た香月は、テトラポットに腰を掛けて風呂上がりの長い髪を夜風に靡かせていた。

港の灯りは全て消灯され、薄い月明かりの中、天空に鏤められた夏の星座を見つめていると不思議と気持ちが落ち着いてきていた。

「夜の遅くに女性が一人でこんな所いたら物騒さね」

よく冷えた缶ビールを両手に持って、下地はそのひとつを笑いながら香月に渡した。

「まぁ、物騒と言っても、警察も無い平和な島やっさ。誰も襲っては来ないけどね」

香月の横に座って、ビールをグッと呑んだ下地は反対派の多い港近くで、いつも和やかな笑顔と冗談を交えて、仕事に出る香月たちを送り出してくれていた。

香月は、思っていた以上の強固な姿勢を崩さない漁師連中と、反対とも賛成とも言わない、黙して語らずの島民に頭を痛める中、下地の笑顔がいつも棘立った気持ちを鎮めてもらっている事に感謝していた。

「下地さんは……。反対ですか……。開発はして欲しくないですか」

そう言えば、毎日顔を会わせている下地に面と向かって賛否を聞いた事が無かった。

下地は、暫く黙ったままだったが、その件についての複雑な気持ちを話し出した。

「ワンね……。こんな人もろくに来ない民宿と食堂やっとるとね。確かに、開発されて、ここがリゾート地になれば観光客も増えるだろうし、島も賑わう。本音は大歓迎さね。でも、それがいけないのさ。長い間、ワンらの島は神に守られた静かな島だった。でも二十五年前、この島に凄く大きな台風が襲ったさ」

「台風……」

香月は下地の話に初耳といった表情で言葉を挟んだ。

「そう。死神台風さ。こんな小さな島なら沈んでしまう程のね」

香月は、その台風の名を以前何かで聞いた事があった事を思い出した。

「それ……。聞いた事があります。でも、それは確か、奄美《あまみ》大島《おおしま》を直撃したのでは……」

香月の言葉に、下地はビールを飲み干した後、大きく頷いて同調した。

「結果的には奄美へ進路を変えたのさ。でも、それはナギの母親が、この神の居る島と、ある物を守るために命を賭して……。だから、ここはワンたちだけの島ではないさ」

香月は言葉が出なかった。

現実として一介の人間が、自然の猛威である台風の進路を変えるなどとは思いもよらない戯言であり、よくある都市伝説みたいな空虚な話である。

でも、この島の人たちは全員がそれを信じて疑っていない。いつもならそんな馬鹿げた話、と頭から否定していた筈なのだが、下地の話し方なのか、川本が言っていた有り得ない事からなのか、不思議と真面目に聞き入っている自分がいた。

黙り込んでしまった香月の耳に突然、月光の中から流れ出るように心地よい三線の音が滑り込んできた。

香月と下地は、その音の主を薄暗かりの中で確認した。

「あっ、あの人……」

香月は、そこに山下たちが怪我をさせてしまった『釣られた男』を見つけた。

彼は、じっと闇の広がる海を見つめながら響きの優しい弦音を奏でていた。

「いい音……。でも何か不思議な音……。耳よりも心に響いてくる……」

香月はこの時、初めて何者にも囚われていない気持ちでいる事に気が付いた。

「この島でも沢山の人が三線を弾くけど、あれだけいい音を出す人はいないね。どこから来たのか……」

下地も香月と同様に、その響音に聞き入っていた。

「下地さん……。変な事聞いてもいいですか……」

突然、香月が普段では見せない悪戯っぽい表情で話しかけた。

「な……なにかね」

いきなりで、動揺したみたいに下地は目を泳がせた。

「下地さん……、奥さんが逃げたって……。よく冗談みたいに言ってますけど、あれは……」

「あぁ……、それね。そうさね、どこから話したらいいもんかね……」

「あ、ごめんなさい。迷惑でしたよね。ちょっと気になっただけですから……。すみません」

香月の言葉に、慌てるように下地は顔の前で手を振った。

「あ、いやいや、そうじゃなくて……。うん、そうよ。かぁちゃんは逃げたってより愛想を尽かされたって方かなぁ。香月さんたちも我慢してると思うけど、ワンの作るソーキそば……、あんまり……あ、いやいや全然美味しくないでしょ」

「えっ、ええ……、いや、そんなことないですよ。ちょっと変わった味かなぁって感じですけど、でも、私は沖縄ソバは食べた事無かったから……。そういう味なのかと……」

香月は咄嗟の返事で上手く言葉が回らなかった。そんな焦る香月を見て、下地は大きな声で高笑いした。

「いやぁ、いいのよ。実際そうだから。実は、その味が問題だったさ。二十五年前、ワンはまだ店を始めたばかりの若造で、ソーキの味もよくわからんかったさ。そんな時、ナギの母親が店に来てさ、本当に優しい笑顔で、『美味しい』って言ってくれたのよ。綺麗な人で、ワンら若者の憧れやった人やさ。でもその後すぐにあの死神が奪って行きよった……。だから、ワンは一人で心に決めたのさ、あの人が美味しいって言ってくれた味だけは一生変えないってねぇ。それから何年かして結婚したうちのかぁちゃんが、不味いから味を変えろって……。ワンと毎日その事でケンカが絶えなかったわけよ。それでも変えなかった意地みたいなもんかね……」

「だから……、奥さんは出て行った……」

にっこり笑って頷く下地を見て、香月の瞳から一筋の涙がこぼれた。

「あっ、ワン何か気に障る事言ったかね。ごめんなさいね」

突然涙した香月を見て、下地は慌てて謝った。

「そうじゃないです。ただ、凄く素敵な話で、でも凄く悲しくて、寂しくて……。でも何か温かくて…。どう言ったらいいのかわからないけど…。ごめんなさい」

香月が島に来てから、初めて見せた『女』の部分だった。

自分でもおかしな気持ちが複雑に入り組んでいた。仕事に情熱を燃やし、恋愛も友情も全て割り切って今日まで来た。

何故そうなったのか。そんな理由を考えた事も無かった。『男尊女卑・女性蔑視』そんな下らない言葉と社会に振り回されていただけ。信じるもの、それは人でも物でも宗教でも無かった。自分自身の心のみ。

今思えば、とことんつまらない信念だったと思った。

この島の漁師の人たちを除いて、殆どの島民が何故、大っぴらに開発に賛成とも反対とも言わないのか、反対なら何故自分たちを力ずくでも追い返さないのか、下地の話からその謎が解けた気がした。

目の前で突然涙を流されて、オロオロする下地に、香月は心から感謝の気持ちを込めて笑顔で応えた。

その夜『釣られた男』の爪弾く三線の音色が、静かに眠る神居島の上空で、煌《きら》めく美しい流れ星を何本も降らせていた。

2

島の東南に位置する岬の突端に、田島を含む三人が地図を片手に打合せをしていた。

「ここで最後か……」

田島は、西村に確認するように地図を広げた。

「そうですね。前の二カ所と違い、地形から想像するに、確率は濃厚ですよ」

西村は口元だけを引きつらせた笑いで田島に答えた。

天気は良いものの、西風が強いせいか先日まで穏やかだった海が沖合で大きなうねりを発生させ、田島たちの立つ足下の岩礁に、大波となって、次々と白濁の気泡を上げながら激突していた。

車から、幾つもの機材を降ろしていた鈴木が、田島に愚痴るように話しかけた。

「ねぇ、本当にやるんすか。どう見ても危険極まりないっすよ」

ブツブツ言いながら用意する鈴木に、田島は一喝した。

「当たり前だろ。俺たちにはもう時間が無いんだぞ。後戻り出来ねぇんだよ」

鈴木の襟首を掴み上げて脅迫めいた口調で押し迫った。

「俺は測量計器の前で指示する。誰かに見られても測量調査としか見えないからな」

田島の迫力に押し切られた西村と鈴木は、ダイバースーツを着込み、打ち寄せる荒波にぎこちない姿勢で潜っていった。

田島は、レシーバーを片手に冷えきった眼差しのままそれを見送った。

時折、雑音混じりで西村が海中での状況報告を送って来るものの、田島の耳元では吹き付ける風の障音と波の音が邪魔して、何を伝えて来ているのか聞き取りにくく、指示をまともに出せずにいた。

思うように通信が取れず、苛つく田島の横をバイクで通りかかった公平が声を掛けた。

「こんにちわ。お仕事ですかぁ」

レシーバーに意識を取られていた田島は、突然公平に声を掛けられ、突き上げられたように飛び上がって驚いた。

「わっ、び、ビックリした。公平君か」

世間知らずの公平に、田島のしている仕事の事がわかろう筈も無く、ただ、驚いた表情の田島を見て笑っていた。

「こんな風が強い日にも仕事ですか。大変っすね」

公平が何もわかっていない事に胸を撫で下ろした田島は、瞬時に冷静沈着な自分を取り戻した。

「そうなんだ。なかなか現地の測量も大変でね。公平君は何処へ……」

田島の質問を聞いてるのか、そうでないのか、公平はニコニコ笑いながら答えた。

「いやぁ、開発の皆さんって本当にカッコイイっすよねぇ。東京では、いつもスーツで仕事してるんですか」

田島は、フッと小息を吐いて銀縁の眼鏡に手をあてて答えた。

「スーツはエリートサラリーマンのユニフォームだからね。普通なんだよ。公平君は漁師だから変に見えるかもしれないけど」

公平は田島の言葉に敏感に反応して、手を振った。

「そんな事ないですよ。初めて田島さんたちを見た時から憧れてましたもん。俺だってそんなスーツを着て都会でカッコ良く仕事したいっすよ」

張りのある浅黒い顔で、学歴も無く元気だけが取り柄の公平だが、その素朴さが田島には光って見えた。

適当な雑談の後、公平は港に船を見に行くと言い残してその場を去っていった。

暫くすると、体を引き摺るように疲れた動きで西村と鈴木が海中から上がってきた。

「酷いですよ。何回も指示を仰いでるのに何も返事してくれないんですから……」

西村は田島に文句を連ねた。

「すまん、すまん。レシーバーの調子が悪かったみたいでな。で、どうだった」

田島はトラブルの問題より、調査の報告を急いた。

「ありましたよ。多分ですが。写真も押さえて来ました」

口元だけを吊り上げてほくそ笑んで西村は答えた。

「多分……だと。見せてみろ」

田島は、鈴木が撮影したデジタル写真を確認した。

「多分と言ったのは、この鍾乳洞《しょうにゅうどう》の入口に何者かが設置したと思われる鉄格子の扉があるんですが、頑丈な鍵が掛かっているんですよ。バーナーやクリッパーで破壊できる代物ではないっすね」

西村の報告で、田島は写真を見ながら思考を張り巡らせた。

「鍵……か」

「どうしましょうかね。鍵の所在もわからない現状では……。あと一歩なんですが……」

西村は以前から田島のキレる頭脳は認めていた。行き詰まった時の田島は西村たちにとって頼りになる知能を持ち合わせていた。

困惑する二人に、田島は何か思いついた目つきで薄ら笑いを浮かべながら西村の肩を叩いた。

「いい方法がある。まぁ任せとけ」

田島たちに強い潮風を運んでいた海上の遙か遠くから、黒く重たい積乱雲がゆっくりと覆い被さろうとしていた。

3

朝から島を直撃している強風は、鈍引の小屋の庇《ひさし》に当たり不気味な音を立てていた。

描き連ねた絵画が、乱雑に置かれている部屋の中央に小さな囲炉裏があった。

鈍引はその囲炉裏の中で、ゆらゆらと燃える炎を前に、静かに目を閉じて禅を組んでいた。

風で攪拌《かくはん》される木々の乱れた音に反して、屋内では炭と小枝が燃える僅かな音しか聞こえなかった。

座ったまま、凛とした姿勢の鈍引が、静かに瞳を開いた時、正面の扉を突き破る激しい破壊音と共にワッカが投げ込まれて来た。

もんどり打つワッカにも全く動じる事無く、鈍引は低い声で問うた。

「海のものか…」

扉の外からのそりと踏み入ってきた男は、あの『釣られた男』だった。

「我はシケー。人にあらず。竜宮の使い。大地のものに探られる由は皆無の筈」

表情を変えず、鈍引は瞬時に目の前の囲炉裏に添えてあった焼け火箸を、シケーに一本投げつけた。

鈍引の放った火箸は、シケーの左肩へ垂直に突き刺さった。しかし、それを受けたシケーは微動だにせず、おもむろに引き抜くと鈍引の顔面目掛けて投げ返した。

その鋒《きつさき》は、とっさに庇《かば》った鈍引の左腕中央を貫通して止まった。

シケーと同様に、無表情で引き抜いた鈍引は滴る血を拭いもせず、ニヤリと笑った。

「人…か」

シケーは流れる赤い血を見て、囲炉裏に歩み寄りながら言った。

「そうだ。我らは人によって造られた大地の守護」

答える鈍引の表情からは、いつもの絵描きの顔は消えていた。

「何用で潜む」

シケーは囲炉裏を挟んで、ドッカと鈍引の正面に座った。

「ニチェネカムイ復活の阻止」

鈍引は鋭い視線を緩める事無く答えた。

「……魔神……か」

シケーはそう呟くと、すっくと立ち上がり軽く胸まで挙げた右手を振った。

シケーの指先から放たれた水の固まりが、鈍引の左腕に当たり徐々に広がると、貫通した箸の傷口が瞬時に塞がった。

「風と潮の流れが変わった。結界が薄れゆく……。人間どもの業が、深く眠る赤龍を目覚めさせる。共に目的は変わらず。邪魔をするな」

「……共存か……」

シケーの言葉に鈍引は唸るように呟いた。

圧倒的な力と奇異なる空気を携えたシケーが、鈍引の小屋を後にした時、激しく木々を揺らせていた強風が、突然電池が切れたように、その動きを止めて静まり返った。

秘話

1

沈みゆく太陽と、夜の帳が広がり出す僅かな狭間で、沖から島に向かって飛ぶ海鳥がシルエットに映し出される頃、港に居た公平を田島は食事に誘い出した。

いつもの自分たちが宿泊する食堂では無く、近くで比呂志の母、典子《のりこ》が営むバーを選択した。

普段は漁師たちが仕事帰りに立ち寄るバー、『さざ波』も今日は客も無く閑散としていた。

開発のメンバーは、ここを香月の視界から離れた愚痴の場にしてよく利用していた。

ママである典子も気さくな性格で、よそ者のメンバーたちを、いつも笑顔で迎え入れてくれていた。

「いらっしゃい。あら、今日は珍しい組み合わせね」

田島と公平を見て、典子は目を丸くして戯けてみせた。

「いやぁ、今日たまたま昼に岬で会って、もっと色々と話をしたいからって僕が誘ったんですよ」

田島は適当な理由をつけて典子に答えた。

「そうだったの。まぁ、ゆっくりしていってねぇ」

典子の笑顔に小さく頷いて、ビールを注文した二人は、カウンターに腰掛け、ありきたりな話で盛り上がった。

程よい時間になった頃、田島は典子にタバコを切らした事を告げると、典子は快く田島から小銭を預かり店外に買いに出た。

典子が外出したのを確認すると、田島は公平に小声で話した。

「ところで……、公平君は東京で働く気はないのかな」

公平は田島の言葉に目を輝かせて、自分が都会で働きたい理由と憧れを持っていることを熱く話した。

「そうなんだ。じゃあ、僕が紹介してあげてもいいよ」

田島は話題を徐々に本題へと近づけていった。

「その代わりに、僕からも、いや、開発メンバー全員からもなんだけど、お願いがあるんだ。今日、測量していた場所なんだけれど、地下に空洞があるみたいで建設に不向きなのかそうでないのか、詳しく調査しなければいけなくてね……」

公平は、意識が東京に向いてしまっているのか、田島の言葉に何度も大きく頷いて聞いていた。

「それで、メンバーの何人かで海中へ潜ってみたら、そこに鍵の掛かった門柱があったんだ。どうも空洞はそこから通じているみたいで、勝手に破壊する訳にもいかないし、かと言って地質をわからずに美しい土地を傷つける訳にもいかない。だから困っているんだ。漁師の皆様には、僕たちはまだ良く思われていないし、相談する人がいなくてね……。公平君はその海中の事は知っていたかい」

田島の質問に、一瞬、躊躇した表情になったが、すぐに公平は『門柱がある事だけ』は知っていると頷いて答えた。

「そう……。そこでなんだけど、公平君がそれとなく、その門柱の鍵を持っている人から預かるか、それが駄目ならこっそり拝借できないかな。調査はすぐ終わるから気が付かない内に元に返せば迷惑にもならないでしょ。何とか協力してくれないかな……」

田島は、かなり困っている表情で公平に頼み込んだ。

暫く迷っている顔をしていた公平だが、意を決したかのように田島の目を見て頷いた。

「でも……。鍵はこの島にひとつしかないんです。絶対に失くさない事と、返してくれる事は約束して下さい。必ず……」

公平は田島にそれを強く注意した。

「わかっているよ。誰が持っているのかも詮索しないし、公平君にも絶対に迷惑はかけないから。この仕事が終わったら一緒に東京に行って働こうよ。期待しているからね。ありがとう」

田島は公平の肩を両手で強く握り、笑顔で約束をした。

典子がタバコを買って戻って来ると、カウンターで肩を組んだ田島と公平が仲良くカラオケを歌っていた。

「まあまあ、まるで仲のいい兄弟みたいですねぇ」

典子は二人に笑って声を掛けた。


公平と別れた田島は、宿舎には戻らず島の灯台元でＧＰＳ携帯を利用して電話をしていた。

「はい。特定の位置は、ほぼ確認が取れました。ですが……、まだやっかいな問題が残っています。まぁそれも……、じきに解決は致しますが」

田島は、バーで公平と話していた表情とは別人のように、険しい目をしていた。

「あと数日で完了させます。はい……、承知しました。我々との約束の方も……。よろしくお願いします」

携帯を切った田島は、タバコに火を点け、深く吸い込んだ後、腕時計を見た。

そこに一人の男が足取り重く近寄って、黙って灯台の明かりに照らし出される海を見ていた田島に声を掛けた。

「遅いですね……。約束の時間は、とうに過ぎています。困りますね……。そんないい加減では」

田島は氷のように冷たく尖った視線を、その男に向けた。

「す……すみません……。い……いろいろと考えが……、ま……纏まら……なくて……」

喉元に鋭利な刃物を突き付けられた時のような震える声で男は脅えながら答えた。

「考えが纏まらないって。あなたは何を今更言ってるんですかねぇ。そんな風にだらしないから僕たちが来る事になったのを、まさか忘れて無いですよね」

丁寧な田島の言葉は、恐怖を増長させるには十分な冷酷さで男に届いた。

小刻みに肩を震わせ、全身の毛穴から吹き出たかのような汗は、竦み立つ地面を濡らす程だった。

「わ……わ……わかって……ます」

男は、引きつった息を吐き出すと同時に、田島にそう答えるのが精一杯だった。

「そう。わかっていればいいです。決行する日時と段取りは、西村か鈴木を使ってお知らせします。その時は……。よろしくお願いしますよ」

男の震える肩をポンと叩いて、吸いかけのタバコを火のついたまま投げ捨てた田島は、不敵な笑いを残したまま、静寂な夜の闇に消えて行った。

腰が抜けたように、ヘナヘナとその場に崩れ落ちた男は、涌き出る呻《うめ》き声を殺すように頭を抱えた。

2

燃え滾《たぎ》るマグマの中から、巨大な真っ黒い蛇のような物体が、渦を巻くように這い上がって来る夢に魘《うな》され、ナギが飛び起きたのは、いつもより遅めの朝だった。

港では既に漁から帰港した漁師たちが、各々に仕事をこなしていた。

いつもなら食事を作りながら、比嘉の帰りを自宅で待っていたナギだったが、今日は例えようの無い胸騒ぎから、自然と足が港に向かっていた。

「おっ、ナギぃ。頭のお迎えかい。珍しいやな」

宮里は、荷下ろししている船縁からナギに声を掛けた。

ナギは後ろに手を組んだまま、首を振って答えた。

「ねぇ、今日はどうだった。変わった事はなかった」

ナギの突然の問い掛けに、宮里はキョトンとして仕事の手を止めた。

「え、いやぁ、何も無いよ。まぁ、不漁とまではいかないが、今日もあんまり魚は捕れなかったがね。どうかしたかね」

宮里の答えに、ナギは少し強張った顔で、船に近づいた。

「今夜でいいから、家に来てほしいの」

ナギは宮里に仕事が終わったら、一眠りしてから酒を飲まずに来るように言い残し、走って自宅へ帰って行った。

宮里はそんなナギに一抹の胸騒ぎを感じたものの、言われた通りにしようと、軽く返事をして見送った。

帰宅した宮里は、急に言いようの無い不安に苛まれた。一旦はナギの言葉を軽い気持ちで呑み込んだものの、思い返せばナギの表情が普段とは違う、何かに追い詰められたような切羽詰まった感があった。

風呂上がりの太った体を床に転がらせたまま、天井と自分との間にある空間をぼんやりと見ていた宮里は、突然何かを思い出したかのように起き上がって玄関を飛び出して行った。

ジリジリと虫眼鏡で集中的に熱せられるように痛む日差しの中、宮里は美佐世の墓の前に立っていた。

墓前の前に跪き、静かに手を合わせると、語りかけるように呟いた。

「あいつらが来てから……。何もかもが狂ってきよった……。もう……、そろそろ潮時なんかね」

宮里の独り言に、美佐世が何かを優しく告げたかのような柔らかい風が、大きな体を包み込むように吹き抜けて行った。

夕方近くまで、その場に座り込んでいたせいか、訳無く混乱していた気持ちに落ち着きを取り戻し、宮里はゆっくりと美佐世の墓を後にした。

帰り道を暫く歩いていると、途中で吃驚したような顔の百合子と公平に出くわした。

「おっ、何ね。珍しく二人で墓参りね」

宮里は明るく公平に声を掛けた。

「え、う……うん」

公平は引きつった笑いで答えた。

「何ね、何ねぇ。男がもじもじしてぇ。しっかり答えんね」

宮里が公平の二の腕をポンと叩くと、百合子が割って入ってきた。

「し……、しばらく美佐世おばさんの墓参りしとらんかったし、たまたま公平と道で会ったから、涼みがてら行こうって、私が誘ったんよ」

いつもの百合子の元気な声に、宮里は目を丸くして笑った。

「そうね。いやぁ感心。感心やっさ。ちゃんと美佐世さんに、公平の頭を良くして下さいってお願いするといいいさぁ」

その言葉に、ムッと膨れる公平の頭を、がさつに撫でた後、宮里は高笑いして二人を見送ると、機嫌良く自宅へと帰って行った。


港に強い日差しを放っていた太陽が、ゆっくりと沈む頃、いつもメンバーに厳しく、てきぱきと処理していく香月が、これほど動揺と焦りの混在した険しい顔をしたのは島に来て初めての事だった。

「何で……。有り得ない……。約束が違うじゃない」

一枚の電子メールを片手に、冷たい汗が背中を伝うのを覚えていた。

田島から香月に知らされたのは、何の感情をも持ち得ない文字が綴《つづ》られた本社からの最終通達だった。

——今月中に島民の最終決済を完了し、関係機関への報告が成されない場合、本社独自の政治的圧力の上、強行工事に着手する。次に派遣された香月を主とするメンバー全員を業務怠慢及び、適合能力の欠損と考え、減俸・降格・解雇の何れかの処分とする——

と書かれていた。

香月はまず先に山下と川本を呼びつけた。

またいつもの説教かと面倒な顔つきで香月の部屋に訪れた二人に、田島と香月は黙ったまま受け取った電子メールを突き出した。

「わけわからない男を釣ってドタバタしてる暇はないのよ。私たちの居場所すら完全になくなるわ」

二人はメールを凝視したまま、凍り付いた目でその文字を追った。

「で……でも、本部長は……島民全員が理解納得するまでは時間を掛けてもいいからって……」

山下は、その画面に書かれていた内容を疑うかのように低い声で香月に言った。

「状況が変わったのかもしれない」

「どう変わったって言うんだ。これじゃまるで地上げ屋とかヤクザと変わらないじゃないか。無理矢理開発を推し進める事は絶対にしない。島民の理解があって初めて良い仕事が出来るって言ってたじゃないか。有り得ねぇよこんな事」

今にも跳びかからんという目付きで、山下は香月に詰め寄った。

「私だって解らないわよ。でもこれが事実なの、田島が既に本社に確認を取っているわ」

山下に掴み掛かられた手を振り払って、香月の涙混じりの甲高い声が、逆に二人をたじろがせてしまった。いつも完璧を主義に持つ香月が、そんな事を簡単に鵜《う》呑《の》みにする筈もなく、当然確認しているだろうと瞬時に理解は出来た。その上での香月の逆上振りに、不確かの文字は掻き消されていた。

「でも……。今月中って、どう考えても無理でっせ」

川本は諦めにも似た言葉を吐いた。

「やっと……やっとここまで来たんだ。最初は口さえ利いてもらえなかった漁師の人たちも、最近では普通に話が出来るようにまで漕《こ》ぎ着けたんだ。何ヶ月もかかって……、やっと」

崩れ落ちるように山下が跪いた時、他のメンバーが集まって来た。

悔し涙を堪えるように天井を仰いでいた香月も、他のメンバーの手前、一緒に肩を落とす訳には行かなかった。

「とにかく、何としてでも本社が動き出す前に解決させるのよ。そうでないと……、私たちが過ごした何ヶ月もの時間が無駄になった上に、全員揃って討ち死によ」

「せやな、山下はんがあれだけ我慢して、頑張ったからここまで来れたんや。その努力も認めないでぶち壊すようなやり方だけは絶対に阻止せなあかん。いくらなんでも本社の血も涙も無い処分を受けてたまるかいな」

川本は必死にメンバーに賛同を求めた。

この本社の決定が逆にメンバーの結束を強固なものにしたのは香月にとって頼もしかった。しかし、あまりにも時間がない。焦れば絶対にそこに落とし穴がある。ここに来て、より一層香月には綿密な計画が必要となっていた。

山下は冷静に頭の中を整理したくなり、一人で夕方の海岸に出て行った。

いつも釣りに来ている防波堤に座って、打ち寄せる波の音だけが聞こえるこの場所が、今はどうにも落ち着かない。

ふと防波堤の先から浜辺方向に目を凝らすと、比嘉とナギが歩いて来るのが夕日に照らし出されて見えた。

山下は急ぎ足で比嘉の元に向かった。別にどういう理由も無い。ただ考えるより先に体が反応したといっても間違いではなかった。

「比嘉さん」

自宅に帰ろうとする二人を呼び止めた山下だったが、次に話す言葉も用意している訳もなく、比嘉の顔を見た途端、口ごもってしまった。

「あぁ、山下君か。どうしたの。散歩かい」

いつもながら優しい口調で、笑い顔で答えてくれた比嘉に、山下は余計に戸惑ってしまった。

「あ……。いや、その……。まぁ、そんなとこです」

山下のいつになく、もごつく口調にナギは何かを感じたかのように話した。

「何かあったのね。顔に出てますよ」

すぐに見透かされてしまう程、おかしな態度だったのかと、山下は自分で情けなく思ってしまった。

「えぇ、まぁ。あったと言えばあったんですが……、まぁ、なかったみたいな……」

「何かあったんだね」

比嘉の言葉に咄嗟に山下は返事をしてしまった。

「はい。あ……、はい。実は……、あり……ました」

今更、比嘉に嘘を言う必要もなく、むしろ出来る事なら相談に乗ってもらいたかったのかもしれない。相手は開発に対しての反対派。しかもリーダー的な存在の人である。普通、常識から考えると有り得ない相談である事は重々承知している筈である。しかし、山下は一人の人間として、比嘉に全面の信頼を置いていた。それに特別な理由は無かった。単に好きか嫌いかみたいなもので、直感的に比嘉の人柄に、それを感じたのである。

「何さ。ワンでよかったら話してみたらいいさ」

比嘉は面倒な顔ひとつせず、ナギも比嘉の肩越しに見つめてはいるものの、その目は疑心に満ちた目では無かった。

「あ、ありがとうございます……。実は……」

山下は、これまでの事を細かく、本社の意向や、自分たちの処分に至るまでを二人の前で説明した。何処か心の中で、もしこれで比嘉の関係ないと言う逆鱗に触れたとしても、それはそれで仕方がないと思っていたのかもしれない。それだけ今の山下には、どうしていいのかわからなくなるほど冷静さに欠けていた。

ところが自分が思っていた事以上に、比嘉の言葉は意外なものだった。

「そうか。いよいよ来るべき時が来たって感じだね。君たちも此所に来てよく頑張って来た。反対する者の色んな言葉にも誠意をもって真面目に応えて耐えてきた。よくわかってるつもりさ。だから、そろそろちゃんと結論は出さないといけないと思っていたところだったさ」

正に、長期に渡る山下たちの努力に対して、その成果が近づいた事を実感した瞬間であった。

「あ、ありがとうございます」

直角に深々と頭を下げた山下の肩を、ポンポンと叩き、比嘉は諌《いさ》めた。

「まだ、許可をするって言った訳じゃないよ。それに基本的には未だにワンは反対の意向は変わってはいないさ。ただ、これ以上ズルズルしててもお互いに良くないと思っていただけのこと。今夜、ワンの家に来なさいね。話をしましょう」

山下は、比嘉の言葉を受けて、結果はどうあれ大詰めの会談に漕ぎ着けた事が、何より嬉しかった。

宿舎に帰った山下は、何らかの答えが出るかもと、香月と川本に今夜同行するように頼んだ。いつしかあの暗かった気持ちが、高揚しているのに気がつき、小刻みに体が震えた。

自宅に戻っていた宮里は、まだ封を切っていない泡盛を片手に比嘉の家へ向かった。

「はいさい。ナギぃ、来たよ」

勝手知ったる、と言った感じで家主の出迎えも受けず、ドカドカと裸足で客間に入って行くと、そこには山下と川本、そして香月の三人がナギと比嘉の前に座していた。

「何ねお前ら、何しに来た」

宮里は山下の顔を見た途端に、険しい顔で声を荒げた。

「いえ……。俺も今来たばかりで……」

山下は困った表情で、回答に詰まった。

「何だとぉ。お前な……」

宮里が掴み掛からんとした時、ナギの声が制止した。

「やめて。山下さんらは私が呼んだ」

キッと宮里を睨みつけて、ナギは強い口調で言った。

「あぁ、二人とも静かにせんね。もめ事起こすために呼んだんじゃないよ」

比嘉は、いつもなら泡盛で晩酌をしている頃なのに、ナギの言いつけで一滴も飲めず、自分で入れた茶を啜《すす》っていた。

頭に意見されては宮里も大人しくするしかなかった。

その場で舌打ちすると、ドンと胡座《あぐら》をかいた。

ナギは全員が落ち着くのを確認すると、小さく溜め息をついて口を開いた。

「山下さん、他の方も。今からお話しする事は、必ず起こる事です」

ナギの真剣な口調に、三人はゴクリと生唾を飲む程に緊張して頷いた。

「今夜か明日に……。以前この島を襲わんとしていた台風と同じくらいの巨大な雲が迫りつつあります」

「な……、なにぃ」

山下たちが驚く以上に、宮里が体を乗り出した。

「だから……、ここは宮里のおじさんも、開発の皆さんも、一時休戦して互いに協力してほしいの。この島を守って…」

ナギは宮里たちに潤んだ瞳で懇願した。

「で……でも……。今朝、田島の報告ではそんな事言ってなかったわよ。彼、いつも携帯パソコンを持っていて、本社からの連絡や天気など衛星を使って調べてるの。もし台風が来るなんてわかったら必ず報告する筈なんですが」

香月は首を傾げながらナギに伝えた。

「ナギぃが言うなら間違いないさ。お前らよそもんにわかる訳がないさ」

いつの間にか宮里は、持参してきた泡盛の封を切ってラッパ飲みをしていた。

「もう、呑んだら駄目って言ったでしょ。今夜は寝たら駄目よ。みんなで準備しないと……」

ナギが困惑した顔でいると、川本が口を挟んだ。

「あの……。我々が協力するのは全然構わないんです。でも……、その前に……。その……、つまり……」

川本の歯切れの良い関西弁が上手く発揮できていないうちに宮里が言葉を挟んだ。

「だから協力する代わりに、開発契約しろって言いたいのか。だったら必要ないさ」

宮里は川本の話を全部聞かないうちに、言葉と同時に川本の襟首を掴み上げた。

「違います。そうじゃない」

上手く話せなかった川本の代わりに、山下が説明に割って入った。

「俺たちが言いたいのは、もう開発の事だとか、契約だとか……、そうじゃないんです」

山下は、香月の顔をチラリと見て、目元で頷く香月と暗黙の確認を取った後、比嘉たちに自分たちの思っている事を話し出した。

「私たちは、確かにこの島の事もよくわからないまま、毎日毎日、開発交渉に力を注いできました。でも……、どうも不思議な事が多すぎて……」

山下は、黙って聞く三人に話し続けた。

自分たちが島に来てから、まともに会話が出来るのが、この港近くの一部の人たちだけで、それ以外の人は、ニコリと笑って頷くだけで反対とも賛成とも何も言わない事、次に島の学校はあるものの、子供の姿が全然見られない事、町はあるのに、郵便局も消防も警察も無い事、更には測量が出来ない場所が数カ所ある事、そして最後に本社から来た通達までを一気に連ねた。

腕を組んだまま、目を瞑って聞いていた比嘉は、その重い口をゆっくりと開いた。

「宮ちゃん……。もういいだろ。山下君たちはもう気づきはじめている。それだけ心が洗われている証拠だ……」

まだ意味のよくわからない比嘉の言葉に、宮里は困惑した表情を隠せないまま、泡盛を煽っていた。

「お前たち……。本当は何しにきた……」

宮里は、先の暴力的な吐きつける言い方では無く、溜め息交じりに近い肩を落とした話し方であった。

「いや……、開発推進の為の……」

「そうじゃないだろ……、そうじゃ……ない筈だ。そんな事がある筈ないんだ」

山下の言葉を聞き取らないうちに宮里は言葉を被せて続けた。

「この島に来てから、会社にどうやって確認や連絡をしていた。電話も郵便も無いのに、何故言い切れる」

「それは、うちの田島が……」

香月が衛星電話の説明をすると、

「ワシにはそんな近代科学の事は、ようわからん。しかし、ここにいるお前らが直接確認した訳では無いだろうが」

　宮里の含みのある言葉に、川本が申し訳なさそうに手を小さく上げて宮里に答えた。

「あのぅ……、香月さんや山下はんにも内緒にしてたんやけど……。実は……、一週間に一回位のペースで携帯で彼女に電話して……ましてん」

　それを聞いた山下は、突然目を剥いて反応した。

「何だって。この島の何処に携帯が飛ぶ所があるんだ。何故言わなかった」

「いや……。仕事バカの香月さんと……、あ、すんません。山下はんに、彼女に電話しているってわかったら、また怒られてまう……、と思って…。すんまへん」

　その時、宮里が冷静に川本に質問した。

「それで、その彼女ってのは何と言っていた」

「いや、別に……。お仕事頑張ってねって」

　何の疑問も抱く風も無く、川本はキョトンと答えた。

「川本、その場所は何処だ。ちょっと携帯を貸せ」

　川本は、渋々携帯電話を取り出すと、山下に測量中に携帯電波の飛ぶ位置を見つけ、それが測量不能だった三カ所の場所のひとつだった事を告げた。

　香月と川本を比嘉の家に残し、山下が玄関を飛び出すと、後ろを宮里が追って来た。

「アィ、ワンのオートバイで行くといい」

　宮里は山下にバイクの鍵を投げ渡した。

「ありがとうございます」

山下は礼を言って走り出した。

黙ったまま、不穏な空気の漂う皆の元に戻ると、宮里は胡座をかいて泡盛に手を伸ばした。

「まぁ……無事帰って来るさ」

宮里は独り言のように言った。

「あの……、いったいどういう事なんでしょうか……」

香月は不安げに宮里に問い掛けた。

比嘉とナギの顔をチラリと見た宮里は、グイと泡盛を飲み干すと、大きく息を吐いた。

「そうね。もう話しておいてもいいね。ナギや頭が言うなら……。実は……」

宮里が、内に隠していた真実を話し出した頃、山下は川本に教えられた場所にバイクを飛ばしていた。

信頼と疑念が混雑した気持ちのまま、現場に到着するとおもむろに携帯を取り出し、祈るような気持ちで番号を押した。

「あっ、もしもし。お久しぶりっす。お疲れ様です。どうですかそちらは」

山下が電話した先に出た相手は、後輩の芝原だった。

「芝原か。すまん、何も言わずに頼まれてくれないか」

芝原に幾つかの調査を内密に頼み、電話を切った山下は、遠くの海に落ちるかのような何本もの流星を、小刻みに震える動揺を抑えながら見つめていた。

真実

1

「冗談じゃないぞ！　お前いつまでかかってんだ。今さらまどろっこしいやり方してんじゃねぇ。手段なんて選ぶな。既にいくつかの手は打ってあるんだ！　早急に結果を出せ！」

ホテルの一室で、バスローブを着たままの稲垣は、興奮した口調で電話口の相手に怒鳴り散らしていた。

「いいか、もう一度言うぞ。手段は選ぶな。結果が全てだ。わかったな」

一方的に切った携帯電話をベッドに放り投げた稲垣は、テーブルに置かれたロックグラスに半分程ウイスキーを入れると、それをストレートのまま一気に飲み干した。

「グズグズしやがって……」

強い香りのアルコールに喉を焼かれ、窓の外を睨み付けていると、シャワーあがりの濡れた髪をタオルで拭きながら加納良子が甘えた声で擦り寄ってきた。

「何をカリカリしてんのぉ」

稲垣は肩にもたれかかる良子を力強く抱き寄せると、顔を寄せて囁いた。

「君の彼氏とやらは何をしているのかな」

良子はそんな稲垣の耳たぶを軽く噛むように息を吹きかけながら答えた。

「知らないわよ。測量が出来なくてうまくいかないって……。昨日言ったのが今までの全部よ」

良子は気怠くラベンダーの香水を仄《ほの》かに漂わせながら、白い肌の胸をはだけて稲垣の首に腕を回した。

稲垣は、フッと口元で笑うと良子を抱き上げながら言った。

「色香で男を迷わす計算高い小悪魔だな。お前に比べれば俺が今やってる計画なんて可愛いもんだ」

そのままベッドに押し倒そうとする稲垣に、良子は体をよじりながら答えた。

「私はただ、欲しいものを欲しいと言ってるだけ。だから、本部長も私が欲しいならその前にちゃんと約束を守ってね」

上から体を重ねようとしてくる稲垣の脇をスルリといなした良子は、鏡に向かって化粧を整え始めた。

「おいおい、ここまで期待させといて今日はそのまま帰るってか?」

稲垣はベッドに横たわったまま、口紅を塗る良子の横顔に文句を言った。

「お楽しみは……お互いに欲しいものが手に入った時。その時の方がきっと燃えるわ……本部長も私も」

良子は、蒸れる外気の温度に比例するかのように、熱を帯びた視線を稲垣に向けて微笑んだ。

2

都会は、エアコンの室外機が吐き出す熱風で、早朝から昼にかけてグングン体感気温を上昇させていた。

じわりと湧き出る額からの汗をハンカチで拭き取りながら、佐伯美奈子はある人物との待ち合わせ場所に急いでいた。

東京の交通は、自家用車やタクシーを利用するより、蜘蛛《くも》の巣状に張り巡らされた鉄道機関を利用した方が、よほどの事故でも無い限り、ほぼ的確な時間に待ち合わせの場所に到着出来る。

都内を循環するＪＲ山手線の新宿駅で、午前11時05分にホームへ到着した電車の先頭車両に乗り込んだ佐伯は、反対側の出入口の窓際に立つ一人の男と合流した。

オールバックに固めた髪型で、この猛暑の季節に喉元までピタリとしたネクタイ姿の男は、佐伯を確認すると、先の神田駅で別々の出口から下車するよう、目の動きだけで促し、改札を出た。

日本橋方向へ徒歩で数分の所に、見落としそうな程の小さな看板を下げた、地下に入る喫茶店があった。

——本日貸切——　喫茶ＢＯＮ

と、マジックで書き込まれた貼り紙のあるドアを開けると、初老のマスターが一人だけカウンターに立っていた。

男に案内されるままテーブル席についた佐伯は、大きめの茶封筒をバッグから取り出した。

「これをお見せする前に……」

佐伯がそう言うと、男は小さく頷いて約束の身分証を提示した。

男は、防衛省情報本部分析部に勤務する、奥山啓一《おくやまけいいち》と名乗った。

簑島とは高校時代からの親友で、警察庁と防衛省とに進む道は違えど、互いに認め合い苦楽を共にした仲間であった。

奥山の勤務する防衛省情報本部とは、情報の総合的な分析、収集整理及び調査や研究改善、統合運用に必要な情報に関する業務及び自衛隊法により編成された特別の部隊の運用に係る情報に関する業務であった。情報本部は、これまで統合幕僚会議議長の下に設置されていたが、統合運用体制への移行に伴い、２００６年に、省内各機関に対する情報支援機能を広範かつ総合的に実施し得る「庁の中央情報機関」としての地位・役割を明確にするため、長官の直轄組織に新編された。

奥山とは初対面の佐伯が身を構えるのも無理はなかった。

いくら簑島の親友と聞かされても、ただそれだけで全信頼をおける理由にはならなかったし、元来、疑ってなんぼの刑事という職種に従事する以上、事件解決の責任は自分の行動にもかかっているのである。ここで軽率な判断ミスは重大な失態にもなりかねない。

そんな警戒心から、鋭い眼光を緩めようとしない佐伯を見て奥山は薄笑みを浮かべた。

「簑島はなかなか良い相棒を持っているようだな」

テーブルに置いた自分の身分証を、佐伯の方へ押し出しながら、淡々と話し出した。

「簑島とは、小学校の頃からの幼馴染《おさななじ》みでね。まぁ聞いてるとは思いますが。あいつは高校を卒業する前の進路決定の時に、俺は東京の大学を出て警察官僚になる。なんて言い出したんですよ。いつも一緒にいた私は、何となくそれに負けたくなくてね。じゃあ俺は防衛省に入って偉くなってやるって、意地張って防衛大学に進んだんです」

奥山の話に佐伯は冷たい言葉を浴びせるように口を挟んだ。

「その話は、既に簑島から伺ってます」

子供でも出来るような、おつかいでここに来ている訳ではない。ただ自分なりに、事件の情報を公示して良い相手かどうかを見極めようとする思いが、硬くきつい発言となって唇を揺らしていた。

「しかし……君は何をしに来たんだ？　私は身分を明らかにし、簑島からの呼び出しにもこうして応えているつもりなんだがな」

奥山は当然のように憮然《ぶぜん》とした表情で、今回の呼び出しの意図である本題に入ろうと、会話を斬り込んで来た。

僅かな沈黙が、テーブルの脇でグラスに入った氷をカラリと音を立てて溶かした。

「そうですね……。失礼しました」

佐伯は冷静さは失わないものの、奥山の言葉を受け入れて、膝に抱えていた封筒を差し出した。

奥山は、ガムテープでしっかり封印された部分を丁寧に開封すると、中身の書類に目を通したものの、ビニールに入ったサンプルには興味が無かったのか、そのまま封筒の中へと入れ戻した。

「大体の事はわかりました。しかし私の置かれている立場上、いい加減な回答は出来ません。少し時間を下さい。こちらから簑島君にご連絡させてもらいますので」

僅かな時間で、さらりと目を通しただけで何がわかったのかと佐伯は思ったが、これも職務の一つと割り切り、奥山の言葉に小さく会釈で応え、席を立った。

「あっ……」

喫茶店の出口に向かう佐伯に、奥山は言い忘れたかのように声を掛けた。

「何か？」

佐伯は歩きながら答えた。

「この事件の事を、私以外に誰か……？」

その言葉を聞いた佐伯は一瞬立ち止まり、振り返り様に鋭利な刃物のような冷たい視線で奥山に返した。

「防衛省情報本部のお偉い人が、とんだ愚問をされるのですね」

これ以上ない程の嫌味を込めた言葉で、僅かに首を横に傾げる佐伯に、奥山は反応に躊躇した。

「い、いや。預かった書類が全てコピーしたものだったからね……」

言い訳にも似た発言に、佐伯は薄紅色の口元を歪ませた。

「例えそれが親兄弟であっても、事件に関わる重要な書類の原本を渡す訳ないじゃないですか。

常識ですよ」

吐き捨てるように言い残すと、佐伯は喫茶店の扉の向こうへと姿を消した。

3

——必ず貴女の消された記憶が必要になる時が来るような気がします。私が連絡するまで絶対に待っていて下さい——

そう言い残した簑島の言葉が、数日経過しても依然ナミの心に影を落としていた。

自分の記憶は誰かに消されたものだったのか……。今までは単に忘れてしまっていて思い出せないだけだと認識していた。

しかしよく考え直してみると、確かに幼少の一部がスッポリと抜け落ちている。

誰でも僅かばかり何らかの記憶が残っているものである。自分の両親の顔なり、肉親の声なり、何かあっても良いのだが、ナミにはその大事な全てが欠け落ちていた。

簑島は、その失った記憶に何かがあると言いたかったのだろうか……。

いずれにしても、じっと座って待つにはあまりにも余暇が多すぎる。一旦は簑島にハイと頷いたものの、何か動かないといけない衝動に駆られていた。

誰に連絡を取るでもなく、何処に行くでも無いのだが、取り敢えず外出する事に決めたナミは、そそくさと着替えてマンションのドアを開けた。

部屋にいるより、外を歩きながら考えた方が少しは記憶のヒントになるものが見つかるかも知れない。

意識と体をバラバラにさせて足の向くままに歩を進めていると、自宅からさほど離れていない繁華街の中に、沖縄料理の店を見つけた。普段なら通り過ぎる筈のその店が、何となく気になったナミは、夕食時の空腹もあり『海んちゅの島』と書かれた看板下の引き戸を開けた。

平日の夕方早い時間のせいか、店内はまだ客入りも少なく、何処に座ろうかと立ったまま思案していると、後ろから聞き慣れた声がした。

「お客さん、どなたかとお待ち合わせですか」

ナミが振り返ると、そこには伊良部がニコニコしながら立っていた。

「い、伊良部さん！　え？　何でここに？」

ナミの驚く顔に伊良部は笑いながら答えた。

「俺、家がこの近くなんですよ。で、いつもここで夕食を。たまたまナミちゃんが入って行くのがみえたから……」

二人が店の入り口で会話していると、店員は奥の個室へと案内してくれた。

座席についた伊良部は、慣れた口調で店員に料理を注文すると、お気に入りの泡盛を呑みながらナミの話に耳を傾けた。

ナミは今日の出来事を順を追ってわかりやすく話すと、伊良部に意見を求めた。

「どう思います？　やはり記憶が無いなんて変ですよね。今でも必死に思い出そうとしてるんですが、何かこう……雲の中にいるようなハッキリしない感じがあって……」

首を傾げながら話すナミに、伊良部は軽く答えた。

「考えすぎじゃないかな。どんな技術か知らないけど、そうそう簡単に人の記憶なんて消せるもんじゃないよ」

伊良部の言う通り、他人の記憶を消すなんて並大抵のものではない。だからと言って、ごっそりと抜け落ちた記憶の疑問は拭いきれるものではなかった。

「でも、不思議な事が多すぎるの。今回の事件と、私の記憶が関係してるのかも知れないと思うと……」

ナミの話を遮るように伊良部は言葉を重ねた。

「もしそうだとしても、それはきっとナミちゃんの記憶にあるんではなくて、ナミちゃんを守る、もっと別の大いなる力にあるんじゃないかな」

「大いなる……力……？　守る……？」

ナミは伊良部が言う言葉の意味が理解出来なかった。

「そう。いつかそれがハッキリわかるまで、心静かにその時を待てばいい。きっと今はまだ動き出す時じゃないんだよ」

伊良部は多くの謎を含んだ言い回しで、ナミに見えない制御をかけていた。

「何か……、全然納得がいかないんですけど……」

意味不明で口を尖らせるナミに、伊良部は笑ってごまかした。

「ま、いいって。ね、今日は楽しく飲みましょう」

普段は無口な伊良部が、偶然にも今夜は話し相手になってくれている。

独特の琉球音楽が流れる店内で、ナミの気持ちは自然と落ち着きを取り戻していた。

裏切り

1

朧気《おぼろげ》な月明かりの中、音もなく静まりかえった夜の教室で、三人の人影が映し出されていた。

「先生、俺……。これでいいのか……。わからなくて……」

公平は、百合子と共に仲伊を学校に呼び出していた。

「困ったね。それは島にとって大事な物だよね……」

仲伊の言葉に、二人は黙って頷いた。

「だけど……、これで公平の夢が叶《かな》うなら……。別に調べるだけって事だし……、ちゃんと後で元に戻しておけば……」

百合子は子猫のような小さな声で、言い訳めいて仲伊を見つめた。

「かと言って、黙って拝借するのは駄目だよ。それは先生が預かっておく。君たちの事がわからないように理由も考えて、返しておくよ」

仲伊は公平から鍵を受け取ると、それを優しく握りしめた。

「で……でも、その鍵のあった場所……、先生は知らなかったんじゃ……」

公平が鍵を渡してから、ふと気がつき、質問しようかとしていた時に、校舎の外でガタリと物音がした。

「何……。ちょっと見てくる」

勝ち気な百合子は、公平と仲伊の制止も聞かずに、大丈夫だと言い残して音がした場所へ向かった。

百合子の姿が暗がりに消えたかと思った僅かな瞬間、突然キャーと叫ぶ百合子の声が公平たちの耳に跳び込んできた。

「先生。今の……、うっ」

声の方へ何歩か歩いて、仲伊に確認しようと振り返った公平の胸に、冷たい刃物が根元までめり込んだ。

「な……な……なん……で……」

額から汗を吹き零した仲伊が、黙したまま哀れんだ瞳に溢れんばかりの涙を溜めて公平の左胸に深くナイフを突き立てた。

言葉にならない怒叫を吐きながら、仲伊の首筋に爪を立てる公平に、仲伊は息を殺したまま力任せに引き抜いたナイフを再度公平の腹部へと深く突き刺した。

その場に崩れ落ちる公平を、立ち竦んだまま震えながら見下ろす仲伊に、一人の男がパチパチと手を叩きながら近づいてきた。

「いやぁ、お見事。ご苦労様です」

ナイフが刺さったままの公平の遺体を挟むように、男が仲伊の前に立った時、僅かな明かりに照らし出されたのは、含み笑いをした田島の顔だった。

「これで……、いよいよ後戻りは出来ませんね」

田島は仲伊にそう言うと、受け取った鍵を渡すように顎で促し、手を差し出した。

「さ……最初から……、あ……後戻りなんて……で……出来っこ……な……無かった……だろ」

仲伊は乱れた呼吸を整える事も出来ないまま、震える手で田島に鍵を渡した。

「それは心外だなぁ。これは貴方が自分の問題解決の為にした事。俺たちはそれに協力したまで……、ですよ。まぁ、立派に仕事をした事は、ちゃんと伝えておきますよ」

「や……約束だぞ」

冷静に話す田島とは対照的に、仲伊は感情をそのままに吐きつけた。

「えぇ、後の処理はこちらでちゃんとしますよ。お任せ下さい、あ、奴らも終わったみたいですね」

仲伊が振り返ると、乱れた上着を直しながら西村と鈴木が入って来た。

西村と鈴木が百合子の引きちぎられた下着を仲伊の足下に投げ捨てた。

「いやぁ、結構手こずりましたが……」

「好きだな、お前らも」

田島はスーツのポケットに手を入れて、冷たく笑いながら出て行った。

西村と鈴木に両腕を取られて、仲伊も項垂《うなだ》れるように田島の後に続いた。

いつの間にか青白く光っていた月は分厚い黒雲に覆われ、不気味な音を含んだ激しい稲光が、別室で西村と鈴木に強姦《ごうかん》され、無惨に絞殺された百合子の姿を照らしていた。

田島たちが去った校舎の裏側から、音も無く屋内に侵入する鈍引とワッカの影があった。

「無惨な……」

殆ど全裸で目を大きく見開き、口から血を流したまま仰向けで転がっている百合子の遺体を見て、鈍引は片膝をつき優しく百合子の瞳を閉じた。

「こちらも……。既に……」

公平の遺体を確認したワッカが、鈍引の元に来て低い声で伝えた。

「人間の欲とは……。共存するものすら消し去ってしまうものか……」

鈍引は腹の底から唸った。

「しかし……。言葉語らぬものを自己犠牲の上で守る人間もおります」

ワッカは鈍引の背後から意見した。

「だから理不尽よ。人が人を殺めるに止まらず、自然をも削り取る。そのような者がのうのうと活き、権力を身に付け弱者を傀儡《かいらい》し自欲を満たす……。いっそ……、全てを灰燼《かいじん》に帰す必要にあるのかも知れん……」

鈍引の言葉に、焦りを含んだ口調でワッカは答えた。

「し……しかし、我々の為すべき事は……」

「わかっている。それもこれも最後に決めるのは自然の摂理だ……」

ゆらりと立ち上がった鈍引は、幾多の稲光を携え迫り来る夜の雲を黙って睨んでいた。

2

宮里の言葉はあまりにも神懸かりすぎて、香月と川本は理解しようにも、頭の中が混乱して整理するのに時間がかかっていた。

「……つまり……。そういう事だ」

宮里は最後にその言葉だけを残し、台風に備える為、比嘉の家を後にした。

「どうしたもんですかね……。なんやあまりにも突飛な話で……」

重い空気の中、川本が誰しもが感じていた胸中を言葉にした。

既に戻っていた山下も、いつも気丈な香月も、共に口から出る言葉を持ち合わせていなかった。

「実は……、まだお話ししていない事があります……」

ナギは、ガックリと肩を落とす香月たちに、追い打ちを掛けるように話した。

「まだあるんでっかいな。勘弁して下さい……。それで無くても頭の中が整理できてへんのですわ」

川本は、眉尻を落として情けない顔でナギに訴えた。

「いえ……。それは、お知らせしたくても決して口に出来ない事…。皆さん自身が、必ずいつかお気付きになる筈ですから……」

ナギは憂いを帯びた瞳で山下を見た。

「さて……。また死神が近づいてる。構えをしっかりしないとね」

比嘉はゆっくりと立ち上がって、腰を伸ばした。

「あの……、俺も手伝います。何か……じっとしてられなくて……」

山下は、ナギと比嘉に手伝いを申し出た。

「川本と私は今から戻って、台風の接近をみんなに伝えて来ます」

香月は川本の腕を引っ張り立ち上がった。

玄関を出る時に香月は、ふと立ち止まるとナギを見て微笑んだ。

「まだ実感として信じられないけど……。でも、きっとあなたとあなたのお母様が守りたかったもの……。私たちがどこかに置き忘れた大事な事を思い出させてくれたわ。ありがとう」

香月の表情から機械的な仕事人間の顔が完全に消えていた。そんな香月をナギは微笑んで見送った。


比嘉と山下は、港に停泊させている漁船を船出場まで引き上げ、数カ所のアンカーで固定させていた。途中、宮里と屋宜も合流して次第に強くなる風の中、弱っていた壁や屋根の補強に尽力を注いでいた。

「都会もんは、力のない弱っちいやつばかりと思ってたけど、なかなかどうして。しっかり働くやっさ」

上半身裸で、戸板を打ち付けながら家屋の補強作業を必死にする山下に、屋宜と宮里が初めて笑顔で声を掛けてくれた一瞬だった。

「学生時代、野球やってましたから」

山下は、力仕事に歯を食い縛りながらそう答えた。

これからとてつもない台風が、この島を襲うかと言う時に、危機感よりも宮里たちに気持ちが伝わった一体感の方が気持ちを高揚させ、そこに全ての心の迷いも消えて、ただ一心に島を守りたいと願う自分がいた。


民宿『にらい荘』に戻った香月は、食堂で寛ぐ田島たちに開口一番、言葉の鉄槌《てっつい》を落とした。

「田島！　何で台風の事を報告しないの」

「えっ……。台風ですか……」

田島は突然面食らったような顔で、仁王立ちする香月に答えた。

「えっ、やないやろ。毎朝の衛星情報は天気に至るまで報告する約束やろが」

川本は香月より先に田島に詰め寄った。

「す……すみません……。あの本社からのメールに気を取られて……」

言い訳で取り繕う田島に、香月は聞き入れる間も無く、田島たちに島民へ台風の接近を知らせ、備えの強化と手伝いをする事を指示した。

「は……はい。すぐ取り掛かります」

田島は勢いよく返事をして、西村と鈴木を連れて外に飛び出した。

港とは反対側に走った田島たち三人は、石垣が連なる民家の裏側で足を止めた。

「この台風は想定済みだ」

田島は計画通りに事が進んでいると西村と鈴木に言った。

「で……でも、台風が来ているなら、あの場所には潜れないっすよ」

鈴木がそう言うと田島はニヤリと笑った。

「俺たちが潜れなくても、もう一人潜れる奴がいるだろ。奴がアレを取ってくればそれでいい。もし取りに行けないにしても、あそこの鍵だけ開けさせればいいんだ。後は奴が深海へ消えようがどうなろうが知った事じゃない。台風が過ぎて海が落ち着いてから、ゆっくりと俺たちが取りに行っても構わないんだしな」

田島の言う、そのもう一人が誰なのかは、西村も鈴木も考えるに及ばなかった。

「俺と鈴木で準備をしたら、夜明けを待ってあいつを潜らせる。お前は学校に戻って、あの二つの死体を朝までに処理しろ。あくまでも……、事故に見せかけてな……」

田島は西村にそう指示すると、鈴木を連れて別れていった。

殺戮《さつりく》

1

徹夜明けの芝原は、疲れた表情で山下から頼まれた『仕事』を忠実にこなしていた。

昨夜、社内に人がいなくなるのを待って、総務に侵入し、内部資料のコピーを持ち出していた。

「ここまでやったら、まるで犯罪者みたいだなぁ……」

独り言をブツブツ言いながら、通常の通勤に見せかけるために、一旦社外へ出た芝原は、近くの公園でタバコを吸い、まだ出勤まで時間があるのを確認した後、なるべく人目につかないホテルの喫茶室で朝食をとろうと入って行った。

一流のホテルらしく、洒落《しやれ》た雰囲気の静けさを感じさせるクラシック音楽が流れる中、コーヒーを飲む芝原が、何気なくロビーに目をやった瞬間、徹夜明けの眠気も吹っ飛ぶ光景が飛び込んで来たのである。

まるで娼婦《しようふ》のような派手な化粧と、一目で一流ブランドとわかる装飾品と衣装で着飾った加納良子が、稲垣本部長と腕を組んでエレベーターから現れ、そのままフロントでチェックアウトをする姿を目撃してしまった。

慌てて朝食の清算を済ませた芝原は、気付かれないように距離を置いて二人の後を追ったが、途中で別々のタクシーに乗り込まれ、尾行を断念してしまった。

「おいおい、えらいもん見ちまったぞ」

芝原は頭の中で、この事を山下に報告するべきか否か、整理がつかないでいた。

2

島では明け方まで、台風到来の準備に動き回っていた疲れから、山下と川本が目覚めたのは正午近かった。

既に香月は食堂でコーヒーを飲んでいた。

「おはようございます。すみません寝坊しました……」

山下たちは、申し訳なさそうに香月に朝の挨拶をした。

「仕方ないわ。あなたたちは夜明けまで頑張ってたから。田島と鈴木はもう早くに出て行ったみたいね」

いつもの香月とは思えない優しい言葉だった。

巨大台風が直撃しようかとする島の空にはまだ所々に青空が覗いていた。

「台風……、本当に来ますかね……」

川本は心配そうに窓の外に身を乗り出して呟いた。

昨夜出来なかった書類の整理や、島民との折衝事項などを、まだ天気が荒れないうちに済ませようと、全員が仕事に取り掛かった。

山下は香月たちとは別行動で昨夜、携帯電話の繋がった場所に一人で来ていた。

約束の時間になり複雑な心境のまま、芝原に電話をした。

「あ、俺だ。すまん、どうだった」

山下の沈んだ声とは逆に、芝原は異常な程テンションが高かった。

「もう、大変でしたよ。結局、俺全然寝てないっすからね」

「すまん。で……」

逸る気持ちを抑えて、電話の向こうで報告をしてくれる芝原に謝った。

「あ、そうそう。何かとんでもない事がわかりましたよ」

芝原の調査結果に、山下は耳を疑った。

「そ……それは本当か……」

精一杯の言葉だった。冗談であって欲しいと願う気持ちが、そう言わせた。

「本当も何も、嘘をついてどうするんですか。だから、山下さんは長期休暇扱いで、香月さんは体調不良による療養扱い、川本さんに至っては先月付けで無断欠勤による解雇扱いになってます。元々山下さんが言っている仕事なんて無かったんですよ。で、その川本さんの彼女って言ってた総務課の加納さんなんですが……」

今まで川本が電話していたにも関わらず、何故この事実が知らされなかったのか、何故自分たちが派遣されたのか、何故本社との連絡事項は田島だけがしていたのか、何故突然あのような通達メールが来たのか……、昨夜、宮里が話してくれた意味も、心の中で複雑に絡み合った点と線が、衝撃と共に少しずつ繋がっていった。

でも、まだ山下には一番大事な事がわからなかった。稲垣の本当の目的は何なのか、その後ろで暗躍している人物は誰なのか、この大きな二点、それがまだ不明であった。

「芝原……。すまん、もうひとつ頼まれてくれるか……」

山下は引き続き芝原に調査を依頼して電話を切ると、何かを思いついたかのように、別の所へも電話を掛けた。

上空では山下の心中を具現化したように、重鉄色の雲がゆっくりと島に迫ってきていた。

時間が経つ毎に、次第に足元の岩場でうねりを増してくる海を見ながら、田島と鈴木は海底にある門柱の解錠を指示した仲伊の連絡を待っていた。

「もう昼になりますよ。西村の奴は昨夜から帰ってこないし、仲伊も鍵を持って潜ったまま、連絡が入らないし……」

鈴木はブツブツ言いながら、くわえていたタバコを投げ捨てた。

「馬鹿野郎。ここにはタバコどころか髪の毛一本たりとも証拠を残すな。少しは考えろ」

田島は鈴木以上に苛ついていた分、強い口調で叱咤《しった》した。

海中では、ダイバースーツに酸素ボンベを背負った仲伊が太い鎖で頑丈に繋がれた門柱の鍵を、海流に弄ばれながら必死に解錠していた。

ボンベの酸素も残り少なくなってきた時に、その重たい門柱が、やっと開かれた。

ホッとした仲伊が、解錠した旨をレシーバーで伝えた時、勢いよく流れ込む海流に背中を押され、洞窟の奥深くまで体を押し込まれてしまった。

「おい、どうなった」

田島は、仲伊から『開いた』の連絡を最後に、通信不能となったレシーバーを何度も叩いていた。

「くそっ。どうなってんだ」

焦りが最高潮に達した時、疲れ切った顔の西村が戻ってきた。

「遅かったな。どうした……」

鈴木が声を掛けると、西村は崩れるようにその場に座り込んだ。

「やばいっすよ……」

西村は田島に擦り寄りながら訴えた。

「何が！」

田島は西村の襟首を持って、体を引き上げるように問い直した。

「あ……あの後、現場に戻ったら……、ど……どこにも……し……死体が無かったんです……」

震えながら西村は田島に吊されたような姿勢で答えた。

「そ……それだけじゃない……。学校が……、き……教室が…」

そこまで話すと西村はガックリと気を失ってしまった。

「おい！　おいこら！」

仕方ないといった表情で、西村を投げ捨てるように振り払った田島は、急いで西村を車に押し込めて、鈴木に現場まで運転するよう命令した。

「で、でも仲伊は……、此所はどうするんです」

鈴木の問いに田島は、怒鳴りながら答えた。

「そんなもの勝手に上がって来る。鍵が開いたままでは聞いたんだ。後は奴がどうなろうと知った事か。急げ」

信号もない小さな島である。全速で車を走らせた田島たちが、現場である学校に到着するまで、五分も必要なかった。

車を降りた田島は、眼前に映し出された学校を見て、愕然とした。

「何だ……これは……」

昨日まで普通に存在していた筈の校舎の壁は爆撃を受けたかのように崩れ落ち、半壊して中が剥き出しになっている教室の木造も、長雨に打たれ、潮風に晒された後のように腐っていた。

軽い力で何処か片側を押せば、今にも全体が崩れ落ちそうなほど朽ち果てた学校を見て、田島の喉元に冷たい汗が伝った。

車に戻った鈴木は、後部シートで倒れていた西村の顔を二度三度と叩き無理矢理揺り起こした。

「おい、起きろ！　もう一度調べるぞ」

引き摺り出されるように、車を降りた西村は半ば腰の引けた状態で、田島と鈴木の後に続いた。

「この変わりようは何だ……。俺たちは夢を見てるのか……」

いつも冷静な田島も、不気味に様変わりした学校に驚愕《きょうがく》の色は隠せなかった。

「ここですよ……。俺たちは…、ここであの女を……」

校舎の一階に当たる位置で、鈴木は百合子を強姦し、首を絞めて殺害した場所を指差した。

しかしそこは床が抜け落ちて地面からは雑草がそこかしこから無造作に伸びていた。

仲伊が殺した公平の位置は、自分たちが今いる真上の階になる筈だが、二階に上がる階段は根元から崩れ落ち、その部屋すら無くなってしまって、灰色に曇った空が頭上に広がっていた。

三人が呆然としていると、校庭から若い男の声がした。

「あんたら、そこで何やってるんだ。勝手に学校に入ったらいかんよ」

冷や水を突然浴びせられたかのように田島たちが振り向くと、そこには比呂志が渋い表情で立っていた。

「あ、あぁ……。比呂志君か……。驚いたなぁ。い……いや、この廃校の調査をしていたんだ。取り壊しにどれだけ費用がかかるかってね」

田島は咄嗟に嘯《うそぶ》いた。

「取り壊すって……？　まだ学校は廃校だって決まってないやさ。もうそこまで話は進んでるのか？」

比呂志はキョトンとして答えた。

その表情に、余計に訳がわからなくなった鈴木が聞き返した。

「な、何言ってんのかな。だってこんなに崩れてたら、授業開くにも……」

「はぁ、何処が崩れてるって？　まだまだ立派なもんださぁ。何かさっきからあんたら、女をどうしただの訳わからん事言ってるし……。あ、ところで公平見なかったか？　何か昨夜から帰ってないらしくて、屋宜のオヤジもカンカンでさぁ」

比呂志が話しながら田島たちに近付こうとした時、鈴木が思わず制止した。

「あ、あぁ……。公平君ならさっき港の近くで見かけたよ。お……おかしいなぁ、普通だったけど……ね」

しどろもどろの鈴木の言葉に、異変を感じた比呂志は、無言で三人を睨みつけて帰って行った。

直感で不安を抱いた田島は、西村と鈴木を顎で指図した。

「まずくなる前に消せ。こうなったらあいつの母親もだ」

「え、で……でも、関係ないんじゃゃ……」

西村がオドオドしながら答えると、田島はいきなり顔面を殴りつけた。

「馬鹿野郎！　公平を殺す前、店に一緒にいたのを見られてるんだ。比呂志が何を嗅ぎ出すかわからんだろ。消せっ！」

脅迫的に命令すると、田島は不気味な学校を振り返る事無く車に乗り込んだ。


洞窟内の海中では、酸素の切れたボンベを脱ぎ捨て、必死で海上へと上がろうと仲伊がもがいていた。

呼吸が切れる寸前で、何とか海面に飛び出したものの、そこには暗闇の洞窟が、奥深くまで広がっていた。

乱れた呼吸を整えていると、洞窟の暗闇の先に僅かばかりの光が揺れているのに気が付いた。仲伊にとって、ボンベも切れた今となっては、その光だけが頼りだった。

不規則に風と波に削られた岩盤に足場を取られながら、やっとの思いで光源に辿り着くと、誰が灯火したのか、何本もの蝋燭《ろうそく》の炎が揺れ、階段状に並べられた幾つもの位牌《いはい》と中央に飾られた透明に輝く水晶が祭ってあった。

仲伊がそれに近づこうと、歩み寄った時に突然背後から声がした。

「それは宝玉にあらず……」

あろう筈もない場所で、突然跳びかかってきた獣のような声に、仲伊は悲鳴をあげて腰を抜かした。

「その玉《ぎょく》は多くの魂を留め置くもの。自然の摂理を己が欲にて破壊する貴様らが触れて良いものではない」

揺らぐ炎に照らし出された声の主は、金色の瞳をしたシケーだった。

「ひ……ひっ、わ……わたしは……。た……ただ……し、しぃ……仕方なくぅ……」

脅える仲伊の髪の毛を掴み、低く響く声でシケーは顔を近づけた。

「言い訳は……、黄泉で聞こう」

そう言うと、仲伊の体を鱗状に伸びる長い魚の胴体が巻きつき、そのまま暗く冷たい深海へと引き摺り込んで行った。

3

「そんなもん信じられまっかいな！　人を馬鹿にするのも大概にしてもらわんと。いくら山下はんでもシバキまっせ！　あいつが稲垣の愛人やったなんて信じれるかっての」

山下に事実を告げられた川本は、怒りに任せて周りに当たり散らした。

「川本！　落ち着け！」

香月は、そんな川本の顔面を平手で一喝した。

「信じられないのは私も同じ……、いやそれを聞いた山下はもっと辛かった筈でしょ」

香月も、今まで張り詰めていた緊張が解けたように、その場にへなへなと座り込んだ。

山下は、香月と川本に芝原から聞いた調査報告を細かく伝えていた。

「すみません……。黙っているべきか悩んだのですが……。どうしても出来なくて……」

山下はその場に土下座して、深々と頭を下げた。

「何も……、山下はんが悪いんやない……。それはわかってる……。わかってますねん。でも……、どうしようもなくて……」

川本も同様に座り込んでしまった。

「でも……、これからどうするか……、それが大事よね」

香月の言葉に、全員が目を合わせて大きく頷いた。

「まずは……、この三人で完全秘密裏に事実究明をしていかなければ……。田島たちに知られてはマズいわ」

香月は冷静さを取り戻し、川本と山下に思い当たる全ての裏付けを個々に指示した。

確かにそこには、裏切り、憎しみ、嫌悪、復讐《ふくしゅう》などの人間の一番醜い部分が渦巻いていたのかもしれない。

しかし、このまま騙《だま》され続けるには自分たちのプライドが許さなかった。

さっきまで動揺していた香月が、今は頼もしく山下には思えてきた。

「山下、あなたは比嘉さんやナギちゃんに被害が及ばないように、目を光らせていて。川本は連絡係と今までのように、嘘の情報を彼女に流して。辛いだろうけど……。私は今まで通り、騙され役に徹するわ」

川本も山下もただ黙って頷いた。

その二人を見て、香月は更に続けた。

「でも、まだわかっていない事実が幾つかあるわ。それを……」

香月が話している途中で、突然部屋の扉が開いた。

一瞬、息を呑む香月たちは、ナギの顔を確認して胸を撫で下ろした。

「う……打合せ中だったの。ビックリしたわ、どうしたの」

香月は瞬時にその場を繕った。

「来るよ……。今夜……。死神が……。もう来てるかもしれないけど……」

ゆらゆらと空を泳ぐような瞳で、ふらつきながら話すナギの両肩を、山下は咄嗟に胸元に引き寄せた。

「大丈夫。必ず俺たちが守るから」

山下は、香月と川本に目で合図を送って、ナギの肩を抱き、比嘉の家に送って行った。

夜になると、地面を浮き上がらせるかのような横殴りの雨と強風が、島を襲いだしていた。

「せっかく山下君たちが頑張って打ち付けてくれた戸板も、これでは無意味になってしまうかもさねぇ」

昨夜から無断で帰宅しない百合子を心配していた下地が、精一杯の冗談で外を見つめていた。

「百合子ちゃん……。まだ……」

香月が下地の内心を察して、思わず口にしてしまった。

「あぁ、まぁ…、気の強いあいつの事だから、どうせ公平の事を心配してあちこち走り回ってるんだろさ。心配ないない」

不安げな香月に気を遣って、下地はなるべく明るく楽天的に答えた。

「そう……ならいいんだけど……」

香月も今は言葉少なに祈るしか無かった。

時折、集中的に押し寄せる風の固まりが、食堂の外壁に体当たりするかのような大きな音を立て、内側に固定された窓を揺らした。

香月の指示を受け、一旦は民宿に戻っていた田島と西村が、下地に借りたカッパを着て全身ずぶ濡れのまま帰ってきた。

「駄目です、この酷い雨と風じゃあ、まともに人なんて探せませんよ。公平君も百合子ちゃんも何処にいるのか……」

田島は香月に探し回った場所などを報告した。

「そう……」

香月は田島の顔を見つめて答えた。

立て続けに鈴木、川本と戻って来たが、皆一様に同じ結果で、重苦しい空気だけが流れていた。

結局、何の手がかりも掴めないまま、気が付けば夜半を過ぎ、日付が変わろうとしていた時、突然雨具も身に付けない状態で、山下が飛び込んできた。

何事かと驚く香月たちに、山下は息も絶え絶えに訴えた。

「ナギちゃんが……。ナギちゃんが姿を消した……」

香月は椅子が飛び跳ねる程の勢いで立ち上がって叫んだ。

「何ですって」

爆音のような雷と、全てを掻き消す暴風が島全体を覆っていた。

4

何も考えず外に飛び出した山下たちは、更に凶暴性を増した天気に面食らってしまった。

「山下さん、この雨の中、闇雲に動いても意味がない。幾つかに手分けしましょう」

田島の提案で、頭の纏まっていない山下は適当に答えた。

「俺はこのまま突っ切る。とりあえず港まで走るぞ」

山下と川本は港に向かい、西村と鈴木、下地は山側へと別れた。

田島は、暴風で今にも吹き飛びそうな看板が揺れるバー『さざ波』に駆け込んだ。

「あら、田島さん。この台風の中大変やね」

典子は強風で店内に吹き込んだ雨水を雑巾で拭きながら田島を労った。

「いえ、ところで比呂志君は……」

田島は単刀直入に探りを入れた。

「ねぇ、こんな酷い天気の時に何処へ行っているやら…。そう言えば公平や百合子も昨日からいなくなってるって言うし……」

田島は、まだ典子の耳に入っていない事を確信し、胸を撫で下ろした。

「そうですか……。でも、何処へ行ったんでしょうね」

田島の言葉に典子は、含みのある言い方で掃除の手を止める事無く応えた。

「そうさね。この前、田島さんと此所で呑んだ後、公平が百合子を呼び出して、何やら東京がどうの……って話していたさ。田島さんの方が、その辺詳しくないで……」

典子が話しながら振り向くと、悪魔が乗り移ったかのような表情の田島が、典子の頭部に重く冷たい銃口を突き付けて立っていた。

「やはり……、薄々気付いていてたんじゃないですか」

典子は、身動きできず固まったまま、声を震わせた。

「あなた……、な……何を……。ま、まさか比呂志も……」

ニヤリと笑った田島の表情で、典子は全てを悟ってしまった。

「僕は体育会系では無くてね。そんなに力がある方じゃないんですよ。ですから格闘的な野蛮な殺し方は好きじゃありません。ご安心下さい。一発で終わりますから……」

田島の指先がゆっくり握られたと同時に、乾いた音が店内に響いた。

荒れ狂う外の暴雨で、薬莢《やっきょう》の弾ける瞬時の音など、風に転がる小石にも満たなかった。

山下たちが港に着くと、宮里が慌ただしくしていた。

「宮里さん、ナギちゃんは」

山下の問いかけに、宮里は荒々しく。

「わからん。今から船を出して、島の外周から見るさ」

宮里の言葉に山下は思わず海を見渡した。

「宮里さん無理です。こんな荒れ狂った海に船出したら、やばいですよ」

山下の警告に宮里は耳を貸そうともしなかった。何が何でも強行しようとする宮里を、二人は力ずくで止めようとした。

「宮里さん、すんまへん」

言葉では無理だと判断した川本は、謝り一番に宮里の顔面に右フックを見舞った。崩れ落ちた宮里を二人の両肩に抱えて、山下たちは海岸沿いを走った。

次々に襲い来る風に押し戻されながら、残された唯一の場所である御嶽に足を進めた。

「比嘉さん。比嘉さんはどうした」

山下は、同じく後を追って来た屋宜に吠《ほ》えた。

「頭は止めるのも聞かんと、一時前に船を出したさ。今頃、島の外周を廻《まわ》ってる筈さ」

屋宜の言葉に、山下はキレた。

「あのクソオヤジ。てめえが死んだら誰がナギちゃんを守るんだよ！」

普段の丁寧な言葉遣いなど消し飛んだかのように山下は唸った。


小高い丘を抜けて、西村と鈴木は下地と共に灯台近くに差しかかっていた。

「下地さん、頑張って。急ぎましょう」

雨で重くなった泥濘《ぬかるみ》に何度も倒れそうになりながら、必死に下地は若い二人の後ろを走っていた。

「あ、見えました。灯台です。もしかしたらあの辺りに……」

鈴木は、高い声で下地の腕を引っ張った。

息も絶え絶えに、灯台の下に到着した鈴木は、雨で煙る周囲を見渡した後、下地に探りを入れた。

「百合子ちゃん……何処にいるんですかね」

ナギの捜索で来た筈なのに、突然に百合子の事を持ち出されて、下地は苦笑した。

「いやぁ、何処か適当に避難してるさね」

そう答える下地に、西村は惚《とぼ》けて話を繕った。

「いや、さっき島の人に聞いたら、この辺で百合子ちゃんを見たって……」

その西村の言葉に下地の顔は豹《ひょう》変した。

「人に……聞いた……それは誰かね」

「えっ、いやぁ何回かお会いした方で……」

西村は意外な下地の突っ込んだ質問に、思いついた言葉で繋いだ。

「それは、男かね、女かね」

「えっ……、あ、お……女の人ですよ。けっこうおばさん……だった……な。な、なぁ」

西村は鈴木に同意を求めた。

黙って首を縦に振る鈴木と西村を睨みつけた下地は、少しずつ後退りしながら首を小刻みに左右に振っていた。

「そ……、そんな事、ある筈がない。お……お前ら、お前ら百合子に何をした！」

大声で怒りだした下地に、鈴木は咄嗟に跳びかかった。

「うるせぇ、急に訳のわからん事を言いやがって。死にてぇのか！」

鈴木と泥のなかで二転三転と転がって揉《も》み合う下地の背後から、西村がナイフを突き立てた。うつ伏せた下地の背中を西村は動かなくなるまで、狂ったように何度も突き刺し、雨で流れる血しぶきが、まるで爆発したマグマのように勢いよく傷口から噴き出した。

「くそったれ！　手こずらせやがって」

西村が、ナイフを握り締めたまま、震える手を押さえるように毒吐した。

「で……、でも何で急に気付いたのかな……」

鈴木の言葉を無視したまま西村は現場を後にした。


「山下はん。おった。ナギちゃんおったで」

雨で視界が遮られる中、川本が指差す先に目を凝らすと、御嶽の断崖ギリギリの所で、ナギが立っていた。

山下たちの肩に抱えられていた宮里の唸るような声に、川本が手を差し伸べた。

「俺も……連れて行け」

「行きましょや。俺たちも必ず、ナギちゃんを守りますから」

川本の言葉に宮里は黙って頷いた。

海岸脇を大外周りに走ると、丁度ナギの立っていた御嶽の断崖の下に着く。何度も島内を挨拶しながら調査して廻っていた山下たちは、小さなこの島の立地は熟知していた。開発の為の地質、測量や地形などが、こんな時に役立つなんて思ってもみなかった。

頭の中は純粋にナギを助ける事しか浮かばなかった。山下が今までの人生で、初めて損得抜きに体が動いた時だった。

『あの子はこの島の最後のユタ。絶対に失う訳にはいかない』

山下は心の中で必死にそう叫んでいた。

断崖の真下に着いて見上げたまま、口々に皆がナギの名前を呼ぶも、暴風に掻き消されて届かない。

叫び声は無情にも雨の打ち下ろす打点に削除されていた。

下で叫ぶ皆をよそに、ナギは静かに断崖の先に一歩を踏み出した。

「何をやろうとしてるんだ」

山下の疑問は、宮里の説明で明らかになっていった。

「あの時と同じさね。二十五年前のあの時と……」

「あの時……」

山下は宮里の言葉の意味がその時はわからなかった。

「二十五年前……。ナギの母親は、この島を吹き飛ばすくらいの巨大な死神に向かっていった……。死神はその時、あの母親の祈祷に負けて進路を突然変えたんだ。でもそれは勝利ではなかった……。進路を変えたせいで、ナギの母親は力尽き、この島の人柱になって、海中深くに身を沈めて行きよった……。そして、更に大きな犠牲をも払ってしまった。今回はナギが、島を守ろうと本能的に母と同じ行動にでたんだろう……。でも……。今のナギでは死神に勝つどころか呑み込まれてしまう」

山下は先日、比嘉の家で宮里から聞いた話を思い出した。

『この島は、死んだものたちが生きる島……。大きな力に守られた犠牲者の島だ……』

その時は、宮里が何が言いたいのかよく理解できなかった。

ただ、それがこの島の一番の秘密である事だけは感覚で受け取っていた。

でも自分たちは現実派の筈だった。

例えナギにその力があったとしても、このまま黙認する訳にはいかない。

山下の脳裏を幾多の思考が交差する中、あれだけ吹き荒れていた風が一瞬止まった、と感じたその刹那、断崖の縁からナギの足がふわりと離れ、舞うように海面に落ちていった。

山下は、息を呑むと同時に凍り付いてしまった。

「くそだらぁ～」

叫び声と共に川本が、ナギの落ちた海に頭から飛び込むと、それと同時に、銀の鱗で覆われた、巨大で長く、赤い紅蓮《ぐれん》の炎のような背びれを持つ竜魚が、黒い海面を浮き沈みするナギに幾つもの大きな気泡を打ち込むのが見えた。

山下たちは、完全に自分の目を疑った。

何だあれはと思う間もなく、落雷と共に降りつける雨の勢いは増加し、その先が全く見えなくなってしまった。しかしそんな中、荒れ狂う海上に比嘉の操縦する船外機の音だけが、辛うじて聞き取る事ができた。

『きっと助かった……』

そう思った時、宮里と山下は抱き合うようにその場に倒れ込んだ。

暫くして比嘉の船が近くの港に接岸した。

中から、比嘉に抱き抱えられるようにナギが出てきた。

駆け寄る山下の腕の中にナギはふわりと倒れ込んだ。

「ナギちゃん……」

山下の問いに、コクリと頷いたナギは、

「心配かけて……ごめんなさい。でも……ちゃんと聞こえてたよ。みんなの声。だから信じれたの……。お母さんの声も、ちゃんと聞こえた。だから……」

そこまで話すとナギは疲れた体を休めるように山下の腕の中で眠りについた。

「ありがとう……」

色々な意味を込めて山下は一言だけナギに礼を言った。

比嘉はニコニコ笑いながらクタクタになっている川本と握手をしていた。

「なかなか都会のもんでも根性ある奴はいるもんさね」

「何をおっしゃいますやら、大阪もんは皆こんなんですわ。ど根性でんがな」

川本は笑いながら比嘉に答えた。

気が付くとさっきまで荒れ狂っていた暴風が穏やかな風に変わり、降り注ぐ雨だけが長々と続いていた。

5

簑島がナミの自宅を訪れたのは、日付の変わった深夜遅くになってからだった。

あらかじめ電話で連絡を受けていたナミは、マンションの呼び鈴に素早く反応した。

「すみません。こんな夜分に……」

簑島は申し訳なさそうに玄関で一礼した。

「あ、いえ。どうぞ入ってください」

ナミは、簑島をリビングに案内すると、用意していたコーヒーをカップに注いだ。

「今日は、そうゆっくりとお話もしていられません。お願いがあって来ただけですから」

簑島は、出されたコーヒーに手を出すでもなく、鞄から厳重にテープと印鑑で封印されたA4サイズの茶封筒を取り出した。

「それは……?」

ナミが問いかけると、簑島は重たい口調でゆっくりと答えた。

「これには今まで私が調べた全ての資料が入っています。しかし、これは決して表に出せない機密書類でもあります……」

そんな重要なものを、なぜ一般人の自分に預けるのか、ナミは困惑した表情で聞き入っていた。

「明日、自分は佐伯を伴って神居島に参ります。そこにどんな真実が隠されているのか、確かめて来るつもりです。しかし……、万が一……もし万が一、この自分の身に何かあったら、この書類をある人物に渡して欲しいのです。これが私利私欲が渦巻く行政の手に渡っては困る。だからあなたに託すんです。もしかすると、それはあなたにも関係する事かもしれません。お願いします」

簑島はそう言うと、深々と頭を下げた。

「内容は……、教えてもらえないんですね」

簑島はナミを見つめたまま、首を縦に頷くだけで応えた。

ナミは簑島の覚悟とも思われる強い意志にこの事件の重大さを感じ取っていた。

「わかりました。でも約束して下さい。これは一時的に私が預かるだけ。必ず受け取りに帰って来てくれると」

ナミの凛とした視線に簑島は愁いを帯びた顔で小さく「はい」と答えた。

その夜は、都内も台風の影響で大粒の雨が降り注ぎ、雲の隙間から光る青白い閃光がフラッシュライトのように濡れた路面に反射していた。

ナギ覚醒

1

一夜明けて、ナギは一人で御嶽から穏やかになった青い海を見ていた。

大型台風の直撃を受けて、大きな被害も無く、一日で無事に過ぎ去った事は奇跡に近かった。

しかし、ナギの心の中ではまだ暗い影が悶々《もんもん》と立ち籠めていた。

「ナギちゃん」

声の方へ振り向くと、そこに山下と比嘉が立っていた。

「なんか浮かない顔してるね」

比嘉は海に向かって手を合わせた後、ナギの顔を見た。

「うん……。何か……。今回の台風は、死神台風ではなかった……。ちょっと大きめの普通の台風だったよ……。でも、何で私は死神だと思ったんだろう……。こんな事は今まで無かったさ……。今日は……静かすぎる……」

そんなナギの横顔を見ていて、山下は無理に笑ってみせた。

「でも、台風は台風だ。もしナギちゃんの予言が無かったら準備遅れで大変な事になるところだったよ」

精一杯励ましているつもりだった。

そんな山下の言葉を受け流すように、ナギは悲しそうに海を見つめていた。


にらい荘では、田島が外出するのを確認した香月が、既にその動向を密かに調べるよう指示をしていた川本に黙って目で合図を送っていた。

あらかじめ、昨夜のうちに手筈《てはず》を整えていた川本は、待ち合わせていた屋宜と気付かれないように田島の後を追った。

部屋に残った香月は、田島が残したノートパソコンに手を伸ばした。

香月の思った通り、パソコンは二重のパスワードに保護されていた。

「私をなめるんじゃないわよ……」

香月は小さく独り言を呟くと、指先に全神経を集中させてキーボードをリズミカルに叩きだした。

「さぁ、出てきなさい……。悪魔の尻尾か天使の羽か……。真実を暴いてあげるわ……」

香月は毛細血管の先に小さな穴を開ける程の注意を払って、電子機械の僅かな部品一つにまで指先の意識を潜り込ませた。


一方、田島の足は建ち並ぶ民家の脇を抜けて、仲伊が解錠の為に潜った岸壁付近で立ち止まった。

「あいつ……、こんな所に何の用が……」

物陰から川本と屋宜が低い姿勢のまま息を殺して見ていると、田島の側に昨夜から帰って来なかった西村と鈴木が息を切らせて現れた。

「田島さん……。またですよ。また消えました……」

鈴木は吹き出る汗を拭いながら泣き出しそうな表情で伝えた。

「何だと」

田島は銀縁眼鏡の奥で、目尻をピクリと動かした。

「もうこれで四人も殺しています。しかも全部の死体が翌日には消えてるんだ……。いいかげんヤバイですよ」

鈴木は田島に縋《すが》るように訴えた。

「やかましい！」

田島は鈴木の顔面を殴ると冷酷に答えた。

「一人殺せばその関係の奴まで黙らせるしかないだろ。まあいい、警察もいない呑気《のんき》な島だ。昨日の台風のドタバタで何とでも取り繕える。それより見つかったのか」

田島の目は鈴木から西村に移行した。

「は……、はい……。仲伊は、多分酸素切れか何かで溺れたのでしょう。その形跡が残ってました。それで……。言われてた宝玉と思われる物は……、ここに」

西村が持っていた袋から、蝋燭の炎が立ち並んでいた洞窟にあった水晶を手渡した。

その遣り取りを見ていた屋宜が、水晶を見た瞬間、突然立ち上がって声をあげてしまった。

「あっ、あれは！」

慌てて川本が押さえ込んだものの、田島たちにすぐに発見されてしまった。

川本と屋宜は、本能的に危機を感じ反対方向へと走り出した。

「おい！」

三人の内の誰の声なのか聞き分ける間もなく、同時に発せられた一発の銃声が屋宜の左足に命中した。

転がるように倒れ込んだ屋宜は、慌てて庇う川本に叫んだ。

「奴らはワシが引き受ける！　急いで頭の所に行け。早く！」

川本は屋宜の言葉に必死に抵抗した。

乱れながら戸惑う川本は窮地に至った屋宜に背中を力一杯押され、鬱蒼《うっそう》と草が茂る斜面を一気に転がり落ちた。

屋宜は、獲物に襲いかかる狼《おおかみ》のように激しく覆い被さってきた西村と鈴木に、足の激痛も忘れて戦いを挑んだ。

日頃、漁で鍛えられた体は簡単にやられる程、軟弱では無かった。

西村と鈴木は代わる代わる屋宜の振り回す拳の餌食になっていた。

「あの玉はお前らが簡単に手に取っていいもんじゃないんだ！」

西村に馬乗りになった屋宜は、怒号を吐きながら拳を何発も振り下ろした。

必死に殴る事に集中していたその一瞬を狙って、背後から狙いのずれた鈴木の持つナイフが屋宜の左肩に突き刺さった。

「ぐあっ！」

激痛に傷口を押さえた屋宜の右腕は、流れ出る血で真っ赤に染まった。

息も上がってしまい体力も限界に近くなった素手の自分に対して、ジリジリと凶器を携えて迫り来る若い二人に、この抵抗がいつまでも続く筈がないと内心覚悟した時、一陣の風が頬をかすめた。

川本は崖を転がり落ちた勢いで全身を強かに打ち、痛みに体を引き摺りながら、比嘉の元へ急いだ。

最短の獣道を通り、民家の石垣が目の前に迫ってきた時、田島の手から放たれた弾丸が、背中から胸部へめり込んだ。

そのまま前方へ倒れ込んで苦しそうにもがく川本に、ゆっくりと近づいた田島は、腹部を力一杯蹴り上げた。

「こそこそ嗅ぎ回りやがって。ヘラヘラしていれば死ななかったものを……」

今まで川本から見た田島は、気の弱い事務的な男のようにしか見えていなかった。

その田島が拳銃を片手に鬼気として迫って来る。川本の驚愕は、撃たれた痛みをも陵駕していた。

「お……お前……、何が……目的や……。こ……この……し、島の人ら……み……み……皆殺す気か……」

困難になる呼吸の中、必死に田島の足元にしがみついた。

「もう、仕方ないですねぇ。元々、僕たちの目的はこの島に残るニライカナイの宝玉ってお宝です。その宝玉は、持つ者に莫《ばく》大な財をもたらすと言われている物。こんな小さく不便な島にリゾート開発なんてある訳無いじゃないですか。本当にあるのは、宝玉を手に入れたら、この島の自然を全部削り取って更地にして米軍基地として売り飛ばすって事。島民の賛否なんてどうでもいいんですよ。ははは……」

高笑いしながら田島は、撃たれた痛みにもがく川本の腹を思い切り蹴り上げた。

「それと、もうひとつ。この依頼は君たちの会社の超お偉いさんだ。先にくたばった仲伊も、女で作った借金帳消しと出世の為に協力していたバカな奴。僕たちは沖縄支社の社員でも何でもない。ただ、大金で雇われたア・ル・バ・イ・ト。ははは……。ホント残念でしたねぇ」

そこまで話すと、今にも止まりそうな呼吸の川本の顔に唾を吐きかけ、笑いながら立ち去っていった。

2

御嶽から戻った宮里は、比嘉の家で寛いでいた。

その横で山下は、御嶽で見せたナギの不安めいた言葉が頭の中から離れないでいた。

それだけでなく、何かの機会があればまだ聞きたい事は山ほどあった。

もしかしたら今が一番いいタイミングなのかもしれないと思った山下は、比嘉と笑って話している宮里に、それとなく質問した。

「あの……。宮里さんが以前言っていた事なんですけど……。どうも自分にはまだ……、よく理解できてなくて……」

言いにくそうに話す山下を見て、体を向き直した宮里は、トントンと卓袱台《ちゃぶだい》を指で叩いた後、ゆっくりと話し出した。

「この島を……ナギの母親が命がけで救ってくれた……。そう話したと思うが、実はこの島は一回全滅したさ」

「ぜ……全滅?」

山下は明かされていく真実に息を呑んで聞き入っていた。

宮里に続いて比嘉が続きを話し出した。

「一瞬の出来事だった。大型の台風が島を襲った時、同時に島の沖合で起きた大型の海底地震で津波がおきた……。美佐世の指示で沖に船で避難したワンらが見た光景は、台風なんぞ比べものにならん甚大なものやった。台風が逸れて波が引いた後、ワシらが戻った時、島は全滅だった。あの時、ナギと姉のナミをワンの船に乗せた父親の泰造は元々、北の大地から来た神居古潭の次期長……。大地精霊の使徒だったさ。美佐世と泰造は最後にこの島全体に結界を張りよった……。島に残る大事な宝と、やがてくる災いの為に……な」

「やがて来る災い……。そ……それが俺たち……だった……」

山下はそれが自分たちの事かと直感した。

宮里は、俯いてしまった山下を見て、ポンと肩を叩いた。

「いや、確かに最初はワンもそうかと思ったさ。でも違っていた。少なくとも香月さんや、あの面白い川本君とかからは何の邪念も感じなかった。当然山下君もね。ただ心配なのが、ナギにも見えない事……。そしてここが大いなる力に守られた死者の島だって事…。そこにリゾート開発なんてできないのにね」

「それです。自分が一番知りたい事は、その言葉の意味なんです」

山下が知りたかった謎の核心部分にやっと辿り着いた。

宮里は比嘉とナギの顔を見て、静かに頷くのを待って、話し出した。

「この島の……、一部の人を除いて……つまりは、あの大津波の時に島にいなかった…、ワンらって事になるがな。そのワンら以外の島民は、みんな死者なんだよ」

「えっ！」

山下は、あまりにもオカルトめいた事を、平然と言う宮里に驚いていた。

「信じられんのも無理はないさ。ここで生活している殆どの人間、建物、自然も全て君たちが現実として捉えているものの大半は、ワンらの意識が創り上げた過去の島なんだ。だから、死んでいった者たちの魂が、この島の結界に閉じこめられて、島の中だけで生きているんだ。だが、その結界も薄れつつある。ナギがそれを必死で受け継いでいるわけさ。ヤーらが測量できなかったも、現実と島の意識との境界で、ズレが出だしていたからだろう……」

山下は愕然としていた。やっと納得のいかなかった部分が僅かに理解できた。

何故反対も賛成も意見が出なかったのか、それは意識の残像の中だけで対応していたから、いつしか自分たちの心の迷いが、そのままに映しだされていただけだったのだ。

「島が……もっ……意識……」

山下は頭の中が混乱して、軽い目眩《めまい》すら感じていた時、傷だらけになった屋宜が転がり込んできた。

息も絶え絶えに、田島たちが手に入れた水晶の事と、奴らの目論見、更には次々に関係した者たちを殺害している事を必死に伝えた。

「か……川本……君が、あ……危ない。み……みんなも……」

そこまで話すと、屋宜はバタリと気を失ってしまった。

3

全身から湧き上がる怒りと憎悪の感情で、震えが止まらなかった。全ての真実を知ってしまった香月は、コンセントから繋いだ電源を引きちぎり、頭上まで持ち上げたノートパソコンを力の限り壁に投げつけた。

液晶画面の飛び散る火花と破壊音が、部屋全体に響いた。

荒々しく呼吸する香月の後ろから、落ち着いた田島の声がした。

「あ〜あ。僕の大事なパソコンを……。そんな事しなくても、どうせ最後はわかるのに、ホント荒っぽいですねぇ」

「田島、お前って奴は！」

束ねた髪を乱して振り返った香月に、田島の銃口が構えられていた。

「香月さん。女はやはり女らしくあるべきですよ。あなたの美しさは、この僕が一番認めていたんですがねぇ」

この場になって田島の冷静さは、香月のプライドをズタズタに切り裂くのに十分すぎる程であった。

「お前……、それでも人か。お前の中に赤い血は流れてるのか……」

憎悪の中に哀感の混在する表情で、香月は田島に問いかけた。

「はは……、当然じゃないですか。人間だから欲しいものはどんな事をしてでも手に入れたいんですよ。僕はあなたたちの様な偽善者じゃない。自然を守りつつリゾート開発をするなんて、そんな無茶苦茶な事は言いませんから。まるで動物を殺さずに肉を食うみたいな事ですよ。この世の中は弱肉強食でしょ。表か裏か、生きるか死ぬか。曖昧な部分なんて本当は無いんですよ。そんな中途半端な部分を正当化しようとしているあなたたちこそ、卑怯《ひきょう》者じゃないですかねぇ」

香月は、そんな田島の言葉が汚濁した排水のように思えた。

「ドブネズミ！　少なくとも私はそれでも人や自然の美しさは知っているつもりよ」

香月の衰えない眼光に、田島はフッと笑って答えた。

「そうですか……。ならばその偽善者のまま逝くのもいいですねぇ。さようなら」

田島が放った四発目の弾丸は、悪魔が咳《せき》払いしたような硬い音と共に、香月の心臓を貫いた。


宮里は、屋宜の急告でにらい荘へと走り出していた。途中、何度も思い返していた。

何故、あの場所がわかった……、何故頑丈に施錠した筈の門柱が開けられた……。

その時突然、あの墓参りの帰り、公平と百合子が自分とすれ違った事が脳裏に甦《よみがえ》った。

「あっ……。あぁぁ……」

思わず声が出た時、心底から宮里は自分を責めた。

にらい荘に辿り着いた宮里は、バラバラに飛び散ったパソコンの部品と、そこに胸から血を流して冷たくなってしまった香月を発見した。

「す……、すまなかった……。もっと早く気付いていれば……。ごめんなさいねぇ……」

宮里は、静かに眠る香月の遺体を抱きしめて号泣した。


意識を取り戻した川本は、最後の力を振り絞って立ち上がろうとしていた。

田島に受けた傷は相当深く、僅かに体を動かすだけで傷口からは大量の血が流れ出た。

唸りながら激痛に歯を食い縛り、上半身だけ何とか樹木を背に起こせたものの、もう指先ひとつ動かせる力は残っていなかった。

朦朧《もうろう》としていく意識の中で、微かに山下の声が聞き取れた。

「川本！　しっかりしろぉ……」

抱き上げようとする山下の瞳から、大粒の涙が何滴も川本の頬を濡らした。

隣には泣きながら何かを叫ぶナギの顔もあった。

川本は乱れる呼吸を必死に繋ぐものの、顔の側で叫ぶナギの大声さえ、もう聞き取る事が出来なくなっていた。やがて、山下の顔を見て安心したような笑顔を見せて、何も言葉を発さないまま、山下とナギの腕の中で力尽きた。

「川本！」

山下の慟哭《どうこく》が島中に轟《とどろ》くかのように響き渡った刹那、ふらつきながら立ち上がったナギが、数歩後退して両手で頭をかき乱した。

「や……山下……さ……ん……。……れて……」

死んだ川本を抱きしめたまま、山下はナギの言葉に耳を傾けるも、それは聞き取る間を与えなかった。

「……れて……。離れてぇ！」

叫び声が聞き取れたその瞬間、轟音と共に島が大きく揺れたかと思うと、ナギの右目が鬼神の如く真っ赤に変化し、足元の地面から吹き出たかのような紅蓮の炎が、幾つもの亀裂を走らせながら、縦横無尽に大地を焦がした。

屋宜を保護した後、港へと逃亡する西村と鈴木を追っていた鈍引は、立ち昇る炎を瞳の奥に認めた時、絞り出すような声を発した。

「むう……。間に合わなかったか……」

鈍引はワッカに追尾を任せ、自分はナギの元へと急いだ。

まるでメルトダウンを起こした原子炉のように、制御の利かなくなったナギは理性をも失いかけていた。

結界が破れ覚醒したナギを制止する者は、この島に誰一人存在していなかった。

ナギが一歩前進する毎に島の表情は二十五年の時間を取り戻すかのように、木々は枝葉を伸ばし、雑草は一面に広がり、貼り付いていたシールが剥がれるように建物や道路は見る見るうちに荒廃していった。

呆然とそれを見ていた山下の元に、鈍引が声を掛けた。

「今のナギは怒りと悲しみが混在しすぎて我を取り戻せずにいる。すぐにこの場を離れよ。港に向かえ。まだ全ては終わっていない。急げ！」

山下は鈍引に言われるがまま、何が何だかわからないままに無我夢中で港に向かった。

吹き出る汗も拭わぬ山下が、最初に発見したのは、船の前で血だらけになって息絶えている比嘉だった。操縦キーを奪われまいと揉み合った末に、西村と鈴木の二人にナイフで腹部を何度も刺されたのだった。

「ひ、比嘉さん。き、きさまらぁぁ！」

山下は怒りが頂点に達したと同時に、叫び声をあげながら二人に跳びかかろうとした。

その時、それを狙う銃口が火を吹いた。

だが、弾かれた弾丸は山下ではなく、それを庇い肉体の盾になったワッカの左胸に的中した。

凶弾が心臓部を捉えたにも関わらず、口から血を吐きながら、ワッカは力一杯に山下を安全な位置まで投げ飛ばし、その場に崩れ落ちた。

血に染まったワッカを跨《また》ぐように、ゆっくりと田島は拳銃を構えたまま山下を睨みつけた。

逃亡の為、比嘉の漁船を奪った西村と鈴木は、必死に出発の準備をしていた。

鬼の形相で山下の元へ駆けつけた宮里も、拳銃を構える田島の前に成す術もなく、唇を噛み締めながら、呪いのこもった瞳で睨むだけだった。

「山下さん、宮里さん。いやぁお世話になりました。僕たちの仕事は終わりましたから、ここでさよならです……。不思議な島ですよ……ここは」

そう言いながら田島は宮里に向けて拳銃を発砲した。

咄嗟に山下が庇った為、弾丸は宮里の左肩を抉《えぐ》るようにかすめてしまった。

慌てて田島に近寄った西村は、叫ぶように声を掛けた。

「田島さん！　行きますよ」

その言葉に振り返った田島は、急に大声で笑い出した。

一頻《ひとしき》り笑った後、田島は我に返ったように銃口を山下に向け睨みつけた。

「悔しいだろ。今まで部下のように散々こき使っていた俺たちに裏切られてなぁ。香月も川本も、そこに転がってる比嘉のオヤジも、最後は無念の塊のような目をして死んでいったぁ」

そう話すと、狂ったように笑いながら山下の足下に発砲した。

その港近くでは、鈍引が覚醒したナギの暴走を、何度も制止しようと呪術を施すも、ことごとくナギの放つ炎風に弾き返されていた。熱風に舞う木の葉のように、鈍引の体は宙に舞い、朽ち果てた民家の屋根を突き破り、家屋の床に叩きつけられた。

肢体のあちこちを傷つけながら、鈍引は港へ歩くナギに立ち向かっていた。

「落ち着かれよ。心を水の如く……」

息のあがる鈍引の後ろからシケーが声を掛けた。

シケーは幾つもの水の壁をナギの前に張り巡らし、時間を稼いでいた。

「この障壁も覚醒を止めれぬのは承知。しかし、ナギの母から授かりし意思を含む壁。一壁超える毎に、必ず落ち着く筈」

ナギはシケーの放つ水の障壁を、紅蓮の炎で歩む度に一つ、また一つと蒸気に変えていった。

しかし、シケーの言った通り、ナギは少しずつ普段のナギの表情に戻りつつあった。

「我々の力及ばず、ひとたび覚醒した今、ナギの守護に回るは必定。何としても魔神化させてはならぬ。共に魂を削れ」

シケーは鈍引と協力し、ナギの周りに何度も水の障壁を、砕けては張りを繰り返していた。

シケーの放った最後の障壁を抜けた時、ナギの赤い瞳から一筋の涙が頬をつたった。

「鈍引さん、私を……、みんなの元へ……連れて行って」

我に返ったナギは、共存する海と大地の使者である二人に頼み、その場に倒れ込んだ。

シケーは静かにナギを抱き上げ立ち上がった。

「我らは共に宝玉の守護。だがそれは陰陽伴っての事……」

シケーの言葉に鈍引が続いた。

「静動伴って一対の神竜。片翼では均衡取れず破壊へと赴く……」

自然と生き物がバランス良く共存していればこそ美しく光る青い地球である。

自然と動物は幾千億もの歳月を、神の意志とは計り知れない食物連鎖の中で穏やかに流していた。

天敵のいない人間は、機械や兵器を天敵とし、破壊と殺戮の中でバランスを取ろうとしている。

今のナギは自然の意思であり、それを制御する同等の力を有するもう一つの存在が必要とされてしまった。

そのもう一つを目覚めさせるには、ナギの力が必要不可欠であった。

シケーと鈍引はナギにその全てを託すしか方法が見当たらなかった。

「いかなる結果にも、我らは守護のみ。手をくだす事は出来ぬ」

強く頷く鈍引に、シケーが振り返ると、眼前には結界の消えた島の自然が徐々に広がって来つつあった。

港では自己中心的な本性が剥き出しになった田島が、山下に銃口を向けたまま奇声と罵声を繰り返し浴びせかけていた。

「馬鹿みたいに、有りもしない仕事を必死に頭使って、挙げ句の果てに架空の通達メールに慌ててよ。ホント見てて飽きなかったぜ」

「そんな事をして無事に済むと思っているのか。誰に頼まれた」

山下は、田島の脅しにも屈する事なく、眼光を緩めなかった。

「ははは、あんたの弱い頭じゃわかる訳ないよなぁ。こんな寂れた何もない島に、とてつもない財宝が隠されてるなんて考えもしないよなぁ。それを教えてくれて、大金で雇ってくれたのは他でもない、元々はこの島の漁師だった人だ。そこに転がってるオヤジが知っているだろう」

田島の暴露に宮里の顔が歪んだ。

「もしかしたら……、た……武仲かぁ！」

叫ぶ宮里に笑いだけで田島は応えた。

「だ……誰なんですか……」

山下は初めて聞く名前に謎めいたものを感じた。

「武仲は……、あの死神台風の後、生活に嫌気をさしてワシら漁師や、頭の蓄えた金を盗んで本島へ逃げた男だ……。あの時、頭はまだ若い武仲に餞別《せんべつ》代わりだと言って、警察に届ける事もせずに、黙って許した……。この島に宝玉が有る事を知ってるとしたら、あいつしかおらん」

宮里は悔し涙で、無惨に殺された比嘉の亡骸を見ながら立ち上がった。

「遅い遅い。この島の人間は、本当に何でも気が付くのが遅いよなぁ。その方はその後、東京に出て大成功したんだよ。そこの馬鹿が勤める会社の筆頭株主にまでなっている素晴らしい人だ。そして……、この宝玉で次は天下取りを狙っている……。ははは」

田島は奪った水晶を掲げながら、秘密を知った宮里と山下に銃口を向けた。

「あっ……、そ、それは……」

宮里が水晶玉を見た時、次に発する言葉を遮った声がした。

「それは宝玉なんかじゃない！」

シケーと鈍引を従えたナギが鋭い目つきで立っていた。

「ああ、まだ処理していない人がいましたね。忘れてましたよ。あなたはこの島のユタとかってやつでしたよね。せいぜい、祈祷でもして皆さんを弔ってあげて下さい。ま、生きていれば……ですがねぇ」

田島は拳銃の標的を、宮里たちからナギに変えて構えた。

「そんな物……」

ナギは呟くと、目尻をピクリと動かした。

殺意を垂れ流したかのような田島の体を熱風が漂ったかと思うと、ガラスの割れる破壊音と共に、手に持っていた水晶玉が四方へ粉々に砕け散った。

瞳を大きく見開き、砕け散った破片を見て田島は全身を怒りに震わせた。

「てめえぇぇ」

今まで脅しの材料として構えていた拳銃の引き金をナギを狙って連続して引いた。

しかし、瞬時にナギの前にシケーが盾となって立ちはだかった。

数発の弾丸を胸に受けても、シケーは微動だにしなかった。

唖然《あぜん》とする田島の前で、シケーは胸に受けた弾丸を傷口から吐き出すように足元に落とした。

ふわりと比嘉の遺体の前に跪いたナギは、そっと比嘉の頬を撫でて哀悼の涙を流した。

「ごめんなさい……。もっと早く気付いていれば……。ごめんなさい……」

「ナギちゃん……」

山下は騙されたとは言え、極悪な田島たちを連れて来てしまった事に後悔と謝罪の気持ちで言葉を失っていた。

「ナギぃ……。あの玉を壊してしまうとは……」

宮里は、傷ついた体を引き摺りながらナギに近づいた。

「側に来ないで！」

ナギは強い口調で宮里を制止した。

「もういいの……。全ての魂を解放する時が来たの……。自分の欲望の為には、自然も命の大切さも……、何とも思わない人間が存在する事が……、もう……許せない」

悲鳴にも似た田島の号令で、鈍引とシケーに凶器片手に飛びかかろうとしていた西村と鈴木の体を、ナギの赤い眼光が吹き飛ばした。

また怒りに制御力を失いかねないナギにシケーが咄嗟に構えると、

「手を出さないで。あなたたちは宮里オジさんたちを守って。この人たちは絶対に許さない」

ナギの理解できない力と恐怖に、本能的に逃げようとする田島たちの足元を、金縛るかのようにナギの隻眼《せきがん》が固定した。

「許さないと言ったでしょ。お前たち……魂までも全て灰にしてやる」

ナギが歩み寄ると同時に、西村の体が突然足元から発火した。

叫び声を上げる西村の全身を強力なバーナーで焦がすように、赤炎が渦を巻いた。

塵《ちり》と化していく西村を見て、叫びながら懺悔《ざんげ》の悲鳴を上げる鈴木に、躊躇なくナギの次の赤炎が襲いかかった。

獣に噛みちぎられるかのように左右の腕が炎の刃にもぎ取られ、その切り口からねじ込みながら入った炎が体内から全身を包んだ。

一人残された田島は、言葉も出ない程に全身を震わせていた。

「な……な、なん……ば……化け物ぉぉ…」

必死に絞り出した田島の断末魔に、赤く光るナギの隻眼が初めて笑いを含んだ。

「あなたは簡単に消さない。恐怖と痛みの激しい苦痛の中で、未来永劫《えいごう》、生き死にを繰り返させてあげる」

ナギの全身を包み込むように、炎を帯びた赤い竜が蜷局《とぐろ》を巻いた。

指先をひとつ動かすだけで炎竜はナギの意のままに、悲鳴をあげる田島の拳銃を持つ右腕を襲った。

まるでスルメイカが焼き上がるように、田島の腕はバキバキと不気味な音を立てながら関節方向とは逆に反り返っていった。

「うぎゃぁぁっ」

激痛に顔を歪める田島の更に左腕、右足、左足と順に炎竜は四肢の皮膚を焦がしながら生き物のように田島の全身を舐めて行った。

「まだよ……、まだこんなものでは終わらせない……」

田島の首に巻きついた炎は、じわりと締め上げ、顔を真後ろまで回転させた。

断末魔の中、絶命していく田島を睨みつけたまま、ナギは田島の魂を二十五年前の神居島の悲劇に飛ばした。

田島は、大津波に呑み込まれ、散々もがき溺れ苦しんだ後、自分が殺害した人たちの幾多の時間に飛ばされた。

公平にナイフで全身を刺され、比呂志に首を切られ、川本に拳銃で滅多撃ちにされ、口や鼻から血を噴き出しながら、何度も生き死にを繰り返す激痛と恐怖の中で、田島の耳に遠くからナギの声が届いた。

「永遠に苦しめばいい…。魂が粉々になるまで…永遠に…」

4

田島の消滅した神居島は、二十五年の止まった時間を取り戻していた。

コンクリートで固められていた筈の防波堤は、石を積み上げて固めただけの小さな港に変わり、立ち並ぶ民家や商店は潮風に晒され、眠るように皆、朽ち果てていた。

鈍引はシケーに静かに語った。

「目覚めさせたは我々の無力……。このまま我は静の者を探さねばならぬ……。後を委任できるか……」

鈍引の問いに、シケーは頷いた。

「我もナギを守るが使い……。やがて来る災いを早めぬが為」

「お……俺も……、連れて行って下さい……。どっちでもいい……。お……れは……、ナギちゃんの為に……働き、罪を悔い改めたい……」

怪我をした肩を押さえながら、山下は鈍引に願い出た。

黙って山下を鈍引が見つめた時、ドンという大きな音と共に、またナギの体が炎に包まれた。

「……止まらない……、自然の……大地の……怒りが……」

悲しく呟くと、ナギは自ら一歩ずつ海へ入って行った。

「ナギぃ……」

満身創痍《まんしんそうい》の屋宜が叫びながら港に着くと、宮里がその体を支えてナギに歩み寄ろうとしたが、二人の前に立ちはだかったシケーが黙って首を横に振って制止した。

一歩、また一歩と進むナギの後ろから海面に赤い炎の道が作られていった。

かつて、父が母を抱いてその身を犠牲にした同じ海へ、覚醒した真紅の隻眼に宝玉の一つを埋め込まれたナギは、赤炎の帯を広げながら、波もなく穏やかな夕日の映える海中へと静かに沈んで行った。

宮里と屋宜の動きを両手を広げて止めていたシケーは、そのまま後ろ向きに海に飛び込んで行った。

呆然とする宮里たち二人の眼前に、長く銀色に光る巨大魚の尾ひれが、海面を叩きつけながら徐々に消えていく炎と共にナギの後を追うのが見えた。

「ナギぃぃ！」

万感の思いを振り払うかのように、突然弾けた宮里は、波打ち際まで走り寄り海に向かって力の限り大声で叫んだ。

間もなく夕闇に包まれようとする赤紫に染まった水平線の上空には、白く光った月が顔を覗かせていた。

5

砂と海水が混ざり合い、小さな音を立てながら打ち引きする海岸に、憔悴《しょうすい》しきった宮里と屋宜が座り込んでいた。

やがて、二人の背中を覆うように夜の闇が広がる頃、バラバラに破壊された水晶の欠片から、ゆらゆらと飛び交う蛍の如く、白金色の魂が無数に上空へと昇っていった。

天空に散らばる星々に混ざり合うかのように、夜空に揺らめく魂の舞いを見上げながら、静かに山下と鈍引が宮里と屋宜の側に腰を下ろした。

「あの玉は……宝玉なんかでは無かった……。亡くなられた島の人たちの魂が眠っていたんですね……」

「ずっと……昔から……、この島は神と自然と人間が、仲良く共存していたんさ……。それを皆が、こよなく愛してた……」

宮里はもの悲しく答えた。

「明日……、俺は鈍引さんと行きます……。ナギちゃんの行く先に、必ずもう一つの宝玉が眠っている……。その先に何があるのか……」

山下の言葉に宮里は微かに笑って頷いた。

「必ず帰ってこい……。ヤーもこの島の人間さ。……だから待ってるさ」

宮里の悲しそうな笑顔は、痛みを感じるものとなって山下の心に深く刻まれた。

遠く、夜の海を見つめる山下たち三人の背中を、腕を前に組んだまま鈍引が黙って見守っていた。

山下と宮里の足元に、打ち寄せては返す波の気泡が、小さく砕けて幾つもの渦を作り、個々の思いを馳《は》せた大海原へ静かに消えて行った。

6

飛行機、バス、観光船、定期連絡船と乗り継ぎ、簑島と佐伯が神居島に到着したのは、全てが終わった後だった。

小さな港に、幾つもの銃弾が打ち込まれた痕跡があった。所々には巨大なバーナーで焼いたような焦げ跡と、人間のものと思われる血痕も発見された。

「何があったんだ……」

荒廃した島の内部を歩きながら探索して行く内、何かが引き摺られた獣道のようなものを見つけた。

その道は、島の中央部から港と反対側の海岸まで伸びていた。

何かに導かれるかのように、簑島たちは先へと足を進めた。

岩礁が広がる岬の上まで辿り着くと、そこに脱ぎ捨てられたダイバースーツがあった。

「この下……、海の中に何かが……？」

簑島と佐伯は、脱ぎ捨てられたダイバースーツを海水で洗い、そのまま着装した。

体力には自信があったが、岩礁に叩きつける波間を縫って素潜りで海中へと入るのは初めての経験だった。

簑島は若干の不安を胸に佐伯に声を掛けた。

「佐伯君、大丈夫か？」

「はい。泳ぎには自信がありますから」

簑島の不安を余所に、先に海に飛び込んだのは佐伯の方だった。

慌てて佐伯を追うように海に飛び込んだ簑島は、大きく息を吸って頭から一気に海中へと進んで行った。

酸素補給のため、何度か潜水を繰り返していくうち、佐伯が海面から7メートル程潜った所に洞窟へと繋がる門を見つけた。

門の先はどうなっているのか、まったくわからない状況の中、躊躇することなく二人は門を抜けた。

酸欠寸前の中、ギリギリの体力で海面に飛び出し、洞窟の内部へと這い上がった。

「ここは……」

佐伯が辺りを見渡すも、暗くて全体が把握できない。

簑島と手を繋ぎ、片手で洞窟の壁を伝いつつ進むと、誰かが残したであろうマッチと布切れを棒に巻きつけただけの松明が置かれているのを見つけた。

複雑に入り組んだ慣れない洞窟を揺らめく松明の炎一本で進むには、何度も足元がよろけて、困難を余儀なくされた。

やがて二人が洞窟の一番奥に到達すると、そこには目を疑うかのような光景が広がっていた。

溶岩石に包まれた広大なドーム型の空間に、地上からの光が虫食い穴程の隙間から無数に差し込み細い光のカーテンを形成していた。

「あっ、あれは……」

佐伯が指さす先には、無数のケサヤバナが咲き乱れ、その後ろに巨大な石棺が横たわっていた。

「何で……あの花がこんな所に……」

簑島が石棺に近づくと、その前の中央部には何かの供え物が置いてあったであろう台座を発見した。

簑島は、その石棺の周囲を丹念に探り、人がギリギリ通れる僅かな隙間を発見した。

簑島は大柄な体を可能な限り細めて、半ばその体をねじ込むかのように進入した。

洞窟の終点は、広い入り江のような形をしていて、岩壁に幾つもの大きな蝋燭が置かれていた。

全体を把握したいと思った簑島は、その蝋燭一本一本に火を点けて回った。

暗かった洞窟全体が蝋燭の明かりで映し出された時、簑島の眼前には信じられない物が眠っていた。

「何だ……これは……」

全長二十メートル程の、金色に光輝く鳥ともミサイルとも判別が出来ないその物体は、入り江中央の空間に静かに浮かんでいた。

そして、その入り江を取り囲むように、ここにもあのケサヤバナが所狭しと咲き乱れていた。

「ここは……いったい何なんだ」

何かに取り憑かれたかのように簑島は身動きしないまま、その宙に浮かぶ物体を見つめていた。

「簑島さん……簑島さん」

佐伯の声に、ハッと我に返った簑島は、どれくらいの時間が経過したのか、ずっと見ているうち、それが以前何処かで見たことがある気がしてならなかった。

「どこだ……？　いつだった……」

必死に何かを考え込む簑島に佐伯は声を掛けた。

「何か見覚えでもあるんですか？」

簑島は佐伯の問い掛けにも答えず、ひたすら記憶に残された断片を探していた。

立ち竦んだまま、長い沈黙の時間が経過した。

「あっ！」

大きな声と共に目を見開いた簑島の脳裏にその映像が浮かび上がった。

それは簑島の学生時代に見た記憶だった。

当時テレビの何かの番組で特集していた、ナスカの地上絵にある、鳥のような図柄を立体化させたもの。まさにそれであった。

「あれは……、実在していたのか……」

そう呟きながらその物体にゆっくりと近づいて行った。

簑島はそっと手を伸ばし、それに触れた瞬間、全身を痛みにも似た衝撃が足元から大脳を貫いた。

「があぁぁぁぁっ！」

叫び声と共に、簑島の脳細胞のひとつひとつに幾つもの場面が飛び込んで来た。

森林が伐採される、海が埋め立てられる、戦争、飢餓、汚濁、核実験……。

人間が犯す自然破壊のうねりがフラッシュバックのように映し出された。と、同時に体全体の皮膚が鱗状に変化して行った。

「こ……これ……は、地球の……記憶……。メッセージ……。人の……業……か」

吸い付いてしまったかのように、物体に触れた手が離れない。このまま自分も、あの鱗状の遺体と同じ軀《からだ》になってしまうのかと思った瞬間、凄い勢いで胸元に佐伯の体当たりを受けた。

「簑島さん！」

佐伯の声と共に物体から引き離された簑島の体は、転がりながら佐伯とともに入り江の中へと落ちていった。

その頃もう一つの真実が動き出していた。

沖縄本島の海軍基地から武仲を乗せた米軍艦二隻と、日本の海上自衛隊巡視艇二隻が神居島へと航行していた。

武仲の本当の狙いは、神居島の宝玉でも米軍基地の建設でもなかった。

古来よりその島に住む一人の巫女《みこ》にのみ託されたもの。

命に代えても守らなければならないもの。

それを手に入れる事により、全世界を掌握できる最強最悪のもの。

それは……


やがて来る災い……

三十年前、一人の巫女が、死神から島を守るため、二人の娘にその鍵を託した……。

第二章

第二章

謎の遺体

1

神居島での出来事から一ヶ月が過ぎようとしていた。

簑島と佐伯の二人は、近くを航行していた宮里の漁船に運良く発見され、奇跡的に命を落とすことなく、大事には至らなかった。

田島たちの凶行により、多くの島民の命を奪われた事件を、宮里と屋宜から聞かされた簑島は、その真相に迫るべく佐伯と共に神居島を後にした。

その頃、大津《おおつ》にいる淀川は、昼間に起きた大型トラックと自家用車の数台に及ぶ事故による被害者処理に追われていた。

事故は、トラック運転手による居眠り運転が原因で、死者、重軽傷者合わせて数人が病院に搬送されたが、その中には保育園に入ったばかりの幼児の遺体も含まれていた。

淀川は、最近この琵琶《びわ》湖近郊で多発する度重なる変死や事故死に、ただならぬ不穏な妖気のようなものを感じていた。

多くの死傷者を出した事故から一週間が経った頃、静まりかえった深夜の琵琶湖に浮かぶ小さな島に向かう船外機の音が小さく響いていた。

その島に佇《たたず》む庵《いおり》の小窓から、真夏にも関わらず、薄氷を敷き詰めたような波ひとつない湖面に映し出される月の光を、ぼんやりと眺めるナギの姿があった。

島の裏門にあたる岩場に接岸した小さな船から、二人の老夫婦がおぼつかない足取りで降りてきた。

自然石が積み上げられた石段の両脇には、双龍の石像が狛犬《こま》のように並び参拝者を出迎えていた。

老夫婦は、弱った足を庇《かば》いつつ、およそ三百段はあろうかと思われる石段をようやくのことで登りきった。

ジワリと滲《にじ》む汗をハンカチで拭い、大きく肩で息をすると、そこに白銀の髪を後頭部で束ねた目つきの鋭い男が立っていた。

「ようこそ。我が守護であるナギの庵へ……メイと申します」

男は老夫婦に自身の名を告げて軽く会釈した。その瞳は白色に光り、低い声で不気味に微笑むメイの口元から、鋭利な刃物のような尖《とが》った牙の先が白く僅かに覗《のぞ》いていた。

老夫婦は、メイに導かれるまま邪香が漂う庵の中へと足を踏み入れた。

「深き悲しみの中……ようこそいらっしゃいました」

ナギは微笑を浮かべながら、老夫婦に哀れみの瞳で話しかけた。

「あ……あの……」

白髪も薄くなり、無精髭《ぶしょうひげ》を伸ばしたままの老父は、絞り出すような枯れた声でナギに問いかけようとした。

「ご安心下さい。無理にお話しにならなくとも……。望まれていることはわかっています」

ナギは老父の前に片膝をつき、優しく手を差し伸べた。

「自然の摂理に反する限り、それ相当の覚悟をもって頂かねばならないこと……」

「私たちは！」

ナギの話が終わらないうちに、老父は強く懇願する口調で訴えた。

「私たちは……もう何も欲しいものはありません……充分すぎるほど生きました……この命など何時でも差し出します。ただ……もう一度、せめてもう一度、たとえ僅かな時間であったとしても、あの子をこの手で抱きしめてあげたいんです……どうか、どうか……この年寄りの願いを、どうか……」

老父は縋《すが》るようにナギの手を力一杯握りしめ、傍らの妻は頭を地面に付け土下座をしたまま肩を震わせていた。

「わかりました……。灰と化したお孫さんの魂を今一度、お二人の元へと孵《かえ》します。但し、時間は今宵より明朝まで。それでいいですね」

ナギの言葉に、老夫婦は何度も大きく頷《うなず》いた。

音も無く漆黒の闇が広がる湖面には、上空に浮かぶ青白い月が、ゆっくりと赤みを帯びて変色していくのを映し出していた。

2

琵琶湖を有する滋賀県と京都府の県境をまたぐように位置する山が、日本の霊山で名高い比《ひ》叡山《えいざん》である。

平安遷都後、天台宗の開祖である最澄《さいちょう》が堂塔を建て、延暦寺《えんりゃくじ》が開かれて以降、王城の鬼門を迎える国家鎮護の寺地となっていた。

この山から、遠く京都の町並みや琵琶湖を望むことができる展望台に呼び出された簑島と佐伯は、連絡者の淀川を待っていた。

下界とは違った霊妙で荘厳な空間が漂う比叡山特有の空気を吸いつつ、謎に満ちた神居島での事件の真相にどう近づくかと、それぱかりを簑島は考えていた。

「わざわざすまんな。こんな所に呼び寄せてしまって」

業務用の手提げ鞄《かばん》を持った淀川が、いつものヨレヨレの白衣ではなく、ネクタイを締めたスーツ姿で現れたのには簑島も少し驚いた顔になった。

「どうしたんですか、今日は……」

「いや、この後ちょっと科学研究所のほうに調査を依頼しようと思ってなぁ」

淀川は、簑島の肩をポンポンと軽く叩《たた》くと展望台のベンチにゆっくりと腰をかけた。

「調査……ですか」

簑島と佐伯は淀川の顔を覗き込むように問いかけた。

「あぁ……まぁそんな訝《いぶか》しい顔をするな。今からその事情を話すから」

淀川は二人をベンチに座る自分の両隣に座らせて話しはじめた。

「どうだ、ここから見る景色は。なかなかのもんだろう。私は昔から仕事で行き詰まると、しょっちゅうここに来てはこの景色を眺めながら色々と考えたもんだ。眼下に広がる美しい琵琶湖を見ていると、つまらんことで悩んでいる自分が小さく感じてなぁ」

目を細めながら話す淀川の横顔を、簑島はじっと見つめていた。

「ほんの数日前、この湖畔道路で大きな交通事故があってな」

「あ、知っています。ニュースでもやってましたから」

佐伯が淀川に答えた。

「そうか……。で、その交通事故だが、結構な数の死傷者が出てなぁ。その中には三歳になったばかりの男の子もいた……。両親と彦根《ひこね》の実家がある祖父の所へ向かう途中で事故に巻き込まれたらしい。即死だったよ……。この仕事に就いて、もう何人の遺体と向き合ったか、わからんくらいの数をこなして来たが……年端もいかない子供の遺体は、どんな状況であっても胸が締め付けられる……特に、その遺体を身内に引き渡す瞬間は……な」

溜《た》め息交じりに話す淀川の横顔を、簑島と佐伯は黙って見つめていた。

「数日経って、祖父母に引き渡された子供とその両親の遺体は、無事に荼毘《だび》に付されたらしい……のだが……」

淀川の話が突然、歯切れ悪く止まった。

「……何かあったんですか」

簑島は淀川に話の経緯を求めた。

「また……あがったんだよ……。あの遺体がな」

淀川の目が、急に鋭くなった。

「あの遺体？　……まさか……」

簑島も眉間に皺《しわ》をよせた。

「そうだ、あの遺体だ。全身が鱗に包まれた状態のな。しかもその遺体は、あの交通事故に遭った被害者の祖父母だ」

「え！」

簑島と佐伯は驚愕《きょうがく》の表情で思わず声を出した。

「驚くのはまだだ。その祖父母二人の腕の中で、抱きしめられるように……先に死んだ筈の男の子の遺体もあった。同じように鱗《うろこ》のついた体でな」

真夏だというのに、得体の知れない悪寒が簑島たちを襲った。首筋を流れる汗が氷の滴のようにさえ感じられた。

「茶毘に付された筈《はず》の……火葬された筈の子供が、何故また遺体となって……」

佐伯は独り言のように淀川に問いかけた。

「わからん。わからんからこうして遺体のサンプルを持って科学研究所へ行くんだ。常識の範囲なんぞ、とうに超越しているからな。ただ……。ただ、救われるのは、その祖父母も男の子も……笑みを浮かべた安らかな顔だった……って事だ」

淀川の目から一筋の涙が頬を伝った。

「まだ……捜査の途中で、本来なら話すべき事ではないのかもしれませんが、もし参考になるのであれば……」

簑島は、淀川に自分たちが体験した神居島での出来事と、そこで起こった事件の概要を話した。

「神居島から帰ってきて、自分なりに色々と捜査はしているのですが、まだ何とも言えない状況です」

簑島の話を身動ぎもせず聞いていた淀川は、頭の中を整理するかのように内容を反復した。

「最初に変死体であがった自衛隊の隊員は、何らかの形で角田建設と密接な関係があった。角田建設はリゾート開発をするという名目で神居島に乗り込んだが、それは表向きの事であり、実はその島に伝わる秘宝を手に入れる事が目的であった。が、それも多くの犠牲者を出しただけで未だ目的は達せてはいない……。と、こんなところか」

淀川は、それでも整理しきれないといった表情だった。

「はい。正直言って、謎だらけです。何ひとつ真相は掴《つか》めていません」

簑島は小さく首を振った。

「で、これからどうするんだ」

淀川は、ベンチから立ち上がり腰を伸ばしながら簑島の動向を訊《き》いた。

「神居島の事件で、角田建設の社員が一人だけ生き残っています。自分はこれからその人に会いに行こうかと思っています。それと、以前お話しした神居島出身の女性……この人が、実は事件当日から行方不明になっている島のユタと呼ばれる呪術者……とでも言うべきなのでしょうか、その人の姉であることがわかりました。なので、佐伯がその方の所へ向かう予定です。何かわかるかもしれませんので」

と、簑島と佐伯は二手に分かれて行動する旨を淀川に知らせた。

「そうか……こっちもこいつが解明されたらすぐに知らせるよ」

淀川は、ポンと自分の鞄を叩くと右手を上げて簑島たちと別れ、展望台を後にした。

夏の日差しを浴びた琵琶湖は、青々とした水を湛《たた》え何事も無かったかのような静かな時間を刻んでいた。

3

歩き慣れた道。入社当初は期待に胸を膨らませ、営業マニュアルを片手に早足で通勤していたこの道が、今は纏《まと》わり付く粘土質のように山下の足を重くしていた。

神居島での出来事が、脳裏にこびり付いて離れない。疑心に始まり、怒りから憎悪へとスイッチが切り替わるように心の中で変化していく。夜になると体が無意識に震えだし、湧《わ》き上がる悲しみで涙が止まらなくなってしまう。

結局のところ、何も気持ちの整理ができないまま、怒りの矛先を本社に向けて歩き出している自分がいた。

会社の正面玄関に着いた山下は、大きく深呼吸をすると額の汗をハンカチで拭った。

意を決して一歩社内へ踏み込んだ時、エントランスの片隅から自分を呼ぶ声がした。

「山下さん。先輩……」

声の方へ振り向くと、そこで芝原が小さく手招きしていた。

「芝原。なんだお前……」

山下は芝原に近づこうとすると、人差し指を口の前に押し当て静かにと合図をした。芝原に促されるまま山下は、エントランスの外に出ると社屋の裏にある喫茶店に連れ込まれた。

「何だよお前」

山下は芝原に面倒臭そうに問いかけた。

「何だじゃないっすよ。先輩、沖縄で何があったっすか。香月さんも先輩も行方不明になったって噂《うわさ》になってますよ」

「行方不明だと。よくもそんなことを。俺たちは稲垣の命令で行ったんだぞ。そのせいで香月さんも、川本も……」

山下は喫茶店のテーブルを握り拳でドンと叩いた。幸いまだ客は山下と芝原だけだったため、それに驚いたのは店の店員だけだった。

「落ち着いて下さいよ。もう……。俺だって大変だったっすからね。まぁ、何だかわかりませんが、かなりヤバそうなんで深くは聞きませんが……はい、これ」

芝原はそう言うと、レポート用紙の入った会社の封筒を差し出した。

「先輩に電話で頼まれてた件。今回の沖縄でのリゾート開発って、国の発注だったっすよ。ただ、その仲介人ってのが……」

芝原の説明を受けながら、山下は書類に書かれている内容に目を落としていた。

「株式会社ティーケーコーポレーション代表取締役、武仲幸男……」

山下は、この名前に聞き覚えがあった。

田島との戦いの最中、宮里が叫んだ名前が確かタケナカ……だったと。

「おい芝原、この会社って……」

「そうっす。うちの会社に出入りしていた企業コンサルタント。稲垣本部長がいつも窓口になってた会社っす」

芝原は、国からの受注工事をティーケーコーポレーションが仲介したまでは調べられたが、詳細まではわからなかったと山下に伝えた。

「すまん。ありがとう。これで充分だよ。あとは自分で調べる」

山下は芝原に礼を言った。

「先輩、これからどうするっすか」

「わからん。本当は今日、稲垣の所に乗り込んで白黒ハッキリさせてやろうと思ったが、気が変わった。もう少し頭を整理させてから動くことにする」

心配そうに山下を見る芝原に、山下は落ち着いた笑顔を見せて、喫茶店を出た。

芝原には、引き続き何かあったら連絡をもらえるよう頼んだが、これから自分はどう動くべきかと頭を悩ませながら自宅へと足を向けた。

自宅の玄関先でタバコを一本吸い、気持ちを落ち着かせて家に入ると、リビングで妹の多美子が来客者と話をしていた。

「あ、おかえり。お兄ちゃん、こちらの方がお兄ちゃんに用があるって」

多美子が迎えた奥に、立ち上がって一礼する簑島の姿があった。

「すみません。突然お伺いして……」

簑島は、山下に名刺を差し出した。

「警視庁……の方」

山下は名刺を受け取ると軽く会釈をした。

「いきなり本題に入りますが……」

簑島が話そうとすると、山下は多美子を自分の部屋に戻るよう促した。

「すみません。多分、妹は関係ないと思うので……」

山下の言葉に、簑島は大きく頷いた。

「失礼しました。ところで……この写真を見て頂きたいのですが、この方をご存じですか？」

簑島は、自衛隊隊員の飯田健吾の顔写真を見せた。

「さぁ……初めて見る方です」

山下は首を捻って答えた。

「そうですか。では質問を変えます。山下さんは、先日まで沖縄の神居島にお仕事で行っておられたとか……」

簑島の言葉に山下の体が緊張に縛られた。

「はい……」

簑島はソファーから乗り出すようにして前屈みに話を続けた。

「先日、とある事件を追って神居島へ行ってきたんですが、そこで偶然別の事件のことを耳にしまして。山下さんは、その事件に深く関わったと……」

刑事である簑島の言葉が、山下には胸を抉《えぐ》られるような追求にも感じられた。

いきなり刑事が現れて、何の心の準備もしていないところで、さぁ話せと言われても順序よく事の顛末《てんまつ》を話せる訳が無い。

山下は、沈黙せざるを得なかった。

「すみません。焦らないで結構です。ゆっくり思いついた所からで構いませんから話して下さい」

簑島は、山下の心の動揺を払拭するように優しく話した。

「ど……どうせ、こんなオカルトめいた話……したところで……信じてもらえるとは思えませんし……」

山下がそう答えると、簑島は更に顔を近づけて山下の手を軽く握った。

「でも、真実なんでしょ?」

簑島のその一言に山下は救われた気がした。

無意識に涙が溢《あふ》れ出てきた。

山下は、記憶の糸をたどりつつ、詰まりながらも田島たちが島の人や香月、川本など次々に殺害し、最後はそれに怒りを爆発させたナギの念力によって田島たちは焼き殺されたことを簑島に話した。

簑島は真剣に山下の話に頷きながら聞いていた。

「山下さん、ありがとうございます。我々刑事という職業は、目に見えるものや手に触れるものなど現実的な真実しか信じられないという考えで事件に向き合っています。しかし、私には山下さんが関わった事件に対して、お話し頂いたことが本当にあった事だと感じていますし、当然そこに嘘《うそ》も誇大表現も無いと信じています。お陰で捜査の方向性が少し見えてきました」

山下は、夢でも見たんじゃないかと言われても仕方のないような話を、現実の事として真摯に受け入れてくれた簑島に心から感謝した。

「あの……実は……」

「何か？」

山下は、自分の話を信じてくれた簑島に思い切って願い出てみようと考えた。

「あの、実はまだお話ししていない事があるんです。この事件にどう関わって来るのかはわかりませんが……」

山下は、神居島へ派遣した稲垣とその関係の会社、そして発注元が国であることを伝えた上で、捜査の邪魔は決してしないから自分も協力させて欲しいと願い出た。

「しかし……お気持ちはわかりますが、これは警察の仕事ですから」

簑島は、やんわりと断ろうとしたが、山下は必死に懇願した。

「僕がいれば神居島の事も、会社の情報も入りやすくなると思います。それに、実際にナギちゃんの顔も知ってるし、それ以外の人も知ってる……決して足手纏いにはならないようにしますから」

確かに、今回の事件は簑島の持つ刑事経験を全く無視するような常識外れの連続である。身をもって体感している者が側に居ると、助かることには違いない。

簑島は、独断で山下の願いを承諾する条件として、危険回避のため必ず簑島の指示に従う事を約束させた。

山下は、生きる目標ができたと思った。

死んでいった香月や川本の無念を必ず晴らせる日に向かって足を踏み出す事を自分に言い聞かせていた。

4

炎天下の中、佐伯は簑島からもらったメモを頼りにナミの所属する芸能プロダクションに向かっていた。

以前、簑島と行ったナミの自宅マンションは既に引っ越されていて、所在がわからなくなってしまっていた。今残されている手がかりは、勤め先のメモしかなかった。

都内にあるテレビ局の近郊には、番組制作会社やプロダクションが軒を連ねている。

ナミの所属する会社も例外ではなかった。

白いタイル壁が目立つデザイナーズマンションの一室に、その会社があるのを確認した佐伯は、インターホンを押した。

応対に出たのは、ナミのマネージャーだと名乗る人物だった。

佐伯は、刑事であることを示した後、ナミの面会を申し出たが不在であった。

仕方なしに事件当時の話を訊こうとしたが、ナミのマネージャーから出る言葉は、予定していた主演映画が中止になった事と、無断で長期休暇を取り、連絡もしてこない事への愚痴に終始した。

結局何の情報も得られないまま、事務所の外に出た時、エレベーターの前で一人の男が佐伯の事を待っていた。

「刑事さん、ですよね」

長身でスタイルの良い男は、いきなり佐伯に話しかけてきた。

「すみません。伊良部といいます。ナミちゃんのヘアースタイリストです」

「あ、あぁ……そうですか」

佐伯はいきなり話しかけられたので一瞬、構えてしまったがナミの名前を聞き、関係者の人だとわかり苦笑いをした。

「ごめんなさい。佐伯と言います」

「ここの社長やマネージャーは何もしらなかったでしょ。仕事以外は全く関心の無い人たちだから」

伊良部はいきなり毒づいた。

「あの……伊良部さんは、何かご存じですか？」

佐伯が訊くと、伊良部は笑みを浮かべて自分の車へと案内した。

「じゃ、とりあえず行きましょうか」

いきなり車に乗るように促す伊良部に佐伯は戸惑った。

「あの……何処へ？」

伊良部は佐伯を車に押し込むと、さっさと運転席に乗り込んだ。

「決まってるじゃないですか。ナミちゃんの所。会いに来たんでしょ？」

刑事だとわかっていてナンパでもしているのかと疑いたくもなる程、軽い口調で案内する伊良部に佐伯は面食らっていた。

「でも、以前お伺いした嘉神さんの自宅はもう……」

「引っ越しました。死人が出た上に映画は制作中止。ワイドショーのネタとしては格好の的ですからね。マスコミの目が届かない県外へ夜逃げですよ」

伊良部は笑いながら佐伯に答えた。

ナミのいる自宅に向かう車内から携帯で簑島に連絡を取ると、自分も合流すると伝えてきた。

佐伯は、エアコンの効いた車内で、また猛暑の中を歩いて探さなくてよくなった事に、ほっと息をついた。

首都高羽田線から横浜横須賀道に入り、衣笠《きぬがさ》インターを降りると、三浦半島の海岸線に沿って伊良部は車を走らせた。

佐伯は、車窓から見る三浦の穏やかな海をぼんやりと眺めていた。

岩場の続く海岸から側道を少し入った小高い場所に、ナミの住むマンションがあった。車よりも電車移動の方が早かったのか、既にマンションの入り口に簑島の姿と、佐伯が初めて目にする山下が立っていた。

「お疲れ様です」

佐伯は、車を降りるとすぐさま簑島に声を掛けた。

簑島は山下を、佐伯は伊良部を、互いに紹介し経緯を報告しあった。

伊良部の案内で、マンションの最上階にある部屋のドアを開けると、そこにナミが出迎えてくれた。

「いらっしゃいませ。簑島さん、佐伯さん。お久しぶりです」

明るい笑顔で応対してくれるナミを見た簑島は、内心ほっとしていた。

以前の凜《りん》とした表情は、そのままだったがどことなく明るくなった感じがした。

広めに設計されたリビングに通された簑島たちは、ソファーに腰をかけ一息ついた。

「これ……簑島さんから預かっていたものです。お返ししますね」

ナミは以前、簑島から手渡された書類の入った封筒を差し出した。

「これは……」

佐伯が簑島の顔を見ながら驚いた表情をした。

「あぁ……。あの書類の原本だ。コピーは奥山に持って行ってもらったがな」

「ここに隠していたんですか……」

佐伯の言葉に、簑島は苦笑いをしながら答えた。

「ある意味、一番安全だろ」

佐伯は呆《あき》れ顔で溜め息をついた。

「中身は、見ていません。簑島さんから預かった時、相当重要なものだとおもいましたから」

ナミの言葉に簑島は黙って頷いた。

暫くの沈黙の後、ナミの話が始まった。

「実は、簑島さんか佐伯さんのどちらかが近いうちに必ず私の元に訪ねて来られるだろうと予想していました。何となく……ですが。それで、伊良部さんに頼んで定期的に事務所に顔を出してもらっていたんです。お二人揃《そろ》って来て頂けるとは思いませんでしたが……。実は、お二人に見て頂きたいものがあるんです」

ナミは簑島の前に一枚のメモ用紙を出した。

「これは？」

簑島が訊くと、ナミは話を続けた。

「先日、私のメイクを担当してくれていた野口絵里子という……あ、簑島さん方は一度お会いしていますよね。その彼女が突然行方不明になりました。このメモは彼女が最後に居た現場でメイク道具の中に入っていたものです。伊良部さんが見つけました」

簑島は、渡されたメモ用紙に書かれている内容に驚愕《きようがく》した。


——琵琶湖の島　死者を甦《よみがえ》らせる炎——


記されている事はそれだけだったが、簑島と佐伯にとって、これが何を意味するものかはすぐに理解できた。

「炎……ナギちゃん……？」

それを見た山下が、思わず呟《つぶや》いた。

「ナギ？」

山下の呟きに問い返そうとしたナミに簑島が言葉を重ねた。

「嘉神さん。我々は先日、ナミさんのご出身である神居島に行ってきました。そこで不可思議な事件を耳にしました。彼はその事件に巻き込まれた一人なんです。更にその事件には、ナギという女性が関係しているらしいのですが……。実は、その女性がどうも嘉神さんの生き別れた妹さんであることがわかりました」

簑島の説明に、ナミは固まったまま大きく目を見開いて動かなかった。

「妹……私の……？」

ナミの消された記憶の断片が頭の中でグルグルと走り出す。

乱れそうになる呼吸をナミは必死に堪えた。

「以前嘉神さんに見て頂いたケサヤバナという花、神居島での事件、そしてこのメモ。ナギという女性と、琵琶湖……。そのすべてが一本の線で繋《つな》がろうとしています」

半ば興奮ぎみに簑島はナミに話していた。

その時、山下がナミに一つの提案をした。

「あの……もし良かったら、一度、一緒に行きませんか？　神居島に……」

山下の問いに、ナミの気持ちは激しく揺れた。

今まで、自分のルーツを調べることから逃げていた。何がそうさせているかはわからないが、気持ちの中で過去の記憶を甦らせる事は絶対にしてはいけない気がして、意識の外へ追い出していたのだ。

しかし、撮影中に起きたあの事件から、心の中で薄い霧がかかったようなもやついた気分と、体の中の何処かで得体の知れない何かが鼓動を突き上げる感じがしてならなかった。

「行こう……。俺も同行しますから」

伊良部が後ろからナミに声を掛けた。

暫く項垂れていたナミだったが、ゆっくりと顔を上げると、大きく頷いた。

意を決したその瞳は、凜としたいつものナミの表情に戻っていた。

ナミのマンションから見える三浦の海は、傾いた夕陽に赤く染められ、心地よい波の音と共に涼しい風が部屋のカーテンを揺らしていた。

隠された真実

1

二日後の早朝、佐伯は簑島と別行動で行方不明になった絵里子の捜索のために滋賀県に向かった。

簑島とナミの一行は、羽田空港から那覇へ入り、連絡船で神居島へ向かっていた。

ここまで黙って簑島たちと行動を共にしていた山下は、数ヶ月前に香月や川本と、この同じ船で島に向かっていた時のことを思い出して、自然と涙がこぼれそうになるのを必死に堪えていた。

島が近づくにつれ、ナミの頭痛がまた始まっていた。甲板に出たナミは、潮風に当たりながら次第に大きくなる島影をぼんやりと見ていた。

自分が生まれた所、子供の頃を過ごした場所、それを知ることから湧き起こる不安と実感。色々な気持ちが混在して落ち着かなかった。

神居島の港に着くと、再度この島の土を踏んだ山下と、漁船の清掃をしていた宮里の目が合った。

「宮里さん！」

大きく手を振る山下に、宮里は髭面に満面の笑みを見せて応えた。

「山下くん、帰ってきたね」

宮里は、清掃道具も放り出し、駆け寄る山下は昔の同級生に会ったかのような親しみが感じられた。

山下は、宮里に早速連れてきた簑島たちを紹介した。

「あい、あんた元気になったね」

宮里は簑島を見るなり、バンと肩を叩き笑って話した。

「はい、お陰様で。あの時は命を救って頂き、ありがとうございました」

簑島が佐伯と波間に浮いているところを助けたのは、宮里だった。

「そうだったんですか……。あ、それと今回、ここの出身だという方を連れて来ました」

山下が宮里にナミを紹介した途端、宮里は目を丸くして大きく口を開けたまま表情が固まってしまった。

「あ……あ、あ……、あんた、あっちゃぁ」

そのまま腰を抜かした宮里を、山下と簑島が両肩で支え起こした。

「と、とにかく……か、頭のとこへ……」

山下たちは、引き摺《ず》るように宮里を比嘉の家まで連れて行った。

「か、かぁ、頭！　大変やっさぁ！」

宮里の大声に、比嘉は玄関先まで呼び出されたかたちとなった。

「なんねぇ、うるしぃ！」

団扇を片手に出てきた比嘉に、宮里は裏返った声で話した。

「み、美佐世さんが……か、帰って来た」

宮里は、そのままヘナヘナとまた腰を抜かして座り込んでしまった。

「美佐世が？」

比嘉は、そう言うとナミの方を見て驚きの表情を見せた。

「あぃや、本当にそっくりやね。ん？　もしかして、あんたナミかね？」

比嘉の問いかけにナミは黙って頷いた。

「そうかぁ！　ナミか。生きとったか」

比嘉は大きな笑い声を上げた。

宮里はまだ座り込んだまま、両手を合わせ神に祈るように拝んでいた。

「すみません。今回は、以前起きたここでの事件の捜査と、偶然知り合った彼女の過去の事で来させて頂きました」

簑島は、刑事らしく改まって比嘉に挨拶をした。

「そうね。あい、わかった。まぁ入りなさいね」

比嘉は、快く山下たちを受け入れた。

やがて後から来た屋宜も、宮里と同様の驚きを見せたものの、ようやく落ち着いたところで、山下たちはその夜、比嘉の歓待を受けて眠りについた。

翌朝、ナミは伊良部と共に、宮里に連れられ両親の墓へと出かけた。

「ここが美佐世さんの墓。で、その横にあるのが泰造さんの墓」

宮里の説明を受け、ナミは両親の墓の前で静かに跪《ひざまず》き、目を閉じた。

青く美しい海を望む高台に建てられた美佐世の墓と、それに寄り添うように建てられた泰造の墓に手を合わせていると、ナミの失われた記憶の断片を甦らせてくれるように思えた。

一方、山下は田島が殺戮を繰り返した現場を簑島にひとつひとつ説明しながら回っていた。時折、怒りと悲しみが止め処なく込み上げてくるのを、簑島に慰められながら歩いていた。

正午を過ぎた頃に、最後の殺戮が起きた港の現場に辿《たど》りついた。

田島たちがナギに焼き殺された黒い焦げ跡が、今も生々しく残っていた。

簑島がそこに触れると、指先に炭化した煤《すす》のようなものが付着した。

「念力で、人をこんなにも跡形も無く燃やせるものなのか……」

簑島は、心の中であり得ない現実と戦っていた。

現場を一通り見た簑島と山下が、比嘉の家に戻ろうと歩き出したとき、傍らから原付バイクが通り過ぎようとした。

二人が何気なくバイクの方を見た途端、一瞬にして山下の表情が凍り付いた。

「こ……公平君！」

それは、田島たちに惨殺された筈の公平の姿だった。

思わず大声で山下が公平の名を叫ぶと、その声に公平は僅かに笑みを見せ、その場から過ぎ去っていった。

山下は、無意識に公平の後を追うように走り出していた。

簑島も一緒に後を追っていた。

廃校跡、飲み屋、民宿、次々と走り回る山下と簑島が見たのは、愕然《がくぜん》とする光景だった。

がっくりと肩を落とし、比嘉の家に戻ると、そこに宮里とナミたちが先に帰っていた。

「信じられないか……。仕方ないね。でもこれは現実。でもそれだけ山下くんの心が純粋である証さ」

呆然とした顔で帰って来た山下を見た比嘉は、その気持ちを悟って声を掛けた。

「どうして……」

山下が呟くと、簑島は問いかけた。

「何なんだ。さっき見た人たちが何だって言うんだ？」

「死んでるんです……」

ボソッと山下は簑島に答えた。

「え？　何を言ってるんだ？」

簑島は山下の言っている意味がわからなかった。

「だから……。死んでるんですよ……公平君も比呂志君も、百合子ちゃん、下地さん、仲伊さん、典子さん……みんな、みんなあの田島に殺されたんです！」

発狂しそうな声で山下は答えた。

「そんな馬鹿な……会う人みんな笑ってたじゃないか……」

現に自分も山下と一緒に会っているし、とても死人とは思えないと簑島は山下の肩を揺すった。

「この島の宝やっさ……」

ボソッと言った宮里の言葉に山下と簑島が振り向いた。

宮里は微笑を浮かべて話し始めた。

「人も、海も……空も風も、この島にあるすべての自然は、すべての魂で結ばれたこの島の宝……。ナギはみんなの魂をこの島に残していったさ……」

山下と簑島は、黙って宮里の話を聞いていた。

「美佐世さんの墓がある丘の先に、この島の神聖な場所とされる御嶽がある。そこで祈ったさ……戦ったさ。あの死神が作った巨大な台風と、大地をひっくり返す程の大地震にね。美佐世さんと泰造さんは力を合わせて立ち向かった……。そして、台風は大きくこの島から離れ、地震もおさまった……。だけど、死神のやつは最後に大鎌を振りよった。津波が……この島をのみ込んだ。それでも、美佐世さんと泰造さんの魂はこの島を守ったさ……。ナギは……ナギは美佐世さんがしたと同じように、この島にあった大事な……大事な魂をこの島に残した……それだけやっさ」

宮里の言葉は重かった。

簑島は、ゴクリと生唾を飲み込んだ。

「島の……魂……」

山下は、落ち着きを取り戻し、うっすらと笑みを浮かべた。

「そうか……生きているんだ……魂は」

今日会った公平や比呂志が、しゃべりはしないものの、みんな笑っていたのは、そういうことか……と山下は思った。

その夜、伊良部は一人で港に出た。

「この島の宝……」

そう呟くと、ゆっくり空を見上げた。

漆黒の闇に包まれた神居島の空は、月明かりに呼応するかのように無数の星々が輝いていた。

2

翌朝、宮里と比嘉に連れられて簑島たちは島の西側に向かっていた。

南国特有の草木が鬱蒼《うっそう》と茂る獣道を抜けると、突然目の前に海が広がった。

山下は、ここは以前、川本が測量の数値がずれて何回も計り直したと言っていた場所だったことを思い出していた。

多くの木々や草に囲まれて、一見しただけではわかりにくい場所に、人が一人ようやく通れる程の小さな穴が開いていて、そこから洞窟内部へと入れるようになっていた。

小型のランタンを片手に、宮里が先頭に立ち全員を誘導した。

「ここは潮が引いた時にしか通れん道やっさ。普段は海の中やし、足下が滑るから気をつけんとね」

宮里の注意を受けても、ランタンの揺れる小さな明かりだけでは視界が狭くなり、簑島たちは何度も足を滑らせては岩壁にしがみついた。

やがて、細い洞窟から、外の光が差し込む一際大きな広さの場所に出た。

「ここは……」

簑島には見覚えのある景色だった。

岩に囲まれたドーム型の広場の中央に円形の小磯があり、その上にはあの金色に輝く物体が浮かんでいた。

「あっ、あの花……」

ナミは小磯の周囲に咲く、幾つものケサヤバナを見つけ、指をさした。

「あの花は、ここにしか咲かない不思議な花さ。ワンたちはみんな、魂が宿る花……タマヤバナって呼んでるさ」

宮里は、そう言いながら花の前で手を合わせた。

「死んだ者は、みんな天国に行くとき、この花に魂が移り、神の住む島に渡れると言い伝えられている特別な花さ」

「……タマヤバナ……」

ナミは小さく呟いた。

やがて、外から差し込む僅かな光の助けもあり、洞窟内部の全体が見渡せるようになってきた。

その時は、暗がりでわからなかったが、簑島たちが立つ円形の小磯の丁度反対側に、人が一人入れる程の蓋の開いた石棺のようなものを見つけた。石棺の横には、山下には見覚えのある瑠璃色に輝く宝玉のようなものが祭られていた。

しかし、あの宝玉は田島が略奪した後、ナギの力で粉々に破壊された筈だった。

それが何故またここにあるのか。

山下は小走りで小磯を迂《う》回し、その宝玉を手にとって確かめようとした時、洞窟内に響き渡る程の大きな声で伊良部が叫んだ。

「触るな！」

大型スピーカーで怒鳴られたような伊良部の声に、思わず山下は触れようとした手を引っ込めた。

「それに触るな。触ると最後……死を司る永遠の過去から抜け出せなくなる。魂の棺……。夢の中で夢を見るようなものだ。二度と現実には戻れなくなるぞ」

突然の伊良部の言葉に、誰もが理解できなかった。

「どう言う事だ？」

簑島は、鋭い眼光で山下を制した伊良部に問いかけた。

「その玉は死者の記憶……。そして、記憶を抜き取られた体は、傍らにある棺に入り穢《けがれ》となってこの世を彷徨《さまよ》う。己の業だけを残して……」

オカルトめいた伊良部の話に、簑島は理解に苦しんだ。

「業とは何だ？　穢となって彷徨うとはどう言う意味だ」

簑島の脳裏に、琵琶湖であがった鱗に塗《まみ》れた変死体の姿が何度も映し出された。

「人はこの世に生まれ死するまでの間、必ず何らかの罪を犯す。嘘や嫉み、疑い、裏切り、争い傷つけ、殺める……。それが小さな虫や家畜でもだ。命を奪うことに変わりはない。そして欲に溺れ愛憎を繰り返し、自然をも破壊する……。そんな愚かな生き物だ。その玉は、そんな人間の魂を吸収して無限の過去へと誘う鍵だ」

「カギ？」

簑島は伊良部の前に詰め寄ったが、伊良部は構わず話を続けた。

「その玉の中に吸収された記憶は、その人の魂そのものだ。そして、魂の抜かれた体はその者がこの世で犯した罪の数だけ業となって残り、そしてその業は魚の鱗に似た表皮となり穢と呼ばれる存在になる」

簑島は、ずっと追い続けていた謎の一端が垣間見えた気がした。

しかし、ここは沖縄の本島からも離れた孤島である。簑島が見た遺体はすべて滋賀県の琵琶湖であがっている。距離が離れすぎている上に、あまりにも現実離れしている。

この島に来てから、簑島は刑事として経験してきたすべての常識を覆されている気持ちになっていた。

この事件に関わる以上、当たり前とされてきた捜査の方法や見識など根底から、かなぐり捨てる必要があった。

信じられない……でも信じるしかない。

有り得ない……でもこうして体感している。

簑島は喉元に突きつけられた現実から回避できないことを悟った。

「その宝玉のことはわかった……。しかし東京にいた筈の君が何故この洞窟のことを知っている？」

更に簑島は伊良部に近づこうと歩み寄った。

伊良部はスルリと簑島の脇を抜け、円形の入り江の中に入ると、簑島たちに驚愕の光景を見せた。

ゆっくり水面の上を歩き、入り江の中央で静かに両手を開いてみせたのである。

「俺は、ナミの守護。ナギにシケーがいるように、ナミには俺がいる。竜宮の守護は一対を持って成す……」

簑島たちが唖然《あぜん》と見守る中、突然ナミは激しい頭痛に襲われて、その場に倒れ込んだ。

宮里が駆け寄ろうとした瞬間、既にナミは伊良部の腕に抱きかかえられていた。

「覚醒の日は近い……。早くナミを連れて行かねば……」

伊良部の言葉に山下が問いかけた。

「ど……何処に……」

「……カムイコタン……」

伊良部はそう一言残してナミを抱えたまま洞窟から出て行った。

残った簑島は、自分が触れた金色に輝く物体を見上げていた。

「何人が死んだ……。何が目的なんだ」

鱗に覆われた遺体の謎に近づいたことは確かだったが、まだまだ多くの謎が簑島の心を締め上げていた。

3

西に沈む夕日がナミの長い黒髪を赤く染め上げていた。

体調の回復したナミは、伊良部を伴って、島の御嶽《うたき》で海に向かって静かに手を合わせていた。

明朝、この島を去る。その前に、どうしても母が命をかけて島を守ったこの場所で、心の整理をしたかった。

母がナミに残したもの……

父がナギに残したもの……

それがすべてのカギを握る。誰が何を語らんとも、ナミの中に流れる血が、自然とその答えを導き出そうとしていた。

沖縄の人にとって、御嶽は神聖な場所である。例え地元の人であったとしても、おいそれとは立ち入ることの出来ない場所であったため、宮里や山下たちは、その下にある美佐世の墓の前で、ナミが戻って来るのを待っていた。

宮里は墓の前に座り、山下に話しかけた。

「あの宝玉に魂を送り込んでいるのは、間違いなくナギやさ……。ナギは、この世のすべての人間を恨んでいる……。すべてを消し去るつもりやさ」

宮里の声は、寂しさに溢れていた。

「すみません……。自分たちが、あの殺人鬼を連れてきてしまった……。ナギちゃんを変えたのは、自分たちです……」

山下は、目に涙を浮かべ宮里に謝罪した。

「何も謝る事なんてないさ。どのみちこの島は狙われてる。山下君が来なくても、また別の誰かが来たさ。あの武仲がきっと裏で悪さしてるに違いない」

宮里と山下の話に簑島が割って入った。

「島が狙われてる……とは？」

宮里は簑島が助けられた後、暫くしてから島の周りに自衛隊の軍用艦が何隻も現れたと話した。

「漁場が荒れるから、島から離れるように言っても全然聞かないから、本島からも応援を呼んで、多くの漁船で抗議したさ。そしたら急にさっさと帰って行きよった。きっと何か大事になったらマズい事でもあるんやろさ」

簑島は、琵琶湖にあがった遺体を調査している淀川が、上からの圧力で調査を中止するよう言われたと、やけ酒を飲んでいたのを思い出した。

「自衛隊の船……」

ボソリと呟いた簑島に、山下が今回の神居島の工事が国からの受注で、それを仲介したのが、神居島出身の武仲と言う人物だと話した。

「国からの依頼で、自衛隊が絡むとなると……。もしかしたら相当面倒な事になるかもしれないな」

簑島は、事件に関係する黒幕が意味するものと、その目的まではまったく見えてこなかったが、捜査のきっかけはつかめたと思った。

翌朝、宮里の漁船で本島に送ってもらった簑島たち一行は、連絡を取った佐伯と滋賀県の彦根港で待ち合わせをした。

大急ぎで戻った簑島たちだが、さすがに彦根に到着した頃には、とうに日が沈んでしまっていた。

既に閉まっている連絡船の待合室で、佐伯が簑島たちを迎えた。

「お疲れ様です」

佐伯は簑島に挨拶すると、ここまで調べた経緯を端的に話した。

「野口絵里子さんらしき人物が、この港から島に渡る船に乗船したのは、今日の最終便のようです。ただ、島からここに帰る船には乗船していませんでした。もしかしたらまだ彼女は島に残っている可能性が高いかと思われます。船には霊場巡りをしているご年配の信者と数人の観光客が乗り合わせていましたが、特別怪しい人物は他にいなかったという証言から、多分、野口さん一人で島に向かったものと思って間違いないかと」

佐伯の報告に、簑島は黙って頷いていた。

暫く何かを考えている様子だったが、突然近くの船宿を探しはじめた。

しじみ漁をしている船の看板を見つけると警察手帳を片手に、半ば強引とも思える口調で、小型の船外機を借り入れた。

暗闇に塗り固められた琵琶湖から、遠く大津の街明かりが揺らめいて見えた。

星の明かりに瞬く空を眺めながら、誰も話す者はおらず、ただ水面を叩くエンジン音だけが湖面に響いていた。

小型の船では観光船が停泊する岸壁が高すぎるため、島の裏側に迂回して接岸させることにした。

岩場に降りると、すぐに裏門と思われる鳥居が見えた。

島の中は街灯も無く、持参した懐中電灯だけが頼りだった。

波音も無く、何処までも続く静寂な闇が簑島には不気味に思えた。

島の中央に位置する神社に入ると、ようやく薄明かりの電灯が境内を照らしていた。

ナミがゆっくりと周囲を見渡していると、暗がりの中からフラフラとこちらに歩いてくる人影が見えた。

「あ、絵里子さん！」

ナミはすぐにその人が絵里子だとわかった。

何かに憑《つ》かれたかのように虚ろな目で、足取りもおぼつかない状態の絵里子を、ナミは支えるように抱きかかえた。

「どうしたの、何があったの？」

ナミの問いに、絵里子はただ泣きじゃくるばかりだった。

その時、別の暗闇から目つきの鋭い男が、クックと笑いながら現れた。

白色の目を持つメイだった。

「その女とは既に契約が成された。死地への契約がな」

不気味に笑う口元から鋭い牙が覗いた。

「お前！　彼女に何をした！」

佐伯の言葉は、無意味な問いでしかなかった。

胸元に掴み掛かろうとする佐伯を、いとも簡単に簑島の足下まで弾き飛ばした。

「し……仕方がなかったの……この子の父親は彼だから……どうしても……彼に会いたくて……」

絵里子は、ナミに泣きながら訴えていた。

「彼？　この子？」

ナミは絵里子の言っている意味がわからなかった。

「滅びの鍵を開けに来たか。愚かな……」

メイの後ろからシケーがナギを伴って現れた。

「ナギちゃん！」

山下は、思わずナギに駆け寄ろうとしたが、強引に伊良部が制止した。

「ほう……。イラブか……」

シケーは、天敵にでも会ったかのような冷たい目でイラブを睨《にら》んだ。

「シケー……」

伊良部も同じように睨み返していた。

「お前がここにいるという事は……」

「そうだ。おまえが守護する主に会いに来た……」

伊良部の緊張が真夏の空気を凍らせた。

「ここで……やるか……」

シケーの言葉で、伊良部は一気に戦闘態勢に入ろうとしたその瞬間、二人の間に突然火柱があがった。

「今ここで戦っても、私の目的は達せない」

ナギがシケーを下がらせた。

「ナギちゃん！　どうして……」

山下は、以前の優しく明るかったナギの豹《ひょう》変した姿に動揺していた。

「ナギ……？」

それまで絵里子を抱きしめていたナミが、ゆっくりと振り返った。

「ナギって……私の……妹？」

ナミの言葉にナギの片眼がピクリと痙攣《けいれん》した。

「ねーね……」

沖縄弁で、姉を意味する言葉だ。

「い……妹」

それまで朧気《おぼろげ》な明かりの中で見ていた互いの顔が、雲間から覗いた月光に照らされ、ハッキリとその容姿を捉えることが出来た。

刹那、激しい頭痛がまたナミを襲った。

蹲《うずくま》るナミを見て、シケーは薄笑いを浮かべた。

「目覚めの時が近いようだが、不完全なままナギに会わせたのはお前の失策だな。もう手遅れだ。滅びの連鎖は始まってしまった」

シケーとメイは不敵な笑いを響かせながら闇の奥へと消えて行った。

ナギは、憂いを帯びた瞳でナミと山下を見ていた。

「山下さん……あなたの知っているナギはここにはもういない……次は冥界で会いましょう」

そう言い残すと、ナギも暗闇へと姿を消した。山下にとってあまりにも辛いナギとの再会だった。

「行こう……」

伊良部はナミを抱きかかえ船へと戻った。

簑島と佐伯は、保護した絵里子を淀川のいる施設に送り届けることにした。

第三章

アイヌの誇り

1

北海道のほぼ中央部に位置する旭川《あさひかわ》。そこに流れる石狩川《いしかりがわ》沿いに、大地精霊を守護とするシャーマンたちの住む村がある。

強力な結界で守られたその村に、古の昔より受け継がれた宝刀がある。

魔神を払うことの出来る唯一無二の剣。

それをサマイクルの剣と言った。


村の前を流れる石狩川を見つめながら、鈍引はナギの事を考えていた。

川本という男が殺されたショックが引き金となり、ナギの瞳の奥に眠っていた炎の龍が目を覚ました。暴走とも思えるその煉獄《れんごく》の炎は、凄まじい破壊力を持っていた。

もしナギが憎悪に任せ、その力を間違った方向へと走らせれば取り返しがつかなくなるほどの悲劇が訪れる。冥界の亡者どもを束ねる紅蓮《ぐれん》の力。それを止めることが出来る力を手に入れなければ、この世から人間は消えて無くなってしまう。鈍引は焦っていた。

「えらく感慨にふけっているようにも見えるが、説明してもらおうか」

荒々しく鈍引の背後から声がした。

振り返ると、そこには村の女戦士とされる氷美《ひみ》と紫水《しすい》が立っていた。

氷美は、胸まで伸びた白銀の髪と鋭利な刃物のような切れ長の瞳に白い肌が特徴で、右腕から背中にかけてアイヌ特有の刺青があった。紫水の方は、長い純黒の髪を後ろで束ね、鼻筋の通った大きな瞳が印象的な女である。氷美と同様に、紫水には肩から首にかけて波形の紋様の刺青をしていた。

激情型の氷美に対し、沈着冷静型の紫水と二人はまるで反対の性格を持っていたが、こと戦闘となると、共に村の男どもを一蹴できる程の力を持っていた。

「黙ってないで答えろ！」

氷美は喉元に噛《か》みつかんばかりに鈍引に迫った。

「何をだ……」

鈍引は氷美に質問の意図を聞き返した。

「とぼけんじゃねぇ！　ワッカだよ。何でワッカは死ななければならなかった！」

氷美にとってワッカは兄のような存在であり、紫水にとっては恋人であった。

神居島に派遣されたワッカが、田島によって殺された。その報告は、村の長老には成されたものの、詳細については長老以外、誰も知ることはなかった。業を煮やした氷美と紫水は鈍引に直接訊いてやろうと押しかけてきたのである。

「ワッカは……すまないことをした」

鈍引の答えに氷美はいきなり鈍引の胸ぐらを掴んだ。

「答えになってねぇんだよ！　何故死んだのか、その理由を訊いてんだ！」

氷美は、女とは思えない程の力で鈍引の喉元を締め上げた。

鈍引が力任せに氷美の腕を引き離すと、逆にその腕を締め上げながら答えた。

「いいかよく聞け。ワッカは古潭《こたん》の戦士らしく、立派に戦って死んだ。守るべき人を守って、その盾となって死んだんだ。何も恥じることの無い立派な最期だった。理由なんて無い。それがすべてだ」

鈍引の答えを聞いた氷美は、それでも目に涙を浮かべて噛みついてきた。

「それでお前は何をしたんだ！　しっぽを巻いて帰って来たのか！」

「違う！　ただ……守るべき相手が、戦うべき相手に変わった……」

鈍引の声のトーンが一気に下がった。

「何を訳のわからない事を言ってんだ」

氷美は更に鈍引に詰め寄ろうとした時、ドンと大きな音と共に、結界を担当していた瑠璃《るり》と鏡香《きようか》が甲高い声で叫びながら古潭の中に走って来た。

「結界に侵入者！」

「二名の侵入者！」

その声を聞いた鈍引と氷美たちは、急いで古潭の入り口に走った。

そこには既に長老のカイや古潭の男たちが集まっていた。

侵入者だと聞いて駆けつけた鈍引たちだが、なぜか穏やかな空気が流れていた。

「よくここに辿り着かれた」

カイは、片膝をつき頭を垂れている男と、その傍らに立つ女性に対し、笑顔で迎え入れていた。

「勝手に結界を破り、侵入しましたこと、申し訳ございません。自分は、ここにいますナミの守護をしている伊良部と申します」

礼儀正しく長老に挨拶をしている伊良部の側に立つナミを見た鈍引は、心の中で歓喜の声を上げていた。

「来た！　ついに来た」

思わず吐いた鈍引の言葉に、氷美は首を傾げていた。

「何言ってんだ、あいつ」

氷美は、訳がわからないと言いながら紫水と顔を見合わせた。

2

その夜は、カイの命令で古潭の広場に全員が集められた。祭壇に設けられた大樽《たる》からはひとりひとりに酒が振る舞われ、祭りのような騒ぎになっていた。

全員が揃った頃を見計らい、熊の毛皮を被った男が松明を翳《かざ》すと、広場の中央に置かれた椅子に、カイとアイヌ伝統の衣装を纏ったナミの姿が現れた。見事なナミの格好に、古潭の男たちからは溜め息が漏れた。

訳がわからず広場に来た氷美と紫水は、酒を片手にふて腐れた態度のまま、それを遠目で見物していた。

「皆、よく聞いてくれ」

カイは、ここで神居島で起きたワッカ殉職の一部始終を語ると同時に、次期長であった泰造の娘ナギの暴走、魔神ニチェネカムイの復活の予言などを懇々と話した。次第に古潭の連中の顔色が変わっていった。

「だがしかし、泰造にはもう一人ナギの力と二分する娘がいる。それがここにいるナミだ」

それを聞いていた氷美は、動揺から手に持っていた酒を地面に落としてしまった。

カイは、この神居古潭でナミの覚醒の手助けをすると発表し、その有志を募った。

事の重大さに古潭の人々が二の足を踏む中、人混みを割って飛び出したのが氷美と紫水だった。

「長老、私たちにやらせて下さい！」

氷美の申し出に長老は、厳しい言葉をかけた。

「氷美、紫水、お前たちがもしワッカの敵を討とう……と、いう目的であるならば、その申し出は受けられん。わかるか？」

氷美と紫水は沈黙した。

「怒りや憎しみの剣で、ニチェネカムイを倒すことはできん。もし、ナギが死者を束ねておるならばなおさら無理というもの……。死者の魂は浄化してはじめて天に昇る。それに必要なものは慈愛の心だ」

氷美は、ようやくワッカが死んだ意味がわかり、自然と涙が出ていた。

「慈愛の心無くして、人も自然も守ることはできん」

カイの言葉が深く氷美と紫水の心に響いていた。

「慈愛の……心……」

ナミがそう呟くと、カイは優しくナミの手を握った。

「あなたが何故此処に来たのか、何故記憶が消されたのか、ここでゆっくりと考えたらいい。そしてあなたの体のなかに眠る大いなる力を目覚めさせるのです。この世の生きとし生けるものすべてが、あなたを必要としている。どうか、この大地と海を救い、妹のナギをその手に取り戻してほしい。あなたたちは、本当に神に愛された姉妹なのですから」

ナミはカイに優しく微笑み返した。

究極兵器

1

ナミや佐伯と別行動をとった簑島は、山下に角田建設の稲垣がどんな動きをするか見張っているように頼んだ後、自分は山手線に乗り込んだ。

静寂な神居島や琵琶湖と違い、オヤジたちの楽園と呼ばれる新橋のホームを出た簑島は大都会の雑踏に溜め息が出た。

新橋のガード下から汐留《しおどめ》の方へ少し歩き、ビルの脇を入った人目のつかない路地裏に、場末と呼ぶにはピッタリの古びた居酒屋があった。

簑島は、ここの店主の寡黙な人柄に惚《ほ》れ込み、よく利用していた。

のれんをくぐり、店内に入ると無口な店主が挨拶も無く、顎で簑島に奥の個室に行くよう促した。

個室の扉を開けると、そこに奥山が待っていた。簑島が相席に座るとビールを注文し、開口一番に奥山が文句を言った。

「こんな汚ねぇとこに呼び出して、何だいったい。何かと忙しいんだぞ俺は」

「ほう、忙しいか。いいことじゃねえか。なるべく人目を避けて……と考えたらここになっちまった。まぁ、お互いの為にはその方がいいだろ」

簑島は、旧友の癖も悪態も、そして立場も理解していた。

奥山は注文したビールが来ると、一気に一杯を飲み干した。

「で、何だ用件は。まさか学生時代の昔話で盛り上がろうなんてチャラけた話でもあるまい」

奥山の惚《とぼ》けた態度に簑島は会話のギアを一段上げた。

「とぼけんな。俺が呼び出した意味がわからんお前じゃねぇだろ」

それでも奥山は惚けて答えた。

「この前、お前んとこの勝ち気な女が届けてきた資料のことか？」

佐伯の事を言っているんだと簑島は聞き流し、タバコに火をつけた。

「あれ、お前タバコやめたんじゃなかったのか？」

「ほっとけ。出世の道も諦めたんだ、タバコくらい吸ってもどうって事無いだろ」

簑島はわざと奥山にタバコの煙を吐きかけた。

「ったく、何なんだ。あのクソみたいな資料の事か？　何の役にも立たない高校生が書いたような作文レポートなんぞ居眠りしながらでも調べられる事だぞ。あれを資料と呼ぶなら、お前も随分落ちたもんだ」

さて、戦闘態勢に入るかと、大げさに首と肩を振って、ビールを一杯飲み干した簑島は更に会話のギアを上げた。

「やけに苛立ってんな。何かヤバいネタでも扱ってんのか？　で、何人殺した？」

簑島の刑事ならではの含みをもった言い回しに、奥山は一気に沸点に達した。

「いい加減にしろよ！　くだらない話をするんだったら俺は帰るぞ」

席を立とうとする奥山の胸ぐらをネクタイごと掴んだ簑島は、力任せに椅子に座らせた。

「俺は今、何人殺したか訊いてんだよ」

簑島の目は凶器に等しい鋭さを持っていた。

「な……何を言ってんだ。俺が人を殺すわけないだろ」

奥山の動揺は隠しきれなかった。

「何も、俺はお前が殺したとは言ってねぇぞ。角田建設、筆頭株主武仲幸男。知ってるよな」

簑島は本題に踏み込んだ。

「し……知らん……な。誰だそれ」

奥山の言葉に簑島はギアをトップまで上げて、襟首ごと掴むと自分の顔の前まで引き込んだ。

「手間ぁかけさすんじゃねぇよ！　全部わかってんだ！　おまえら組織が武仲を通じて角田から膨大な賄賂を受け取ってる事もよぉ！　だが俺にはそんなことどうでもいい話だ。政治や金の流れなんぞに興味はねぇ！　知ったこっちゃねぇんだよ。俺が今追ってるのは殺人事件だ！　吐けこら！」

簑島は恫喝《どうかつ》しながら奥山の首元を締め上げた。

「だ……だから……知らないって」

「まだとぼけるか？　俺は行ってきたんだよ！　神居島に。この目でしっかりと見てきたんだよ！　オマエら何考えてやがる！　何人の命を犠牲にすれば気が済むんだ！」

ギリギリと音を立ててワイシャツの襟とネクタイが奥山の首にめり込んでいく。

「く……苦しい……と……とにかくこの手を離してくれ……」

手をばたつかせて苦しむ奥山を、簑島は椅子に押し返すように離した。

咳き込みながら椅子に座った奥山は、暫く身動きがとれなかった。何とか呼吸を整えて気持ちを落ち着かせると、ゆっくりと話しだした。

「なぁ簑島、俺とお前はガキの頃からの親友だ。互いに自分の夢を追ってこの世界に入った。俺は防衛省、お前は警視庁。道は違っても唯一無二のダチだ。だからこそ言ってんだ。お前はこの件から手を引け。お前が事を荒立てれば、お前の上の連中が苦しむ事になる。そうなるとお前もタダでは済まない。わかるだろ。俺はお前のことを思って言ってるんだ。黙って俺のいう事を聞け」

何とか説得を試みようとする奥山だが、簑島の考えは揺るがなかった。

「今度は上の圧力か。くだらねぇ。だったら俺は刑事なんぞ辞めて、この事をすべて明るみに出すぞ。そうすれば、お前らが狙っている宝玉も、あの金色の物体も絶対に手に入る事はない」

簔島はいっそう奥山に凄んで見せた。

その言葉を聞いた奥山の顔が、急に歪《ゆが》みだした。

「お……お前……何でそれを……」

完全に焦りと驚愕の表情だった。

「だから。この目で見てきたと言っただろ」

「ま……まさか、それに触ったりはしてないよな……」

奥山は身を乗り出して簔島を覗き込んだ。

「触れた」

簔島のその一言で、勝敗は決した。

崩れるように座り込んだ奥山は、暫く黙り込んでしまった。

「なあ奥山。損とか得とか、そんなこと考えてたら刑事なんて割にあわない仕事をやってねぇよ。この腐りきった権威主義で傲慢な秘密好きの官僚ってのが嫌いだから出世なんて考えないでいい現場をやってんだ。そんなやつらのゲスな陰謀ってのを阻止するためにな」

簔島の言葉を聞いて、大きく溜め息をついた奥山は、両手を挙げて降参の格好を見せた。

「参ったよ。わかった。話す。だが先に言っておくぞ。俺は上の指示通りに動く駒でしかない。知っていることにも限りがある」

簔島は、黙って奥山に頷いてみせた。

「テロメアだ……」

奥山の最初の一言で、簑島は首を傾げた。

「テロ……何?」

「お前は昔からこの手の分野には弱かったからな」

奥山に馬鹿にされたような感じはしたが、確かに間違ってはいなかったので、簑島はあえて否定はしなかった。

よく聞けよ、と前置きをしてから奥山は話し出した。

「人間の老化プログラムは細胞の分裂回数を重ねることによって死滅へ向かっている。この分裂回数のカウンター的役割がテロメアなんだ。テロメアは一定の長さを持っていて細胞が分裂するとき、他の部分と同様に複製されるのだが、完全には複製しきれず、徐々にその長さが短くなっていく。そして最後に分裂しきれなくなった時、死を迎えるという仕組みだ。ならば、このテロメアが長いまま短くならなければ寿命も長いまま……という訳にはいかない。テロメア以外にも寿命に影響を与えているものがある。それが、細胞外基質というものだ。これはコラーゲンが主成分で、時間と共に老化していく。その情報が細胞膜に伝わって老化を促進させるという仕組みになっている。このテロメアと細胞外基質の不完全な部分を補って完全な形としたもの……。それが、神居島でお前が見たというニライカナイだ」

「……ニライカナイ……?」

簑島は問い返した。

「俺たちは、そう呼んでいる。沖縄で古くから伝わる、神の住む島を意味する言葉だそうだ」

簑島は、あの金色に輝く物体に触れたときに脳裏に飛び込んできた映像は、神の記憶なのか……と思った。

「お前らはそれを手に入れようとして、田島とかいう殺人鬼をあの島に送り込み、何の罪も無い島民を次々に殺害したのか」

簑島の追求に奥山は首を左右に振って答えた。

「さっきも言ったろ。俺は詳しい事はなにも知らん。その田島って奴の事も、今初めて聞いた名前だ。だいたい、そのニライカナイが島の何処にあるのかさえ未だ特定できていない。武仲という男からの情報と、偶然それに遭遇したであろう自衛官の遺体解剖の結果から導き出した結論だ」

奥山が言っていることは嘘には思えなかった。だが、疑問はまだ残った。

「じゃあ、発見もできていないニライカナイの存在を何故お前らは信じた？」

簑島の質問に奥山は科学的根拠の上でと答えた。

「ある日、沖縄で海上演習に行っていた隊員が神居島付近で行方不明になった。それが何故か琵琶湖で変死体となって発見された。お前のよく知るあの遺体だ。検死は不明とされたが、我々は独自の検査を試みた。その結果、その遺体は死んでいるにも関わらずその体の細胞は、一定のリズムで生き死にを繰り返しているのがわかった。肉体は死んでいるのに、細胞だけが生き死にを繰り返しながら遺伝子を組み換える……。普通そんなことは有り得ない。疑問に思っていた時、そこに現れたのが、武仲だ。それ以降は、お前の調べた通りだ……。我々組織は、神居島に調査に入った……だが、未だ確信を得るには至っていない……」

奥山はグラスに自分でビールを注ぐと、それを一気に飲み干した。

簑島は奥山に最後の質問をした。

「それで、お前らはそのニライカナイを手に入れて何をしようとしているんだ」

奥山は、暫く黙って何度もビールを注いでは喉に流し込んだ。

いい加減、酔いがまわった頃に奥山は重い口を開いた。

「……究極兵器だよ……」

「何だと？」

簑島は耳を疑った。

憲法で守られているこの日本に、自衛隊が究極兵器を持つ意味が理解できなかった。

「何も核兵器や戦闘機ばかりが兵器とは限らない……。どんなに優れた兵器を持ったとしても結局の所それを動かすのは人間だ。戦争だって兵隊がいなければ戦うことすらできん……。銃で殺されても、爆弾でバラバラに体がちぎれても、細胞の生成によってすぐに生き返る……。不老不死の人間こそが究極兵器だと……。狂ってるよなぁ……この国は」

急に奥山は泣き出した。

簑島は、奥山の辛い立場と心中が痛いほど理解できた。

「どこまで人間ってのは欲深いんだ……」

簑島は、自然に生き、自然に死ぬことの摂理を何で崩そうとするのか、そこに悲しみすら覚えてしまっていた。

2

「私は火の神《ヒノカン》になる！」

ナギは月明かりに照らされた琵琶湖を望む比叡山にいた。

澄んだ空気の中、耳に届くのは闇夜に木霊する夜虫の声だけだった。

「ナギがヒノカンになるには、まだまだ力が足りない」

傍らに立つシケーは、ナギに説き聞かせるように優しく言った。

「わかっている……。あの人……ネーネに会った時にしっかりと感じた。私はこの人に敵わないと……」

黙ってナギを見つめるシケーに、ナギは少しずつ言葉に力を込めて言った。

「でも、ネーネはまだ目覚めていない。私がそれまでに、もっともっと力を蓄えれば、同等……いや、それ以上になれる筈」

ナギは、自分の胸の前で拳を握りしめた。

「ナギならできるだろう。しかし、それは相当の……いや、それ以上の苦痛が伴う覚悟がいる」

優しくも厳しい口調でシケーはナギの顔を見た。

「人なんて……この地球に巣くう癌《がん》でしかない。海が、自然が、傲慢な人間どもに受けている苦痛を思うと、私はどんな痛みすら感じない。欲深い人間どもの業をもっと吸い取り、より多くの穢を生んでやる。私がヒノカンになって人間どもの際限ない願いを他の神々に伝え、その代償として穢の魂を差し出す。そのためには、もっともっと特別な力が必要……」

ナギは頭上に浮かぶ大きな月を刺すような目つきで睨みつけながら、右手の拳に力を込めた。

「焦る必要は無い。ナギの力によって、愚かな人間どもの業は次々と穢を生んでいる。今焦って心を乱せば、不完全なままナミと争う事になる」

シケーは、自分の力を増強することに焦るナギを諭した。

しかし、そんなシケーの考えを否と唱える者がいた。ナギが次々と穢を生む原動力となっているメイだった。

シケーとは同じ海の者だったが、異種同属の格下でありながら、その働きは際立っていた。メイは人間の心に取り入るのが上手く、欲に溺れて己の魂を引き換えにする者を、ナギの前に連れて来る役目を楽しんでいた。

「力が欲しければ奪えばいい」

不気味な白色の瞳に、頭頂から背中の中央まで深紅に帯びた長い髪を、霊気が漂う微風に揺らせながらナギに近づいてきた。

毒気を含んだ長く伸びた爪をナギの顔に近づけ、笑いながら囁《ささや》いた。

「奪えばいいんだよぉ……。呪われた魂を取り込み己が力に変える火焔《かえん》を纏うナギ……お前が望めば不可能なものなど無いだろう。力ずくで奪ってしまえば話は早い」

鋭い牙を見せ、ニヤリと口元を歪めたメイの死角からシケーの手が、宙を舞う羽虫を捕らえるかのような早さで、メイの赤く長い髪を鷲《わし》掴みにすると、まるで壁紙を引き剥がすかのように力一杯引っ張り、そのまま近くにあった巨木の根元まで投げ飛ばした。

水風船が潰れたかのような鈍い音と共に、メイの体が転がった。

「ナギの喉元にお前の穢れた毒爪を向けるとは……そのまま俺に殺されても文句は言えんぞ」

シケーの太い声と鋭い目がメイを威圧した。

「グゥ……そ、そうじゃねぇ……」

背中から巨木に叩きつけられたメイは痛みに顔を歪めながら、もがくように答えた。

「お……俺がナミを連れて来る……それを言いたかっただけだ。ナミは、まだ目覚めていない。今ならナギが、ナミの魂を取り込むことなど容易に出来る筈だ。ナミの持つ力を魂ごとナギの力に加えてしまえば……」

メイの話にナギがピクリと反応した。

「ネーネの魂を……今なら……」

だが、すぐにシケーが反論した。

「無謀だ。よく考えてみろ。ナミは今、神居古潭にいる筈だ。そこはナギの父、泰造の郷だ。長老のカイを中心に、あの鈍引など屈強の護衛が何人もいる。その上、ナミには伊良部がついている。強いぞ……あいつは。ただでさえ動きが鈍る結界の中、メイだけで太刀打ちできるほど甘くは無い」

シケーの言い分はもっともだったが、それでもメイは引かなかった。

「ナミが美佐世の血を受け継いでいるなら、ナギだって泰造の血を濃く受け継いでいる、神居古潭の結界に入る事など容易な筈だ。ナギには死者を甦らせ、操る力がある。ならば俺にできる限りの穢を戦闘要員として付けてくれ。結界の中でも動くことができる強い怨念を持った穢どもをな」

メイの狙いは、鈍引たちと戦うのではなく、戦闘のドサクサに紛れてナミを連れ去る事を目的としているのだと力説した。

シケーは属下のメイの性分をよく知っている。そんな高等技術を簡単にやってのける事ができるとは思わなかった。

しかし、万が一にでも、ナミを伊良部から引き離すことができたらナギの力は万全のものとなる。ナギの力をより強力なものにするには、まだ時間が必要である。その間にナミの覚醒に蓋をするか、運良く魂そのものをナギが取り込むことができれば、すべての障害は消える。

「わかった。好きにしろ」

シケーは、メイが神居古潭で暴れている間にナギと共に行かなければならない場所があった。それを遂行するための時間稼ぎとしてメイを派遣することを認めることにした。

それを聞いたナギは、ゆっくりと左手を漆黒の夜空に向かって上げると、人差し指で弧を描き出した。

ナギの片眼が赤く光ると、指先から炎の滴が滴り落ちた。一滴、また一滴と炎はナギの足元を黒く焦がし、やがてメイの立つ場所まで燃え広がっていった。

「この炎の時空を抜ければいい……穢と共に……」

メイを包み込んだ炎は、そのまま地面の中へと吸い込まれて行った。

「ヒノカン……」

ナギはそう呟くと、静寂を取り戻した夜の琵琶湖を見つめ、長い黒髪を比叡山の柔らかな風に揺らしていた。

ナミ覚醒

朝霧が立ちこめる石狩川のせせらぎと、小動物の鳴く声で目が覚めたナミは昨夜、長老から渡された上衣に袖を通した。

肌触りの良い生成りの衣装は、丈が長く襟と袖口の所に青い波状紋が施され、同じ青い色の腰紐《ひも》で結び留めるようになっていた。

明らかに鈍引たちが着るアイヌ民族の衣装とは似て非なるものであった。

着衣を整え、外に出ると既に長老のカイが鈍引や氷美たちを集めていた。

「お、目が覚めたか。その服を着ると、まるで美佐世が乗り移ったかのようだな」

カイは目を細めて微笑んだ。

「母の……」

ナミは、この服が母の残した物だと、その時初めて気がついた。

「若い頃……まだナミやナギが生まれるずっと前、父である泰造と暫くここで過ごした時期がある。その時に美佐世が着ていた物だ」

母が着ていた物……。カイにそう聞かされて、ナミの心は揺れた。

本当なら自分の中に大切に残されていなければならない家族の記憶……。それがまったく無いことが悲しく思えた。

今、脳裏を過ぎるのは、あの琵琶湖に浮かぶ島で出会った妹ナギの怒りと怨嗟《えんさ》に満ちた潤んだ瞳だけだった。思わずナミは胸の前で左手の拳を握りしめた。

「長老、準備が整いました」

氷美が白銀の髪を後ろで束ね、歯切れの良い青年のような声で報告してきた。

カイが大きく頷いた。

「今日、儀式を勤めさせて頂く主要の者を連れて来ました」

氷美がナミに自己紹介すると、順に紫水、鈍引と紹介し、更に瑠璃、鏡香、イヨも名を連ねた。

瑠璃と鏡香は双子の姉妹で、主に神居古潭の結界を管理する役目を担っており、戦闘においては救護班的な治癒の能力に長けた二人だった。小柄な体型の少女のような顔つきで、一見では見分けがつかない程、同じ髪型、同じ声をしていた。

イヨの方は、短髪で細身の体つきに長身で精悍《せいかん》な顔立ちをしていたが、一つだけ大きな特徴は盲目であることだった。

しかし、動きは誰よりも機敏で、耳に届く音と肌に感じる空気の流れを瞬時に判断し、その場の状況が感じ取れる能力の持ち主だった。

氷美たちの挨拶を済ませたナミは、カイに連れられ石狩川の側に設けられた霊場へと向かった。

荘厳な空気に包まれた霊場は、約二十メートルほどの川幅の中央に、水の流れを二分するかのように巨石が突き出しているその真横に位置する川辺に設けられていた。

神を祭った祭壇の中央を、左右に大きく開けて、向かって右側の熊の毛皮を纏った者を筆頭に男が十名、左側の鹿の毛皮を纏った者を筆頭に女が十名、全員が片膝をつき、互いが向かい合うように並んでいた。

両者が並ぶその中をカイとナミが歩き、ナミは祭壇の前で両膝をつき頭を垂れた。

カイがナミの前に立つと、全員の方へ向き直り、右手を高々と上げると霊場の中央に組まれた木組の囲いに火がくべられた。

カイは、ナミとその従者すべてに聞こえる声で語り出した。

「この世界の動物も植物も、生きとし生けるものすべて、これら自然の中に溶け込み平和に暮らすよう神が地球上に生命の種を蒔《ま》いてくれた。そこに、人間の男女も熊も鹿も生まれた。しかし、同時に鬼や魔物も生まれてしまった。平和に共存すべきこの世界で、最も不自然で最も醜い吸血鬼どもが、いつしか中心となり大量虐殺の兵器を造り上げ、自然を破壊し続けている。我らアイヌ民族も、この三百年、北はロシア、南は大和民族という魔神に侵略搾取されてきた。女は魔神の慰みものにされ、男は奴隷として酷使され、残された老人と子供は餓死や凍死をした。しかし、我らは忍従を重ね、この大地精霊に守られたこの地で、今日までその血を絶やすことなくきた。我らの願いは、自然との共存、民族の平和、これのみだ。まさに今、そのすべてを陵駕《りょうが》する程の魔神が復活しようとしている。我らは人を憎む民族にあらず。人に巣くう魔神を憎む民族である」

カイの合図で全員が立ち上がり、祭壇の方へ向き直った。

「ナミよ、心して聞きなさい。大地精霊の力を授かった母、美佐世と父、泰造はその命を賭して迫り来る死神からオトシゴの島を守ったのだ。そしてその大いなる力は我が子、二人の姉妹に託された。静と動、水と炎、月と太陽、そして生と死……。双龍が揃ってこそ、自然と生物が共存する奇跡が保たれる。美佐世から授かった力……ここで目覚めさせるのだ」

カイの言葉にナミが大きく頷いたその瞬間、霊場の中央で燃えていた火が爆発音と共に一面に飛び散った。

異常な緊迫感が霊場全員の体に走った時、炎の中から、甲高い不気味な笑い声と共にメイが現れた。

「ヒャヒャヒャ……これはこれは、皆さんお揃いで」

赤い鬣《たてがみ》を揺らしながら、目の前に伸ばした毒爪を踊らせて見せた。

「結界が崩壊する！」

瑠璃が叫ぶと同時に、氷美と紫水は戦闘態勢に入った。

「イヨ！　鏡香！」

カイの声で咄嗟《とっさ》に毛皮を脱ぎ捨てた二人はナミの前に立ち防御姿勢を取った。

ナミは何が起こったのかわからず、ただ呆然としていた。

「心配はいらない、俺もいる」

いつの間にか伊良部もナミの側にいた。

ビリビリと放電したような、小刻みな痛みを纏った空気がイヨと鏡香の頬をかすめていった。

ドン！　と結界が完全に崩壊した音が古潭に響くと、地面を炎のムチで打ち据えたような亀裂が走った。

「来るぞ！」

鈍引の声が、氷美と紫水の緊張を更に高めた。

「軟弱な結界だなぁ。これじゃあまりにも物足りない」

不敵に笑うメイを見たナミは、目を大きく見開いた。

「あ、あの時の……」

琵琶湖で会った男だ……ナミは身震いした。

遠目であっても、特徴のあるメイの姿はよくわかった。

「ナミお姉様ぁ、迎えに来ましたよぉ。我が主が感動の再会を心から望んでいるのでねぇ」

ジワリと歩み寄ろうとするメイに、背後から二人の男が跳びかかった。

メイの目が瞬時に白濁色に変わると、二人の攻撃は、あっけなく終わった。

赤く伸びた髪のその一本にすら触れること無く、鋭利に研ぎ澄まされた毒爪の餌食となった。

腹と胸を一瞬で貫かれた体は即座にどす黒く変色し、苦しむ間もなく地面に転がった。

「どうやら此処の連中は平和的話し合いってやつを嫌うらしい……。じゃぁ仕方ねぇなぁ……」

血走った目で睨みつける氷美たちを嘲笑いながら、両手を大きく広げたメイは獣のような雄叫びをあげると、大地を突き上げる地鳴りの後、地面にできた割れ目からおびただしい腐敗臭と共に何十体もの穢が這《は》い出してきた。

「てめぇ！　この神聖な場所に穢なんぞ出しやがって！」

激怒する氷美の怒号が全員に戦闘開始の合図となって伝わった。

凶徒暴動の如く襲い来る穢に、氷美と紫水が軸となって次々に白刃を突き立て、一方では何発もの猟銃を穢に浴びせかけていた。

いつしかナミの護衛にいた筈の鏡香とイヨも戦闘の乱舞の中に飛び込み、護衛は伊良部だけとなっていた。

最初は気迫で穢どもを押し返していた氷美たちも、息つく間もなく這い出てくる穢に疲れが見えはじめていた。

「ちくしょう！　キリがねぇ」

大きく肩で息をする氷美と紫水。

イヨも鈍引も徐々に動きが鈍くなっていった。次第に形勢が逆転し、あちこちで穢に襲われる古潭の人たちの悲鳴が、ナミの耳に入りだしていた。

自分を守ろうとする神居古潭の人たちが、一人また一人と殺されていく……。

目の前、ほんの数メートルの先で、穢の牙にかみ砕かれ、血しぶきを上げる人、メイの毒爪に体を貫かれて倒れる人、そのすべての人が自分を守るために血涙を流して天を仰いでいる……。

目の前で繰り広げられる惨劇に呼応するかのように、ナミの体の中で何かが大きく暴れ出した。内蔵のすべてが軋《きし》むほどの痛みに加え、今まで経験しなかった激しい頭痛が、脈を打つかのように襲ってきた。

気を失う事もできない程の激痛に、ナミはその場にうずくまってしまった。

それを見た伊良部は、防戦一方だった姿勢を一転し、攻撃に大きく転化させた。

伊良部は、着ていた上衣を脱ぎ捨てると、体全体を揺らめく妖気で包んだ。

次第に髪と眼孔が翠色《すいしょく》に変化していき、全身の筋肉が隆起しながら爬《は》虫類に見る堅固な皮鱗が広がっていった。

伊良部の完全体を阻止しようと、メイがすべての穢と共に一気に襲いかかろうとしたその刹那、凝縮された空気中のあらゆるエネルギーが一気に放出されたかのような爆音が、メイと穢どもを空中へと高く吹き飛ばした。

激しく地面に叩きつけられたメイが、苦痛の表情で顔を上げると、そこに青く巨大な炎龍が鎌首をもたげていた。

意識を失っているかのような虚ろな目をしたナミがユラリと左手を天にかざすと、炎龍の口から青い炎の玉が無数の弾丸のように発射され、すべての穢に浴びせかけられた。

次々と浄化され、蒸気となって消えて行く穢の隙間を縫うように、メイは破壊された結界の外へと逃げ出していた。

気が付くと、毒爪を持っていた片腕は既に青い炎龍に吹き飛ばされたのか、肘から下を失ってしまっていた。

ナギと同様に、半ば強引に覚醒させられたナミが受けた体の負担も相当なものだった。

崩れ落ちるように倒れ込んだナミは、伊良部によって長老の家に運び込まれていた。

「す……すみません……意識はあるんですが……全身がマヒしているみたいで……指先ひとつ

動かせなくて……」

寝かせられて、上を向いたままナミは涙を流した。

「気にしなくていい……。明日には動けるようになるだろう。今は、休むことだ」

伊良部は優しくナミに答えた。

多くの犠牲者を出した霊場では、鏡香と瑠璃が負傷者の治療に走り回っていた。

「死者は、このワシが祖先たちのいる神々の国に無事送り届けなければならない」

カイには神居古潭の長老としての務めがあった。霊場の中央で火を焚《た》き、死者たちに人間に最も近い神である火《アペ》の神の案内に従って、祖先が待つ神の国に行くよう言い聞かせるのである。天にいる祖先にも、この霊たちを快く迎えるよう頼むのである。

現場では生々しい遺体を前に、魂を天に送る神送りの儀式の準備に入っていた。

怪我人が瑠璃たちの治療を受けている現場では、氷美の容赦ない檄《げき》が飛んでいた。

「護衛が現場を離れるから、こんなことになるんだ！」

氷美に怒られている主はイヨだった。

「す……すみません」

鏡香の治療を受けながら、イヨは氷美に謝っていた。

「いいか、護衛ってのは何があっても守るべき人から離れたらダメなんだ。いざって時は、てめぇの命を盾にしてでも絶対守るのが任務だ。それをほったらかして戦闘に加わるからこんなつまらねぇ怪我すんだよ！　鏡香！　お前もだ！　たまたま無傷で助かったからいいようなものの、救護班が率先して戦闘に加わってどうすんだ！」

ショボンと項垂れる二人に、氷美の説教が続く中、普段は無口の紫水が口を開いた。

「そうガミガミ言わなくてもいいだろ。もうそのへんで勘弁してやれよ。こいつらだって実戦は初めてだったんだし、立派に戦ってたんだからさ。それにあの数の穢だ。こいつらの援護も無かったら、私たちだってどうなってたかわからないし」

紫水の言葉で、ようやく氷美は矛を収めた形となった。

「反省しろよ！」

最後に一言だけ残して氷美は帰って行った。

「まぁ、口は悪いがあいつが一番反省している筈だ。私も含め、今回の戦闘は不甲斐《ふがい》なかったからな。次からは、しっかり頼む。また近々、必ず同じような戦闘になる。親玉を逃がしてしまったからな」

紫水は、ポンとイヨの肩を叩いて去って行った。

夕闇が迫る石狩川の辺で、カイの神送りの祝詞が始まっていた。

ナギの目的

1

ほんの少し、自分では疲れた目を休ませる程度の僅かな時間……そう数分にも満たない少しの時間だった……。

淀川の研究室で、採血から始まり一通りの診察を終えた絵里子と、明日の朝は一緒に東京に帰る予定だった。

佐伯は、絵里子に映画の撮影の時どんな事故が起きたのか、どうやってナギの事を知ったのか、そして保護されたあの島で何があったのか、そしてメモにあった「死者を甦らせる炎」とはどういう意味なのか。一つ一つゆっくりと時間をかけて質問したが、絵里子の瞳は虚空を見たまま、口は固く閉ざされ何も話してはくれなかった。

検査の結果、絵里子は妊娠していることがわかったため、精神的負担も考慮して質問は東京に帰ってからということにして、淀川と佐伯が交代で今夜は保護する事にした。

何があるかわからないので、目を離さないようにと白いパイプベッドに眠る絵里子の横で椅子に座って見守っていたのだが、連日の疲れもあって、一瞬だけ佐伯は居眠りをしてしまった。

ハッと我に返り目を覚ました時には、すぐそこで寝ている筈の絵里子の姿が消えてしまっていた。

慌てて腕時計を見た佐伯は、自分が居眠りをしたのは数分もない事を確認して部屋のドアを開けた。

事務室で寝ていた淀川を起こすと、研究室の廊下と部屋を片っ端から探したが、結局、絵里子は見つからなかった。

研究室の外に出るにはセキュリティーを通過しなければならず、パスの無い絵里子が容易に通過できるとは思えなかった。とは言え何処を探しても絵里子の姿は見当たらず、完全に自分の失態だと、佐伯は血が滲む程唇を噛み締めた。

「参ったな……」

淀川は、呟きながら研究室の窓を開けて、夜空を見上げた。

青白く光る一際大きな月を何気なく見ていた淀川は、突然何かに気づいたかのように目を見開くと、佐伯を連れて事務室に急いだ。

「ど……どうしたんですか？」

佐伯が聞いても、淀川は何かブツブツと独り言を吐きながら大股で歩いていた。

事務所に入ると、淀川はすぐに自分のパソコンの電源を入れた。いくつかのファイルを開いて、何を探しているのかと思って見ていた佐伯に、突然大声で叫んだ。

「あった！　やっぱりこれだ。あったぞ！」

淀川が何を言いたいのかわからない佐伯は、言われるがままパソコンの画面を覗き込んだ。

それは以前、淀川が検死したあの全身が鱗の遺体写真を記録したファイルだった。

「……あの、これが何か……」

佐伯は淀川の意図する意味がわからなかった。

「見せたいのはこの写真じゃない。ここだ」

淀川はマウスを動かし、佐伯に見せたい場所をポインターで示した。

そこには「遺体が消えた」と記してあった。

「あの日、俺は検死が終わったこの遺体を霊安室に入れた後、報告書をまとめるためにここで事務作業をしていたんだ。しばらくしてから、霊安室の鍵を閉めたかどうか、ふと気になって確認に戻ったんだ。すると、誰もいなかった筈の霊安室のドアがあいていたから、てっきり自分が閉め忘れたと思ってな……。もう一度、中を確認してからと、覗いてみたら……さっきまであった遺体が忽然《こつぜん》と消えていた。俺は慌てたよ。誰かが勝手に持ち出したと思ったんだ。しかし、すぐにそうでない事に気がついた」

佐伯は淀川の話を、眉を寄せて聞いていた。

「そうで……ない……とは？」

「あぁ、相手は遺体だぞ。人間一人ではとても持ち出せん重さだ。最低でも二人以上は必要だ。いくらボーッとしてても、この事務室の前を通れば誰だって気が付く。それに、これはその後で撮った写真だが……」

淀川が見せた写真は、霊安室から出口に向かって撮影されていた。

「よく見てみろ。足跡のようなものが写っているだろ。しかも一人だ」

確かに裸足で歩いた跡のようなものが写り込んでいた。

「い……遺体が自分で歩いて出て行った……と？」

佐伯は声を震わせた。

「それしか考えられん」

淀川は自信に満ちた顔で言いきった。

「そ……そんな馬鹿な。ホラー映画みたいじゃないですか」

それでも否定する佐伯に、淀川は畳み掛けるように言った。

「そもそも、この遺体そのものが普通じゃないだろ。それに君が彼女を保護したという島で見た巫女らしき女と男はどうだ？　人が自在に何も無い所から炎を操ることができるものか？　牙をもつ男とか……。もうここでは常識なんてものは存在しない」

淀川の意見に、佐伯は何も反論できなかった。

「あの日、俺はこの足跡を追って外に出た。その時見上げた空に、今日と同じ月が出ていた。大きさも形も位置までまったく同じ月がな。彼女が消えた事と遺体が消えた事が同じ理由によるものかは断言はできない。が、しかし何らかの関係があるのかもしれない」

佐伯は、淀川の説明を聞いた上でも、まだ消えた遺体と絵里子との共通点がわからなかった。佐伯は、絵里子が消えた淀川の仮説を、肯定することができないまま、朝まで走り回ったが、ついに発見することはできなかった。

やはりもう一度あの島に渡ってみるしかないか……と考えていた。

早朝の比叡山から吹き下ろされた空気が、透き通った湖面で冷やされ、心地よい風となって佐伯の長い髪を揺らしていた。

これからどうするか……思案を巡らせていた佐伯に淀川から、携帯に呼び出しの連絡が入った。とりあえず言われるがまま、研究室に戻ると、そこには、淀川の隣で茶をすする一人の僧侶の姿があった。

「おお、戻ったか。紹介しよう、こいつは学生の頃からの親友で、坊主で変わり者の貫真《かんしん》というやつだ」

「変わり者はよけいだなぁ」

ガハハと豪快に笑いながら、椅子から立ち上がると、合掌して佐伯に挨拶をした。

「あ、どうも……」

佐伯もつられるように会釈を返した。

「いや、変わり者と言ったのは、こいつは坊主だけの仕事に飽き足らず、考古学や民俗学もやってな、細かいことをチマチマ調べては、あちこちの大学で講義をしたりしている。繊細な仕事の割に、見ての通りごつい体型の上に性格も豪快だ。坊主なんぞより機動隊にでも入った方が似合ってるやつだ」

確かに、貫真は細身の佐伯の軽く倍はありそうな巨漢で笑い声も豪快だった。

「こいつが急に電話してきて、常識では考えられん事件に出くわし、お嬢さんが困っているから助けてくれといわれましてな」

貫真の言葉に、佐伯はどう対処していいか困惑した。

「お、お嬢さん……て。あ……あの、淀川さん、事件に関与していない方に、勝手に話してもらっては困ります！」

強く睨みつける佐伯に淀川は、まあまあと両手を前に振ってみせた。

「お嬢さんが会おうとしている人たちは、多分もうあの島にはおりませんぞ」

心の底を見透かされたかのように、佐伯は驚きの表情で貫真に向き直った。

「な……なんでそれを……あ、それと私、お嬢さんではなくて佐伯と申します！」

やはり困惑以外のなにものでもなかった。

貫真は、佐伯の気の強さにガハハと笑い飛ばし、失礼と一言で済ませた。

「それより、私が会おうと思っている人がいない……とは?」

佐伯は、貫真に質問した。

「お嬢……あ、失礼。佐伯さんが会おうと思っていたのは、赤い髪の男と巫女の格好をした女……じゃないですか?」

「は、はい」

やはり、と貫真は頷き、話を続けた。

「ワシが明け方、叡山を通り瑠璃堂の近くに差しかかった頃、炎を纏ったかのような赤い髪の男と、深く暗い悲しみを秘めた瞳をした、巫女のような美しい女にすれ違った。その二人はワシと反対方向へ歩いて行ったので……。今頃は山の反対、京都に入ったと思われますな」

佐伯から視線を外し、貫真は京都に向かって手を合わせた。

「た……確かに、その人たちとも会って話がしたいと思ってましたが、今私が探しているのは別の人で……」

佐伯の話を遮るように、貫真は小さく首を左右に振った。

「その方も、もうここには……いや、この世にはと言った方が正しいかと……」

貫真の哀れむような目に、佐伯は急に腰から力が抜けたように、ソファーに座り込んだ。

「そんな……何で……」

佐伯はガックリと項垂れてしまった。

「その方が佐伯さんの前から消えたのは、きっと自分の意思……。大事な人の所へ行ったのだろう。それがその方にとって一番望んだ事だった……」

貫真の話を聞いた佐伯は、暫くそのまま動けなかった。

たとえそれが自分の意思であったにせよ、彼女が何かに助けを求めているのは確かだった。

そう思うと、自分の力の無さと自責の念にまた苛まれてしまいそうだった。

どんどん沈んで行きそうな気持ちに喝を入れるかのように、急に立ち上がった佐伯は、いきなり自分の頬をビンタした。

「ダメだ！」

そう言うとすぐに佐伯は行方不明者の捜索協力を県警に依頼し、重要参考人としてナギたちを追うことに決めた。

「貫真さん、彼女たちが立ち寄りそうな所は予想できますか？」

佐伯の問いに、淀川が気をきかせて京都の地図をテーブルの上に広げた。

三人は地図を覗き込みながら、予想範囲を絞った。

「ワシがすれ違った位置から、まっすぐ山を抜けたとしたら……化野《あだしの》あたりか……」

貫真が、急に険しい顔になった。

「化野……ですか……」

土地勘の無い佐伯は、そこがどんな所かを訊いた。

「化野は北の蓮台野《れんだいや》、東の鳥辺野《とりべの》と並ぶ平安京における三大葬送地の一つだ」

淀川は、意味もわからずポカンとした顔をしていたが、佐伯は初めてナギと会った時のことを思い出していた。

「確か、消えた絵里子さんには死地への契約がどうとか言ってました。それに、あのナギという女も、次に会うときは冥界で会おう……とか……」

佐伯がそう言うと、貫真は目を閉じて腕組みをして考えた。

「化野念仏寺は、この世における無常を凝縮したような場所……。生命の儚《はかな》さを痛感させられると言っても過言では無い。寺の起源は弘法大師《こうぼうだいし》が平安時代の初期に建てた如来寺とされている。当時は遺体を野ざらしにする風葬が主流で、多くの屍《しかばね》が悲惨な姿で転がっているのを見た大師が、風葬から土葬に変え供養を始めたんだ。ここの石仏や石塔に宿るのは理不尽な死を遂げた人たちの魂……。平安京内で起こった大火事や応仁の乱などの戦火が人々を襲い、その迫害を受けた幾千もの無縁物が怨霊となり呪いの魂を漂わせている」

貫真は話し終わると静かに合掌し、黙祷《もくとう》を捧《ささ》げた。

佐伯は貫真の話を聞きながら、一つの仮説を立てた。

「もしかしたら……。あの、凄く現実離れした考えですが、あのナギという女と赤髪の男は何らかの目的で呪いの魂を集めている……。って、ことはない……か。でも確か、ここで戦っても目的は達せない、滅びの連鎖は始まったと言ってたし……」

佐伯は自分で仮説を立てておきながら、断片的すぎて纏まりがつかなかった。

「怨霊……」

貫真は、太く掠《かす》れた声で呟いた。

「もし、その話が本当で、あの者たちが化野に向かったとすれば、それで終わるとは思えないですな」

「……と、何故ですか？」

佐伯は貫真に訊いた。

「化野の怨霊は幾千もの無縁仏の集合体。もしワシが怨霊の魂を求めるなら、より強力で巨大な怨霊を手に入れようとするだろう。無縁仏の呪いなど軽く陵駕する程の最強の怨霊を……」

佐伯は貫真の話を聞くと、いてても立ってもいられなくなっていた。

あの島で言っていた会話の意味、絵里子の行方、そして目的……。何としても、ナギと赤髪の男に会って聞き出したい衝動に苛立ちすら感じていた。

「貫真さん、その強力な怨霊がいる場所って……」

佐伯の質問に貫真は、頭を振った。

「わからない……」

その一言で、済まされた。

長い沈黙の時間が流れ、張り詰めた空気と身の置き場に困った淀川は、内線で事務員を呼んだ。すぐに部屋にきた事務員に、淀川は財布から一万円札を出した。

「あ、君。大きいのしか無くて悪いが、これで皆さんにアイスコーヒーでも買ってきてくれないか」

と、頼んだ。

佐伯が起立して、淀川と事務員に礼を言ったとき、貫真が急に大きな声を出した。

「あっ！　わかった！」

淀川と佐伯は、その声に驚いて固まってしまった。

「わかった！　わかりましたぞ、佐伯さん。彼らが向かうであろう先が！」

いつもどっしり構えて、感情など表に出さないであろうと思われる僧侶としての品格など
まったく感じさせない程の表情で、笑いながら貫真は佐伯に言った。

「ほ、本当ですか！」

つられて佐伯も声を張ってしまった。

場所が特定できたなら、すぐ動く。刑事としての鉄則である。

机の上にあった淀川の車のキーを勝手にもぎ取ると、佐伯は貫真の腕を引っ張った。

「こうなったら、とことんつきあってもらいます！」

淀川が頼んだアイスコーヒーは、結局事務員たちが飲むこととなってしまった。

2

簑島が山下と待ち合わせしたのは、地下鉄都営大江戸線、麻布十番駅の改札口だった。

山下から指定された場所に時間通り到着した簑島は、昨夜の奥山との深酒でまだアルコールが抜け切れていなかった。

簑島が奥山から聞くことができた情報は、単独で捜査できる範囲の領域を遙《はる》かに超えていたが、とにかく動くしかないと判断した簑島は、事件の鍵を握っているであろうと思われる武仲に接触する必要があると判断した。

「おはようございます」

時間通り簑島との待ち合わせにやってきた山下は、缶コーヒーを片手に挨拶をした。

「申し訳ないね、わざわざ来てもらって」

簑島は開口一番、山下に頭を下げた。

「いいですよ別に。家にいても暇なだけですし、余計なことばかり考えてしまいますから……。それに僕も本当の事が知りたいですし。あ、これです。武仲会社は……」

簑島は山下から武仲が経営する会社の住所と電話番号を書いたメモを受け取った。

「詳しい会社情報については、後輩の芝原に資料を集めさせています」

山下は、簑島と歩きながら武仲の会社と角田建設との関係を、自分のわかっている範囲で話した。

麻布十番の交差点から二ノ橋に向かい一つ目の信号を右折してすぐの所に武仲が経営する企業コンサルタント会社、ティーケーコーポレーションがあった。テナントビルの最上階で、ワンフロアすべてが武仲が所有する事務所であった。

簑島と山下はエントランスを通り、エレベーターに乗り込んだ。

ドアが開くと、すぐ目の前に受付カウンターが設けられていた。

緊張する山下を横目に、簑島は躊躇《ちゅうちょ》すること無く受付の呼び出しベルを押した。

暫く待つと、奥から白いタイトスカートで派手目の化粧をしたスタイルのいい女性が対応に現れた。

冷たい目つきのする女性は、微笑ひとつ浮かべることなく、ロボットのようにカウンターで軽く一礼をした。

「いらっしゃいませ。どのようなご用件でしょうか?」

歯切れの良い、聞きやすい声だった。

「警視庁の簑島といいます。こちらの代表でいらっしゃる武仲さんに少々お伺いしたい事がありまして……」

簑島は警察バッジと身分証を示して、武仲との面会を申し入れたが、受付の女性は眉一つ動かさず、冷たい表情のまま対応した。

「アポイントは頂いておりますでしょうか」

「いえ、事前のご連絡はしておりません」

「武仲との面談において、何か確認できる書類とかお持ちでしょうか」

「いえ、そのような物は持参しておりません。あくまでも任意ですから」

そこまで聞くと女性は小さく溜め息をついて答えた。

「あいにく武仲は只今、出張中でございます。来週までこちらには戻って参りません。簑島様がご来社された旨は私が責任を持って武仲に申し送りますので、本日の所は誠にご足労ではございましたが、お引き取り下さいませ」

女性はそう言うと軽く頭を下げ、受付を離れようとした。

「あの……」

すぐに簑島は、女性を呼び止めた。

「まだ何か?」

女性は冷たい表情のまま振り返って答えた。

「あの、武仲さんはどちらにご出張でしょうか」

簑島の問いに女性はここで初めて微笑を浮かべて答えた。

「アポイントの無いお客様に、そこまでお答えする指示は受けておりませんので……。失礼致します」

女性は再度一礼すると、事務所の奥へと戻って行った。

「水戸黄門の印籠のように、何にでも効力があると思っていた警察バッジも、まったく効き目がなかったですね。みごとに振られたようで……」

首を傾げて腕組みをしたまま、山下は簑島に嫌味を言った。

「令状が無ければ、単なる身分証にすぎないからな。参ったね……」

簑島は、ダメ元と思って来てはみたものの、武仲との面談はおろか、受付さえ通過できずいとも簡単に門前払いをされるとは、我ながら情けなかった。

頭を掻きつつエレベーターのボタンを押した簑島は、ふと何か冷たい視線を感じて身を捩《ねじ》るように振り返ると、そこに先程の女性が立っていた。自分たちが素直に帰るかを確認に来たのか、それとも何か言いたい事でもあったのか、真意まではわからないが女性の独特な瞳を記憶の片隅に残して簑島と山下は、帰りのエレベーターに乗った。

まるで鉄壁な要塞に弾き返されたような気分でビルの外に出た二人は、無言のまま駅へと向かっていた。

そろそろ駅に着くかという頃、山下の携帯が鳴った。

「おう、芝原か。どうした？」

「先輩、ついに稲垣本部長が動きましたよ」

山下の表情が険しくなった。

「詳細を教えてくれ」

「明後日の飛行機で沖縄に行くようです。同行者は武仲とその秘書、天辰優子《あまたつゆうこ》という女性、それに加納順子の名前も入ってました。総務部が飛行機の手配をしたって言ってましたから間違いないかと……」

芝原は、沖縄の宿泊先まで調べて山下に報告した。

山下は、天辰という武仲の秘書は、もしかしたらさっき受付で対応に出た、冷たい目をした女じゃないかと思った。

「芝原、すまんがその天辰って女の事を調べられるか？」

山下は、直感でその女が稲垣と武仲を結ぶ大きな役割を担っているような気がした。

「わかりました。できるだけ早く調べますけど、明後日までに報告できるかは……」

芝原は自信なさげに答えた。

「できる限りでいい。武仲にバレないよう慎重にたのむ。ありがとう」

電話を切った山下は、簑島に芝原との会話の内容を話した。

一方、簑島の方も佐伯と連絡を取り、昨夜絵里子が失踪し、それに関与している可能性がある者の捜査に入ったという旨の報告を受けたところだった。

何かが急速に動き出したような展開に、簑島の頭の中はフル回転した。

「とにかく、沖縄に飛ぶしかないな」

簑島と目を合わせた山下は、いよいよ真実が解き明かされる決戦の日が近づいて来ていると心の中で感じていた。

法隆寺

「こんなんじゃ……全然足りない……」

真夜中の化野念仏寺にナギの悲壮な声が響いていた。

無念仏の石塔が無数に並ぶ中央で、ナギが両手を広げ、そこに漂う怨念の魂を自身の体に取り込んでいた。地の底から湧き上がる亡者の魂は、呪いの言霊と共にナギが纏う炎の中に、苦《く》悶《もん》の唸《うな》り声を上げながら入っていく。

しかし、すべての魂を取り入れてもナギの表情は沈んだままだった。

「ナギ……」

シケーは、己の体力も顧みず怨念の魂を大量に取り込むナギの体と精神を心配した。

「ナギ、少し休め。このままだと体力が尽きる前に精神が崩壊する。許容量を超えているぞ」

諫《いさ》めるシケーにナギは聞く耳を持たなかった。

「こんな程度の呪いじゃ、いくら集めてもすぐに浄化されてしまう。もっともっと強力な穢が……呪いの魂が必要……」

ナギは妖艶な炎を纏ったまま、ふらふらと化野念仏寺を後にした。

翌朝、昇る太陽に照らされて、法隆寺に続く白い砂利道が赤く染められていた。

ナギは深紅の琉球袴に着替え、決死の覚悟をした瞳で一歩ずつ踏みしめるように石段を上がり、まるで侵入者を拒むかのように建てられた法隆寺の中門の前に進んだ。

暫くその中門の前で立ち止まっていたナギがゆっくりと瞳を閉じ、右手を中門にかざすと、柱の中央が時空の歪みによって、逆渦を巻きながら黒い口を開けた。

シケーが見守る中、ナギは躊躇することなく、その歪みの中へと一人で侵入して行った。

中門の音も光も無い空間を抜けると、いきなり怨霊どもの、うめき声が至る所から聞こえてきた。ナギの見上げた先は、天地のすべてを血の色で塗り潰した空気が漂っていた。

目の前に横たわる無数の死体は皆、苦悶の表情を浮かべた鎧《よろい》武者の骸だった。

崩れた土壁には、おびただしい血しぶきの痕が何処までも続いていた。

黒く焼け焦げた死体に、突き刺さったままの弓矢、折れた刀などが戦の惨事を訴えかけていた。

千年以上の時を逆行し、血の一滴から細胞の原質まで怨念のすべてが凝縮された斑鳩宮《いかるがのみや》の故地をナギは鋭い眼差しのまま、ただ一点だけを見つめて、静かに、そして迷うことなく進んだ。

ナギの足が、朽ちた伽藍《がらん》回廊を一歩進むごとに彷徨う武者の怨霊が、一つまた一つとナギの体内に吸い込まれていく。

鬼神の如く、呪怨渦巻く冥道を前へと歩んだ先に、強力な怨霊が封じられている墓碑とも見える、八角円堂が現れた。

ナギは、その前でようやく足を止めた。

斑鳩宮が、蘇我入鹿《そがのいるか》によって焼き討ちにされてから百年の後、その最大の被害者であった一族の霊を鎮めるために荒廃した跡地に、その長を記念すると称して行信僧都によって創建され、御霊を木造観世音菩薩立像《ぼさつりゆうぞう》に泰安した。しかし、一族の滅亡へと追いやられた怨念は、木造の観世音菩薩像などに封印された程度では静まる筈も無く、その呪いの念は千年以上もの間、深い闇の中で燃え続けていた。怨信平等の主として祟《あが》められ、厨子《ずし》の扉の中で永遠の闇に沈められた大怨霊。

それは、蘇我入鹿によって自決に追い込まれた山背大兄王《やましろのおおえのおう》の父、厩戸皇子《うまやどのおうじ》……聖徳太子である。

ナギは、ゆっくりと両の手のひらを天に向け深い息を吐いた。

ナギはその伽藍中央に立ち、八角仏殿の扉に向かって叫んだ。

かつては上宮王院と呼ばれた夢殿。

「上宮大院に封じられし太子の御霊よ、千三百年の時を超え、その行き場の無い怨念を一族もろとも仇怨《きゆうえん》の炎となりて我が龍玉と融合せよ！」

地の底から突き上げるような地鳴りと共に赤く染まった空に蠢く魂が、夢殿の扉へと次々に入って行った。地鳴りはやがて亡者のうめき声と変わり、夢殿全体を包み込むと、ついに重い扉が軋むような音をたててゆっくりと開き始めた。

妖艶な笑みを浮かべたナギは、招かれた夢殿の中へと足を踏み入れた。

さっきまで覆い被さるように響き渡っていた怨嗟の声がピタリと止み、夢殿の中は不気味な静けさが広がっていた。

気が付くとナギは、千三百年前の法隆寺の静寂な佇まいの中に身を置いていた。

小鳥がさえずり、空は青く澄み渡り、桜の花びらが穏やかな風に舞う斑鳩宮がそこにあった。

幻影とは思えないくらいの異空間に招かれたナギは、春を感じさせる微風に長い黒髪を漂わせ、栄華を極めた斑鳩の宮居へと歩を進めた。

多くの花々が咲き乱れる沿道を抜けると、宮居で静かに瞑想《めいそう》に耽《ふけ》る男が目に入った。

「厩戸皇子……か」

ナギは呟くように問いかけた。

男は瞑想を解くと、安座のままナギの方へ向き直った。

「世は虚仮、ただ仏のみ是れ真……そう言い残した……。だが、誰が一族滅亡断絶すると覚えよう……。人の世は魔界なり……。我が久世観音に刺さりし楔《くさび》……。解いたはわれか……」

太子の顔が苦悶に歪む。

ナギはそれを冷ややかな目で見つめ問い返した。

「怨敵、蘇我に裏切られ、愛息から女や子供に至るまで、憤怒の血しぶきを撒《ま》き散らし塵芥《ちりあくた》のごとく一掃された恨みの霊力……千年以上も蓄えしその呪い、今更道理を説く由があるか……」

ナギの言葉に太子の口元が歪む。

「世など……すべて滅してあまりある。是非など無い」

そう言い放つと、突然天井から大量に滴り落ちてきたドス黒い血が、太子の額から胸元までを紙細工のように真っ二つに引き裂き、中からもう一人の太子が、全身を地獄の業火に焼き爛れた皮膚の姿で這い出てきた。

……この怨霊と融合する……いや、丸ごと取り込んでやる。

ナギの血が滾った。じわりと手のひらが汗ばむ。恐怖心も迷いもすべて灰にする炎龍が体内で鎌首をもたげ出していた。

目の前の太子は呪いの黒い炎を吐き、野獣のようなうめき声をあげていた。

いつしか宮居は獣臭が漂い、腐敗した肉塊と血溜まりが広がっていた。

爛《ただ》れた太子の体から、膿《うみ》のような血が飛び散り、呪いの黒炎が引火する。床からは亡者どもの足掻《あが》く手が空を掻きむしる……。

「これ程までの呪いとは……」

ナギの心が躍動した。狂喜の汗が胸元に伝うのを感じていた。

両手を広げたナギが、瞳を閉じ感覚を集中させる。体内の炎龍が脊髄を通り上り詰めてくる……。全身の血を沸騰させ、ギシギシと砕け散らんばかりに歯を食いしばったナギは、その右手に大炎の鎌首をもたげた紅蓮の龍を召喚した。

ナギの右手から飛び出した炎龍は、足元からグルリとナギの体を包み込んだ。

一秒、二秒、三秒……。ナギは更に固く瞳を閉じ、歯を食いしばって力を溜める。

呪いの黒炎は、太子を中心に渦を巻きながら広がって行く。もはや美風そよぐ斑鳩宮は原形をとどめていなかった。怨恨の腐肉と化した宮居は亡者の叫喚が響き渡り、黒炎の渦は巨大な肉塊となってナギに襲いかかろうと迫って来る。

ナギは目を固く閉じ、力を溜めながら念じた。

「死者の意識に現れ、人間の世界に生まれる憤怒の姿を模する者、大地に生まれ海に死に、六道界を巡る餓鬼の魂、破壊の波動我が赤きカルマの泥中で仇怨の焔《ほのお》を放つがいい！」

ナギが瞳をカッと見開いた時、右の眼球が真紅に輝くと、溜めていたナギの力が一気に放出され、巨大化した炎龍が猛烈な火炎を吐いた。

……時が止まった……

それまで蠢いていた太子の黒炎も、巨大な肉塊も、亡者もろとも斑鳩宮ごとナギの炎に飲み込まれてしまった。

すべてが消えて、何もなくなった空間を浮遊するように、ふわふわとナギは夢殿の外に出た。

石段を数歩進んだ所で突然、体が重力を戻すと足元の玉砂利がカチャリと鳴った。

その瞬間、ナギの背後で斑鳩宮のすべてが轟音をたてて大爆発した。

地獄の呪いそのものだった世界を飲み込んだナギは、真一文字に爆発して消えて行く斑鳩宮を背中で感じながら、法隆寺の中門の時空を再びくぐった。

シケーが待つ、法隆寺の門前に現れたナギは、そのままバタリと倒れ込んでしまった。

ナギは慌てて抱き上げたシケーに、微笑を浮かべてみせた。

「ちょっと……頑張り過ぎたみたい……」

そう言うと、ナギは気を失ってしまった。

貫真の直感で、法隆寺に向かっていた佐伯たちが到着した時には、ナギの目的が果たされた後だった。

体力を使いきったナギを抱き上げて、法隆寺の石段を降りてくるシケーに出くわした佐伯と貫真だったが、その鋭い眼光に威圧され、金縛りに遭ったかのようにその場から一歩も近づくことができなかった。

「もう遅い……呪いの魂は解かれ、滅びの連鎖は始まった。ナミに伝えよ。雌雄を決する時が来た、止めたくば首里に来いと……」

シケーは佐伯にそう言い残し、ナギを抱きかかえたまま蝉時雨《せみしぐれ》の中へと姿を消した。

残された佐伯が簑島と連絡を取っている中、貫真は法隆寺の正門に向かって合掌し、経を唱えていた。

「遅かったようですな」

貫真は佐伯に溜め息交じりに言った。

「でも、どうして彼らがここに来ると?」

佐伯は貫真の直感が当たったことに驚いていた。

「この日本において、呪いが渦巻くとされている地はいくつかあるが、以外とあまり知られていない、それでいて強烈な呪い……いや、怨霊が眠る場所というのがここ法隆寺なんじゃよ。ここ以外の有名な怨霊……例えば菅原道真《すがわらのみちざね》や平将門などは強力とはされているが、しかしそれらはすべて神格化し、解脱されている。だが、ここは霊廟《れいびょう》だ……祭られているのは神でも仏でも無く聖徳太子そのものだからな……」

貫真は法隆寺の西門から夢殿に向かって、ゆっくりと歩きながら話をした。

「でも……なぜ聖徳太子が呪い人なんですか?」

佐伯は疑問に思った。

「皇極二年、西暦６４３年の十一月、聖徳太子の子供である山背大兄王と孫たちが斑鳩寺……この法隆寺の五重塔の中で蘇我氏に攻められ全員が自決した。結果、聖徳太子の一族はすべて滅んだこととなる。そして、天智《ち》八年、西暦の６６９年に火災でここは全焼してしまうのだが、その罪人である蘇我氏を暗殺した藤原氏の中には、常に太子一族に対する罪悪感がわだかまり続けていて、その思いがいつしか太子一族の霊を鎮めるために、寺を再建しようという形となって現れた……。しかし天平十年、西暦７３８年の完成間近に、奇しくも藤原不比等の四人の息子が相次いで原因不明の死を迎えるといった事態が起きた。太子の呪いは現実のものとなって藤原氏に降りかかった……。そんな中完成した夢殿の扉は、その後千年もの間、固く閉ざされて開くことは無かった」

佐伯は、貫真の話を聞きながら、幽玄と建つ法隆寺を見上げていた。

封印すべき怨者を失った夢殿は、大きく西に傾いた太陽に照らされ、不気味なまでに赤く染まろうとしていた。

最終章

古潭の女

1

「ナギを止めたくば首里に来い……」

シケーの残した言葉は、佐伯から簑島へ、簑島から伊良部へと伝わり、即日にナミの耳へと届いていた。

ナギと同様に、極致の精神状態に陥った事がきっかけとなり、ナミの体に眠る青き炎龍が覚醒した。眠りから目覚めた炎龍は、寝起きの悪い子供のように暴れ回り、ナミが制御できるようになるまで、何度も繰り返し訓練する必要があった。

その間、訓練に協力する神居古潭の面々は負傷するものが相次いだ。

「ドン！」

川底から高さ数メートルの水柱が上がると、空からボタボタと蛙《かえる》が落ちるように、数人の男が降ってきた。

「グゥッ！」

地面に叩きつけられた男たちは、一様に苦悶の表情でもんどり打って倒れた。

「ご、ごめんなさい……」

ナミが倒れた男たちに駆け寄ろうとすると、鈍引の怒声が飛んだ。

「気を抜くな！　次が来るぞ！」

その声に振り向くと、瑠璃と鏡香が挟み込むよう左右から印を結び、ナミを小結界の中に閉じ込めた。動きを封じられ、もがくナミの正面で、氷美と紫水が木刀を構えて襲いかかろうとしていた。

戦国時代の忍者さながらの迫力ある訓練が繰り広げられ、徐々にナミはその力を自分のものにしつつあった。

「紫水！　後ろに回れ、一気に仕留めるぞ！」

氷美の指示で紫水はナミの背後に回ると、これでナミは前後左右、すべてを挟まれ身動きが取れない状態になった。

「行くぞ！」

氷美の号令一下、四人が一斉にナミの跳びかかった。

瞬時に、ナミの左目が青く光ると紫電一閃《しでんいっせん》、落雷の衝撃が氷美たち四人の武器を弾き飛ばした。

「ガッ！」

飛び散った武器とは反対側に飛ばされた氷美らに、頭上から青い炎に包まれた砲弾が、雨のように降り注がれた。

必死に砲弾をかわす氷美らの中で、鏡香が足元の石につまずき身を投げ出してしまった。

「きゃぁぁ！」

鏡香の悲鳴が降り注ぐ炎に向けられた時、ナミの放った青龍の牙が、鏡香の目前ギリギリの所で噛み砕いた。

ナミの攻防が同時に発せられた、訓練の成果だった。

ナミは、自分の力を最大限にまで引き上げたため、ぐったりと岩場に腰をかけた。

「長老、今日はこの辺で……」

じっと訓練を見守っていた伊良部が、カイに申し出た。

「うむ……」

カイも大きく頷きそれに応じた。

「大丈夫……まだ力の加減がわからないだけ……私はまだできる。それに時間が無い……」

ナミは訓練の続行をカイに言ったが、カイの方も続けようにも主戦力を含めた、ほぼ全員が巨大なナミの霊力の前に、怪我人となって転がっているのだ。

「美佐世の力の更にその上……。変幻自在の膨大な霊力を持っておる……。ワシらの誤算は、ナミに限った事ではない。果たして、ナギの力も日増しに大きくなっておるじゃろう。しかしナミよ、焦る必要は無い。力は覚醒の早い遅いでは無く、その者の持つ心の強さで決まる。心さえ歪まなければ、益々強くなるのは必定じゃ」

カイはナミにそう言って、体を休める事を勧めた。

ナミは黙って頷き、それに従った。

「ナミの護衛が、だらしないぞ。ここはまだヌプリカムイの結界の中。下界から守られた古潭の中だからこそ、受ける衝撃も軽減されている。これが俗界だったら、鏡香の体は廃人の炎に呑み込まれているぞ」

鈍引の厳しい叱咤に、鏡香だけでなく氷美や紫水たち全員が項垂れたまま言葉を失っていた。

疲れ切ったナミをカイの庵に運んだ伊良部は、鈍引たちのいる場所に戻って来て一礼をした。

「今日まで、身を削りながらナミの覚醒の手助けをしてもらい、心から感謝している」

急に改まって話し出した伊良部に鈍引たちは無言で応じた。

「あなたたちに、話しておかなければならない事がある……。もうわかっているだろうが、俺は人間では無い……。あのナギに付いているシケーと同じ海の者だ。奴はナギの守護として、俺はナミの守護として竜宮より使わされた。種は違えど、大地精霊を司るあなたたちと同じ存在と思ってもらっていい。ただ、あなたたちと違い、我々はあくまでも守護が使命……。決して我々から攻撃を仕掛けることはしない。それはあのシケーも同じ……」

伊良部がそこまで話した時に氷美が口を開いた。

「ならば何故、あの毒爪を持った魔神は襲ってきた」

当然来るであろう質問に、伊良部は答えた。

「奴の名前はメイ……。あのシケーと同属でありながら種の違う格下の者だ。常に攻撃的で争いを好む。こいつが何の目的でナギの元にいるかは不明だが、人の弱った心につけ込むのを得意としている奴だ。多くの穢を生む道具としては一番適任かもしれない」

「我々は襲ってくる者に対して容赦も躊躇もしない。次は必ず滅する！」

氷美は語気を鋭く強めた。

伊良部はそれに対して、否とは言わなかった。しかし、これだけは理解しておいて欲しい事があると付け加えた。

「ナギの持つ赤き炎の宝玉……。これは動である赤龍の力が宿り、ナミの持つ青き炎の宝玉……。これには静である青龍の力が宿っている。陽と陰、太陽と月、大地と海、そして生と死……。つまりこの世に不可欠な一対を双龍が成す事で守られているものがある。双龍がもつ力のバランスも、このが地球《ほし》の大地と海の比率と同様であり、自然と生物の比率も同様だ。が、しかし今それが……そのバランスが崩れようとしている。すべてはナギの力を利用しようと企てている魔人の仕業。ナギはあまりにも心が純粋すぎた……。魔人が巣くうには充分すぎる程に……」

神居古潭の中で唯一、シケーを知っている鈍引が問いかけた。

「ならば何故シケーはナギを止めない。奴も貴方と同じならば、その考えに至る筈だ」

鈍引は、ナギが覚醒と同時に暴走した時、一緒になって必死に止めようとした事を思い出していた。

「わからない……。確かに我々は双龍を守護するのが使命。だが、ただ、守るだけで暴走を黙って見ているというものでも無い。自然の摂理が壊れるようであれば、身を挺《てい》してでも止める……だから……」

伊良部は首を振った。

「どうやら神居島で起きたナギを狂わせた原因、それにシケーも同調してしまったのかもしれないな……」

鈍引は、あの狂気と怒りに満ちたナギの炎の凄まじかった光景が頭から離れずにいた。

「そのナギと言う奴の目的は何だ？　自分の姉をも殺してこの世を地獄の炎で焼き尽くす事

か？」

氷美は狼が威嚇するかのような鋭い瞳で伊良部に詰め寄った。

「わかっている事は、ナギが次々と穢を生み、魂を吸い取っている事……。穢は己が持つ業で新たな穢を引き寄せる。そうして魂の無い、本能だけの穢が残っていく……。ナギはこの世からすべての人間を消し去ろうとしているのかもしれない」

伊良部の考えに、弾かれたように氷美たちが怒鳴った。

「そんな事が許される筈も無い！　それはまさに魔人ニチェネカムイの所業と同じだ！」

沸き立つ殺気に伊良部は説明を続けた。

「だが！　我々が双龍の守護であるように、ナギとナミもその血族に託されたニライカナイの宝玉を守る使命がある」

元々は一対で一つの宝玉であった物を、美佐世と泰造は娘を想うがあまり、その力を二分してしまった。

私利私欲のために他人を平気で殺める人間が憎悪の対象として、ナギの瞳に映ってしまった。ニライカナイの崩壊を目論む魔人にとってこれ程好都合なものは無い。ナギの純粋な心を取り込む事は容易だと、伊良部は説明した。

「ナギを滅せず、ナギの心を利用し、意のままに操ろうとしている魔人を滅せよという事か」

鈍引きは両手を組んで唸った。

「手前勝手な条件である上に危険も伴う。だからこそ教えて欲しい。あなた方が命を賭してまで力添えをしてくれる理由を……」

伊良部は深々と頭を下げた。

「我々は、大地精霊に守られた中で、すべての民族が平和に生きることを望んでいる。生きとし生けるものすべての共存共栄……神から与えられしこの大地を、汚す者が決して現れぬようにすること……。何があってもニチェネカムイの復活を阻止する事こそが使命だと思っている」

鈍引はその目的の上で協力する事は、当然だと話した。

氷美も紫水も、そこにいるすべての者が、同じ目をして伊良部を見つめていた。

伊良部の中で、信頼以上の結束感が神居古潭に生きる者たちを動かしている事がよくわかり、ナミを守護する大きな力を得たことを実感した。

2

石狩川の流れに夕日が眩しく映える中、古潭の子供たちが川狩りをしているのをナミは目を細めて見ていた。

ずっと昔、この情景に似た大きく美しい夕日を、両親と妹とで眺めていた記憶が、僅かばかり脳裏のすみに甦っていた。

「体は、もう大丈夫か？」

ナミの背後から声を掛けて来たのは紫水だった。

「昼間は、気の抜けたような訓練をして悪かった」

紫水は言いにくそうに、しかし素直な気持ちでナミに謝った。

「い、いえ……そんな……」

自分の至らなさで怪我をさせたのは、こっちである。ナミは返答に困った。

「私の方こそ……。まだ力の加減ができなくて……あの、怪我は大丈夫ですか？」

ナミは、申し訳無さそうに紫水に答えた。

紫水は、黒く美しい瞳で、長い髪を緩やかな風に靡かせながら笑ってみせた。

「ここにいる子供たちは皆、親がいない……。白老《しらおい》、阿寒《あかん》、静内《しずない》など我らアイヌの少数民族はこの北の大地の森で平和に生きている。狩猟中の事故や病気など、何らかの理由で親を失った子供たちの中で、より神に尽くすために、霊力の高い子と判断された者だけが、この神居古潭に送られて来る。私や氷美もその一人だった……」

紫水は、フワリとナミの横に座って話を続けた。

「その中には、鈍引やイヨのように偶然ここの者に拾われて来た者もいる」

ナミは紫水の透き通るような白い肌と、鼻筋の通った横顔を見ながら、話した。

「イヨさんって……あの……？」

「あぁ……拾われて来た頃から目は見えていなかった。だが、霊力は強かった。それに一番に気が付いたのは氷美のヤツだ。氷美はそのイヨの霊力を高める事で、見えない情景を体で判断するように訓練したんだ。そりゃぁあいつの事だから、半端なく厳しかったけどな」

「そうだったんですか……」

言葉は厳しくても、本当に優しい人なんだとナミは氷美の事を思った。

「おかげでイヨは、逞《たくま》しい男に育った。目が見えない分、息遣いだけで人の心まで読むようにまで成長した。だから、この前の戦闘で護衛を飛び出して、氷美の背後にいた穢に攻撃ができたんだ。氷美は凄く怒っていたが、心の中では感謝している筈だ。イヨが助けてくれなかったら、やられていたかもしれないから……」

自分以上に仲間を大事にする……。

ナミは氷美とイヨの心の会話が聞こえたようだった。

自然な人間の愛情とは、言葉ではない事を教えられた気がした。

「あの……気分を悪くされたらごめんなさい……。神居島で亡くなった方って、紫水さんの恋人だったって……」

ナミはずっと気になっていた事を聞いてみた。

「そうだよ……。結婚の約束をしていた。でも……叶わなかった」

いつしか空は雲一つ無い、満天の星空へと変わっていた。

見上げる紫水の瞳から、一筋の涙がこぼれた。

「無念……ですね……」

ナミは言葉が見つからなかった。

黙って夜空を見上げていた紫水は、小さく頷くと、すぐに美しい微笑を浮かべた。

「月はいい……。その時の心を映すかのように満ち欠けを繰り返しながら憂える気持ちを静かに流してくれる……。あの人は古潭の戦士として、誰に恥じること無く使命を全うした。ただ……私が悔しいのは、穢どもの手に落ちた事……。せめて一矢報いて欲しかった……それだけだ」

ナミは胸が抉られるような悲しみに必死に耐えている紫水が哀れに思えた。

「だが、これは私たちの戦い。あなたやナギのせいでは無く、魔人との戦い……。次は必ず私の手で穢どもを砕き、彼の魂を神々の元に無事に届けてやる」

氷美の荒々しい美しさと対照的に、極限まで研ぎ澄まされた刀のような、憂いを帯びた瞳が紫水の美しさだった
「これが神居古潭の女……強い筈だ……」

ナミは月光に照らされ、夜空を見上げる紫水の横顔を見ながら、ナミは思わず呟いてしまった。

アイヌ民族の男女観、特に女性に対する理念は美しい風習がある。

女性は、天から与えられた自然の法則に従い、娘から大人へ、大人から妻へ、そして妻から母へと三段階に変化を遂げる。

女性は娘から妻へ成長する時美しき者であり、妻から母へと成長する時強き者であり、そして大役を果たした孫を持つ老婆は偉大な者となり最後に神の元に帰るとされ、尊敬される存在として守られている。アイヌの男たちは、そんな女性が神から与えられた本分を充分に全うできるよう、すべての補佐役としてこの世に送り出されたとされている。したがって、我が子への愛情は当然のこと、誰の子であっても古潭内の子供は区別せず育て指導する。女性を助け、協力し食料を与える事が男の責任として課せられている。

謎の民族、滅び行く民族と噂され、差別や侵略によって民族破滅の淵《ふち》にまで追い込まれたが、その神秘なる一族は今も現代社会の中で生き続けている。北の広大な大地の精霊に守られ、神

から与えられた特別な力を持ったその精鋭たちは、ここ神居古潭に集結していたのである。

首里城

1

ついに出発の日が来た。

カイに呼ばれた神居古潭の精鋭は、ナミと伊良部の待つ広場へと集結していた。

鈍引を筆頭に、氷美、紫水、イヨ、鏡香、瑠璃の六名がナミの護衛として選ばれた。

カイの前に跪き、出発の挨拶をした鈍引たち一同は、カイから労いの言葉と、新しい服と、神から授かった武器を順に与えられていた。

「氷美」

最後に呼ばれた氷美が、一歩前に出ると、カイから金色に輝く武器を渡された。

「こ……これは……」

ずしりと重い、鞘《さや》に収められた剣を氷美に渡したカイは、眉間に皺を寄せて忠告した。

「これがサマイクルの剣だ。魔人を滅することのできる唯一の剣。これをお前に託す。もし魔人に取り込まれ、これまでと悟った時は、この剣で自身を貫くのだ。そうすれば魔人に魂を抜かれる事無く、天に昇る事ができる。わかったな」

　重大な任務に、受け取る氷美の手が震えた。

「必ず、この剣で魔人ニチェネカムイを滅してみせます」

　氷美は、気合いを入れてカイに答えた。

「必ず、無事に戻ってこい。我ら神居古潭の御魂は純潔。魔人に囚われるものにあらず」

　カイは全員に檄を飛ばし、結界の門を開くと、凛然とナミたちを見送った。

　東京で、簑島たちと合流した佐伯と貫真は、ナミたち一行の到着を待っていた。

　その間、佐伯の報告を受けた簑島が、再度奥山を喫茶店に呼び出していた。

「こんな人目が付く所に呼び出して、どういうつもりだ。情報はこの前教えた以外、何も無いぞ」

　奥山は、席に着くと同時に小声で怒りだした。

「いやぁ、奥山、久しぶりだな。忙しい中、急に呼び出してすまん。あ、これ今度の高校の時の同窓会案内」

　簑島が差し出した、同窓会の案内状には表紙にボールペンで「話を合わせろ」と書いてあった。

「な、何だこれ？」

　驚いた表情で、まだ奥山は小声で文句を言った。

　簑島は、笑いながら気にしない顔で話を続けた。

「悪いが俺、今度出張で沖縄に行くんだ。だから同窓会には出られないんだけどさ、折り入って頼みがあるんだよ」

そう言うと、簑島は同窓会の案内状のページを開いた。

「でな、折角だから観光もしてこようと思ってさ、カメラと三脚を貸してくれないかな」

簑島がそう話しながら、奥山に見せたのは、カメラ……拳銃、三脚……ダイナマイトと書いてあった。

奥山は目を丸くして答えた。

「な、何を馬鹿なことを！　お前何をするつもりだ！」

「だから観光だって。俺の会社じゃ、出張ってなってるから借りられないんだよ、カメラ」

笑いながら話す簑島だったが、目は完全に据わっていた。言うこと聞かないと、お前のよこした情報をバラすぞと言っているように聞こえた奥山は観念したかのように、ふて腐れて話を合わせてきた。

「仕方ねぇな。で、いつ要るんだ？」

簑島は、笑顔のまま奥山の手を握り、

「ありがとう。恩にきるよ。明後日の朝、頼むよ」

それを聞いた奥山は、また目を丸くした。

「あ、明後日だとぉ……そんな急に無理に決まってんだろ」

「あ、それでさ、当日は俺、荷物が多くて飛行機に持ち込めないから、現地で受け取れるようにして欲しいんだよ」

「げ、現地でだとぉ」

頼むよと、顔の前で両手を合わせた簑島は、迷惑はかけないからと一方的に約束して、奥山と一緒に喫茶店を出た。

こうして万が一に備え、武器と弾薬を手配した簑島は、佐伯に先に沖縄に飛ぶよう指示をした。

常識的に考えたら、おおよそ見当もつかないオカルトめいた話だが、今日まで自分が見聞きして捜査を続けてきた結果、まともな思考回路で対処できるような安易なものではない事に辿り着いたのだ。今更、何を信じるとか信じないなんて言っていられる程、余裕のある行動なんてしている場合ではないと簑島は思った。刑事ができる仕事なんて、たかが知れている。法の番人なんて格好のいい言い方をしているが所詮、生きた人間を扱うだけである。甦った死者が何をしても、それを裁く法律なんて何処にも存在しない。ましてや、死者を甦らせた者を、どう法律で裁けばいいかなんて誰もわかる筈がない。

自分がしなければならないことは、横暴な権力者が手に入れようとする訳のわからないもののために、これ以上の犠牲者を出させない事……。この一点しか無い。

「山下さん、頼みがある」

簑島は、山下に神居島に行って、比嘉や宮里に協力を頼んでもらいたいと依頼した。

「近々、必ずまた自衛隊の調査艇が現れる筈だ。皆に頼んで神居島の周囲を漁船で囲み近寄れないようにしてほしいと……」

簑島は、それでどうにかなるとは思っていなかった。だが、予防線を張るには充分な効果があると睨んだ。奥山の話から、民間人に秘密裏に行われている計画だと推測できた。ならば、もし神居島で漁船と自衛隊が衝突したら、社会的に問題になる。敵は必ず手出しできない筈だと考えた。

「事を公にするつもりは無い。大騒ぎにするだけだ……」

簑島は山下にそう言って、那覇本島へ向かった。

2

斎場御嶽《せいふぁうたき》……。古の昔、琉球の王といえども立ち入ることの許されなかった聖域が今も存在する。

ナギはその御嶽から遠く水平線の先にある神居島の方角を見ていた。

日を追う毎に、まるで人が老いていくように朽ちていく海を見つめ、一筋の涙を流していた。

ナギの耳には、世界のあちこちで身を引き裂かれる激痛に断末魔のような悲鳴をあげている自然の声が響いていた。

自然破壊を繰り返す人間の笑い声、木々を切り倒すチェーンソーの音、大地を割る重機の騒音、焼き払われる草原に逃げ惑う動物たちの悲鳴……。

ナギの心は押しつぶされそうな苦しみに締めつけられていた。

……消せ……すべてを……愚かな人間どもを灰にしてしまえ……

ナギの体の中で、また赤い龍が暴走しようと蠢きだした。

御嶽のあちこちの地面から赤い炎が立ち昇る。

「ナギ、落ち着け。呪いに心を支配されるな」

シケーはナギの両肩を揺らし、込み上げる感情に支配されかけている意識を引き戻した。

「あっ……」

シケーの声に、ナギは我に返った。

「巨大な怨霊を取り込んで、まだ体が慣れていない。気持ちが負に傾くと赤龍が暴走する。しっかりと自分を保つんだ」

シケーは精神が不安定なナギを心配した。

「いやぁ、素晴らしい」

突然、シケーとナミの間にパチパチと拍手をしながら男が近寄って来た。

高級と思われるスーツに金の腕時計、中肉中背で整った口髭をした中年の男は、傍らに白いスーツを着た冷たい目をした女を連れていた。

「何者だ……」

シケーはナギを庇うように立ち、鋭く訝しい目で男を睨んだ。

「何も怪しい者ではありません。私は貴女の協力者ですよ」

男は満面の笑みで近寄って来た。

「武仲と申します。あ、これは秘書の天辰です」

二人は軽く会釈すると、ナギに一枚の写真を見せた。それは、昔撮ったであろう神居島の漁師たちの集合写真だった。そこには、泰造と美佐世の笑った姿もあった。

「私もこの島の出身でして。今回のリゾート開発会社の横暴には、心を痛めている一人ですよ」

武仲は、わざとらしく溜め息をつきながらナギに近寄った。

「どうです、力をお貸ししましょうか……」

武仲は、そう言うと小声で囁くように続けた。

「愚鈍な人間どもの排除を……」

瞬時にシケーとナギに緊張の空気が張り詰めた。

「何者だお前！」

シケーが叫んだ。

「貴女の意に反する者たちが、首里へと向かっています。いくら穢を呼んだとて、力には限界がある。我々も地を這う者……呪いの連鎖に呼応してここまで来たのです」

武仲がそう言うと、地面から無数の黒蛇が這い出して来た。

「戦いましょう……人間どもと」

武仲は傍らにいた天辰に目をやると、天辰の目が白濁に濁り、赤みを帯びた魔人の姿に変貌した。

「この世から……人を排除……する」

ナギはその光景を呟きながら見ていた。

3

那覇空港に着いた佐伯は、簑島の指示に従い、空港駐車場に置いてある軽トラックの荷台に飛び乗った。ブルーシートで覆ってある段ボールの中に、拳銃とダイナマイト二本が入っていた。

「次は……」

佐伯が周囲を見ると、駐車場の隅にキーが刺さったままのバイクが駐めてあった。

佐伯はヘルメットも被らずに、なるべく目立つ格好で大袈裟《おおげさ》にバイクのエンジンを吹かし、外へ飛び出して行った。

佐伯のバイクが向かった先は、米軍基地。信号もスピードも無視した荒々しい運転で目指した。

同じ頃、ナミたちは首里城の下に到着していた。観光客もいない、朽ちた石垣に囲まれた遺跡が残る広場だった。

「ここに……ナギがいる」

ナミは小さく呟いた。

簑島の思惑通り、佐伯のバイクは交通取締りをしている警察に追われていた。制止を無視して逃げ回る佐伯のバイクを数台のパトカーがサイレンをけたたましく鳴らしながら追尾していた。

「ついてこい……もっとついてこい！」

佐伯は、追尾するパトカーを挑発しながら米軍基地へとスピードを上げた。

二台、三台と応援のパトカーが増える中、米軍基地に着いた佐伯は、いきなり入り口に向かって拳銃を二発発砲した。

パンパンと乾いた音が基地の窓ガラスを貫通したのを確認すると、佐伯はバイクを反転させナミのいる首里城へ一直線に向かった。

この時、佐伯を追うパトカーと米軍の車は十数台に膨れあがっていた。

首里では、ナミとナギが数十メートルの間隔をおいて対峙《たいじ》していた。

ナギは幾重もの悲しみと、人間への不信感とが入り交じった怒りの目でナミを見つめていた。

「ネーネ……」

「ナギ……」

ナミは逆に、怒りに任せ暴走する妹の心を癒やす方法を探っていた。

すべての音と風が止まったような緊張が、辺り一面を覆っていた。

にじみ出た汗が額からこぼれたその時、ナミたちの頭上を飛び越えて、一台のバイクが空を舞った。

氷美や鈍引らには、スローモーションのように、バイクに跨がる佐伯が、足で宙を舞うバイクを蹴り出し、背面跳びをしながら、ダイナマイトを付けたガソリンタンクに弾丸を撃ち込むのが見えた。

ドン！

凄まじい爆発音と黒炎が、地面を吹き飛ばした。

これを合図に、ナギの右手から赤い炎が上がると、破壊された地面から、無数の穢が這い出してきた。

「行くぞ！」

鈍引の号令一下、一斉に氷美と紫水たちが飛び出した。

ナミの左手から放たれた青い炎が、次々に穢を浄化していく。さながら戦国時代の戦場のように、氷美や紫水が、穢を斬り倒し、剣に触れた穢どもは唸りを上げて浄化されていった。

氷美たちが乱舞する戦場の空は、黒く滲んだ厚い雲で覆われていた。

佐伯を追って現場に押しかけていた警察官たちは、映画のロケと見間違うような惨状を呆然と立ち竦んで見ているだけだった。

戦いの形勢は、圧倒的にナミの側に傾いていた。しかし、ナギが出す穢の数は膨大だった。

現場に着いた簑島が、思わず口にした。

「空極兵器……このことか……」

氷美や鈍引に斬られても、ナミの炎に浄化されても、キリが無いくらいに這い出してくる穢……。

簑島は、奥山の言ったことを実感した。

こんなものを国が手に入れたら、とんでもないことになる……。憮然とした。

徐々にナギの放つ炎の力が大きくなり、戦いの中央に巨大な火柱を吹き出すと、中から黒い翼を持った魔人が現れた。

「ニチェネカムイ！」

紫水が叫んだ。

墨で塗られたような純黒の体に、腐臭を漂わせた牙が口元から覗いていた。

幾千もの黒い蛇がイヨや鏡香の足元から襲ってくる。瑠璃が仕掛けた結界の印も、軽々と弾き飛ばし、目の前を横切る穢さえ真っ二つに切り裂いた。魔人にとって、敵も味方も無く、ただ殺戮を楽しんでいるかのような暴れようだった。

鈍引と氷美は、神居古潭を襲ったメイと対峙していた。

「あの時は、よくもやってくれたなぁ」

片手になったメイは、以前にも増して残った右手の毒爪で襲いかかってきた。

無数に出てくる穢と魔人の脅威に、ナミはついに力を極限まで解放し、巨大な青龍を発動し、穢の数など比べものにならない程の、青い火焔を雷雨のように降らせた。

一瞬、動きが鈍った魔人に、幾つもの傷を受けて、ボロボロになっていた紫水が飛びついた。

「氷美！」

紫水は、力の限りを振り絞り大声で氷美を呼んだ。

「その剣で、こいつを私ごと貫け！」

紫水は、魔人の首元にしがみつき氷美に叫んだ。

躊躇している暇はなかった。

「紫水！」

氷美は、サマイクルの剣を振りかざすと、垂直に紫水の体ごと魔人の胸を貫いた。

魔人の断末魔と共に、氷美と紫水の時間が止まった。

「これで……ワッカに……会える……」

紫水の口元から笑みがこぼれた。

氷美は紫水を抱いたまま号泣した。

魔人が倒れた事により、ナギは穢を出すのを止めた。ナミが放つ浄化の炎により、メイも穢も塵となって消えて行った。

「ネーネ……行くよ……」

ナギは最後の力を振り絞り、赤龍を纏いナミ向かって踏み出した。ナミも同じように、一歩踏み出した。

「ナギ……」

双方から駆けだしたナギとナミは巨大な赤龍と青龍を従え、中央で激突した。

沖縄の空に轟音が鳴り響き、赤と青の龍が互いに絡み合い、見る者すべてが直視できない程の光が、ナギとナミを包み込んだ。

光が消えると、澄み渡った青い空に、美しく輝く白い羽が、雪のように舞い降りてきた。

「ネーネ……皆の魂が……天に……」

ナギはそう言うと、静かにナミの腕の中で瞳を閉じた。

「ナギ……ナギぃ！」

ナミは力の限りナギを抱きしめた。

激しかった戦場の跡は、何事もなかったかのような、以前の史跡に戻っていた。

4

神居島には、多くの漁船が集結していた。

山下の頼みで、宮里と比嘉が集めた船団は百隻を軽く超えていた。

「自衛隊なんぞ来たら、皆で蹴散らしてやるさ」

宮里は、船の上でスピーカーを使って漁船団に叫んでいた。

やがて、数隻の自衛隊の調査艇が稲垣と加納を乗せて神居島の沖に現れた。

「来た！」

宮里たち漁船団は、一斉に神居島を取り囲んだ。

それでも近寄ろうとする自衛隊の船の前に、水面に立つ三人の男の姿が見えた。

シケーと伊良部に両肩を持たれた武仲だった。

「シケー、戦いは終わったようだな」

伊良部は、静かに話した。

「あぁ……これでナギも救われる」

シケーは安堵《あんど》の表情を見せた。

「後は……」

シケーがそう言うと海の上を、稲垣が乗船している船に向かって歩き出した。

海の上を人が歩いてくる……

自衛隊の船内は響《どよ》めいていた。

「よく聞け！　我々は海の者。この男の俗欲により、この海は汚され、死滅しかけた。貴様らがこれ以上、国欲に溺れこの大地と海と自然を破壊するのであれば、我々はこの地球の人間どもすべてを深く暗い海底へと沈めてやる！　覚悟せよ！」

見せしめとして、こいつを海の地獄へ連れて行くと叫んだシケーは、伊良部に笑みを浮かべ、
小さく頷くとジタバタともがく武仲を連れて海中深く帰って行った。

それを見ていた稲垣は、言葉も無く、ガタガタと震えていた。

「稲垣部長……」

海を覗き込む稲垣の背中に、冷たい痛みのような感覚が走った。

振り向くと、そこに血のついたサバイバルナイフを持った加納が立っていた。

「か……加納君……何で……」

背中から大量の血を吹き出しながら、稲垣は驚愕の表情で加納を見た。

「ここに川本《かれ》は眠っているの……。ずっとこの時を待ってた……彼にちゃんと謝ってきて下さい……」

加納はそう言うと、稲垣を甲板の外の海へと突き落とした。

「仇《かたき》……とったよ……」

加納は神居島に向かって涙をこぼした。

伊良部は、それを見ると静かに海の中へと戻って行った。

5

神居島から水平線を望む御嶽に石段を、静かに登る一人のユタがいた。

長い黒髪に美しい瞳をしたユタは、海に向かって手を合わせ、小さく言葉を吐いた。

「人も海も空も風も……この地球にあるものすべて、自然は魂で結ばれている……」

ユタの瞳には、青く美しい海の色が無限の輝きで広がっていた。

■著者紹介
八神静竜（やがみ・せいりゅう）
1962年10月10日大阪生まれ。芸能プロダクションのマネージャーを経て、2007年、舞台『激闘！幕末維新志』脚本家としてデビュー。その後、劇作家の道を歩む。活躍の場は舞台にとどまらず、テレビ・映画にも進出。手がけた作品は30点を超える。舞台の累計動員数は10万人超に至る。日本劇作家協会会員。
代表作に『激闘！幕末維新志』『舞姫　任侠警察』『写楽誕生』『堕天使たちのアガペー』『大都会の蝉』『月虹』などがある。

2015年８月３日　初版第１刷発行

ニライカナイ――ウロボロスの宝玉

著　者　八神静竜
発行者　後藤康徳
発行所　パンローリング株式会社
〒160-0023　東京都新宿区西新宿 7-9-18-6F
TEL 03-5386-7391　FAX 03-5386-7393
http://www.panrolling.com/
E-mail　info@panrolling.com
装　丁　パンローリング装丁室
組　版　パンローリング制作室
印刷·製本　株式会社シナノ

ISBN978-4-7759-4147-8